Y. 813
2.   2.

C.

R⍟. Y⁹. 3653

HISTOIRE
DE
GIL BLAS
DE SANTILLANE.

Par Monsieur LE SAGE.

Enrichie de Figures.

TOME SECOND.

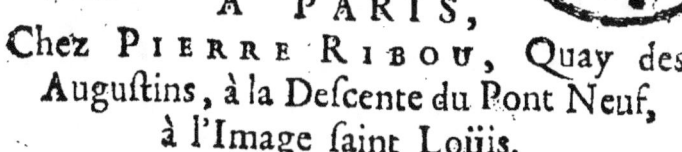

A PARIS,

Chez PIERRE RIBOU, Quay des
Augustins, à la Descente du Pont Neuf,
à l'Image saint Loüis.

M. DCC. XV.

Avec Approbation, & Privilege du Roy.

Y. 3975.
21.

TABLE DES CHAPITRES
contenus dans ce second volume.

TABLE

LIVRE CINQUIE'ME.

DES CHAPITRES.

Fin de la Table des Chapitres.

APPROBATION.

J'AI lû par ordre de Monseigneur le Chancelier *L'Histoire de Gil Blas de Santillane.* J'ai trouvé dans cet ouvrage des peintures agreables qui peuvent égayer l'esprit, & des traits propres à corriger les mœurs. Fait à Paris ce 2. Janvier 1715.

DANCHET.

PRIVILEGE DU ROY.

LOUIS par la grace de Dieu Roy de France & de Navarre: A nos amez & feaux Conseillers les Gens tenans nos Cours de Parlement, Maîtres des Requêtes ordinaires de nôtre Hôtel, Grand Conseil, Prevôt de Paris, Baillifs, Sénéchaux, leurs Lieutenans Civils, & autres nos Justiciers qu'il appartiendra, Salut. Nôtre bien-amé PIERRE RIBOU, Libraire à Paris, Nous ayant fait remontrer qu'il lui a été remis un manuscrit qui a pour titre: *Histoire de Gil Blas de Santillane*, de la composition du Sieur Le Sage, qu'il desireroit faire imprimer & donner au Public, s'il Nous plaisoit lui accorder nos Lettres de Privilege sur ce necessaires; Nous avons permis & permettons par ces Presentes audit Ribou de faire imprimer ledit Livre en telle forme, marge, caractere, conjointement ou separémenr, & autant de fois que bon lui semblera, & de le

vendre, faire vendre & debiter par tout nôtre
Royaume, pendant le temps de dix années con-
secutives, à compter du jour de la datte desdi-
tes Presentes. Faisons défenses à toutes fortes de
personnes, de quelque qualité & condition qu'elles
soient, d'en introduire d'impreſſion étrangere dans
aucun lieu de nôtre obeïſſance ; & à tous Libraires, Imprimeurs & autres, d'imprimer, faire imprimer, vendre, faire vendre, debiter, ni con-
trefaire ledit Livre en tout ni en partie, ni d'en
faire aucuns extraits, ſans la permiſſion expreſſe
& par écrit dudit Expoſant, ou de ceux qui auront droit de lui ; à peine de confiſcation des exemplaires contrefaits, de quinze cent livres d'amende
contre chacun des contrevenans : dont un tiers à
Nous, un tiers à l'Hôtel-Dieu de Paris, l'autre
tiers audit Expoſant ; & de tous dépens, domma-
ges & interêts. A la charge que ces Preſentes
feront enregiſtrées tout au long ſur le Regître de
la Communauté des Libraires & Imprimeurs de
Paris, & ce dans trois mois de la datte d'icelles ;
que l'impreſſion dudit Livre ſera faite dans nôtre Royaume, & non ailleurs, en bon papier
& en beaux caracteres, conformément aux Reglemens de la Librairie ; & qu'avant que de l'expoſer
en vente il en ſera mis deux exemplaires dans nôtre Biblioteque publique, un dans celle de nôtre
Château du Louvre, & un dans celle de nôtre
trés-cher & feal Chevalier Chancelier de France
le Sieur Voyſin, Commandeur de nos Ordres. Le
tout à peine de nullité des Preſentes ; du contenu
deſquelles vous mandons & enjoignons de faire
joüir l'Expoſant, ou ſes ayans cauſe, pleinement
& paiſiblement, ſans ſouffrir qu'il leur ſoit fait aucun trouble ou empêchemens. Voulons que la co-

pic defdites Prefentes, qui fera imprimée au commencement ou à la fin dudit Livre, foit tenuë pour
dûëment fignifiée, & qu'aux copies collationnées
par l'un de nos amez & feaux Confeillers & Secre-
taires foy foit ajoûtée comme à l'original. Com-
mandons au premier nôtre Huiffier ou Sergent de
faire pour l'execution d'icelles tous actes requis
& neceffaires, fans demander autre permiffion,
& nonobftant Clameur de Haro, Charte Nor-
mande, & Lettres à ce contraires ; Car tel eft
nôtre plaifir. Donné à Verfailles le vingtiéme
jour du mois de Février, l'an de grace mil fept
cent quinze, & de nôtre Regne le foixante-dou-
ziéme. Signé, Par le Roy en fon Confeil, Four-
quet ; & fcellé du grand Sceau de Cire jaune.

*Regiftré fur le Regiftre n. 3. de la Communauté
des Libraires & Imprimeurs de Paris, page 910.
n. 1150. conformément aux Reglemens, & no-
tamment à l'Arrêt du 13. Août 1703. A Paris.
ce 25. Fevrier 1715.*

Signé, R O B U S T E L, **Syndic.**

HISTOIRE

HISTOIRE

DE
GIL BLAS
DE SANTILLANE.

LIVRE QUATRIE'ME.

CHAPITRE PREMIER.

*Gil Blas ne pouvant s'accoutumer aux
mœurs des Comediennes, quitte le
service d'Arfenie & trouve une plus
honnefte maifon.*

UN refte d'honneur & de religion, que je ne laiffois pas de
conferver parmi des mœurs fi
corrompuës, me fit refoudre
non feulement à quitter Arfenie, mais à

Tome II.   A

rompre meſme tout commerce avec Laure, que je ne pouvois pourtant ceſſer
d'aimer, quoyque je ſceuſſe bien qu'elle
me faiſoit mille infidelitez. Heureux qui
peut ainſi profiter des momens de raiſon
qui viennent troubler les plaiſirs dont il
eſt trop occupé ! Un beau matin, je fis
mon paquet, & ſans compter avec Arſenie, qui ne me devoit, à la verité,
preſque rien, ſans prendre congé de ma
chere Laure, je ſortis de cette maiſon
où l'on ne reſpiroit qu'un air de debauche. Je n'eus pas plûtoſt fait une ſi bonne action, que le Ciel m'en recompenſa.
Je rencontray l'Intendant de feu D. Mathias mon maiſtre. Je le ſaluay. Il me
reconnut, & s'arreſta pour me demander qui je ſervois. Je luy repondis que
depuis un inſtant j'eſtois hors de condition : qu'aprés avoir demeuré prés d'un
mois chez Arſenie, dont les mœurs ne
me convenoient point, je venois d'en ſortir de mon propre mouvement, pour ſauver mon innocence. L'Intendant, comme s'il euſt eſté ſcrupuleux de ſon naturel, approuva ma delicateſſe, & me dit
qu'il vouloit me placer luy-meſme avantageuſement, puiſque j'eſtois un garçon
ſi plein d'honneur. Il accomplit ſa pro-

meſſe & me mit dés ce jour-là chez Don
Vincent de Guzman , dont il connoiſſoit
l'homme d'affaires.

Je ne pouvois entrer dans une meilleure maiſon. Auſſi ne me ſuis-je point
repenti dans la ſuite d'y avoir demeuré.
D. Vincent eſtoit un vieux Seigneur fort
riche, qui vivoit depuis pluſieurs années
ſans procés & ſans femme ; les Medecins
luy ayant oſté la ſienne , en voulant la
defaire d'une toux qu'elle auroit encore
pû conſerver long-temps , ſi elle n'euſt
pas pris leurs remedes. Au lieu de ſonger
à ſe remarier, il s'eſtoit donné tout entier à l'éducation d'Aurore, ſa fille unique, qui entroit alors dans ſa vingt-ſi-
xiéme année , & pouvoit paſſer pour
une perſonne accomplie. Avec une beauté peu commune , elle avoit un eſprit excellent & trés-cultivé. Son pere eſtoit
un petit genie ; mais il poſſedoit l'heureux talent de bien gouverner ſes affaires. Il avoit un defaut qu'on doit pardonner aux vieillards : il aimoit à parler,
& ſur toutes choſes , de guerre & de
combats. Si par malheur on venoit à
toucher cette corde en ſa préſence , il
embouchoit dans le moment la trompette
heroïque, & ſes auditeurs ſe trouvoient

trop heureux, quand ils en eſtoient quit-
tes pour la relation de deux ſieges & de
trois batailles. Comme il avoit conſumé
les deux tiers de ſa vie dans le ſervice,
ſa memoire eſtoit une ſource inépuiſable
de faits divers, qu'on n'entendoit pas
toûjours avec autant de plaiſir qu'il les
racontoit. Ajoûtez à cela qu'il eſtoit be-
gue & diffus; ce qui rendoit ſa maniere
de conter fort agréable. Au reſte, je
n'ay point veu de Seigneur d'un ſi bon
caractere. Il avoit l'humeur égale. Il
n'eſtoit ni enteſté, ni capricieux; j'admirois cela dans un homme de qualité.
Quoyqu'il fuſt bon menager de ſon bien,
il vivoit honorablement. Son domeſtique
eſtoit compoſé de pluſieurs valets & de
trois femmes qui ſervoient Aurore. Je
reconnus bientoſt que l'Intendant de D.
Mathias m'avoit procuré un bon poſte
& je ne ſongeay qu'à m'y maintenir. Je
m'attachay à connoiſtre le terrein; j'é-
tudiay les inclinations des uns & des autres; puis reglant ma conduite là-deſſus,
je ne tarday guere à prévenir en ma faveur mon maiſtre & tous les domeſtiques.

Il y avoit déja prés d'un mois que
j'eſtois chez Don Vincent, lorſque je

crus m'appercevoir que sa fille me dif-
tinguoit de tous les valets du logis. Toutes les fois que ses yeux venoient à s'arrester sur moy, il me sembloit y remarquer une sorte de complaisance que je
ne voyois point dans les regards qu'elle
laissoit tomber sur les autres. Si je n'eusse
pas frequenté des Petit-maistres & des
Comediens, je ne me serois jamais avisé
de m'imaginer qu'Aurore pensast à moy;
mais je m'estois un peu gasté parmi ces
Messieurs, chez qui les Dames mesmes
les plus qualifiées ne sont pas toûjours
dans un trop bon prédicament. Si, disois-je, on en croit quelques-uns de ces
histrions, il prend quelquefois à des
femmes de qualité certaines fantaisies
dont ils profitent. Que sçai-je si ma maitresse n'est point sujette à ces fantaisies-
là? Mais non, ajoûtois-je un moment
aprés; je ne puis me le persuader. Ce
n'est point une de ces Messalines qui dementant la fierté de leur naissance, ab-
baissent indignement leurs regards jusques dans la poussiere & se deshonorent
sans rougir. C'est plûtost une de ces filles
vertueuses, mais tendres, qui satisfaites
des bornes que leur vertu prescrit à leur
tendresse, ne se font pas un scrupule

d'inſpirer & de ſentir une paſſion delicate qui les amuſe ſans peril.

Voila comme je jugeois de ma maitreſſe, ſans ſçavoir préciſement à quoy
je devois m'arreſter. Cependant lorſqu'elle me voyoit, elle ne manquoit pas
de me ſoûrire & de témoigner de la joye,
On pouvoit ſans paſſer pour fat donner
dans de ſi belles apparences. Auſſi n'y
eut-il pas moyen de m'en défendre. Je
crus Aurore fortement épriſe de mon
merite, & je ne me regarday plus que
comme un de ces heureux domeſtiques à
qui l'amour rend la ſervitude ſi douce.
Pour paroiſtre en quelque façon moins
indigne du bien que ma bonne fortune
me vouloit procurer, je commençay
d'avoir plus de ſoin de ma perſonne,
que je n'en avois eu juſqu'alors. Je de-
penſay en linges, en pommades & en
eſſences tout ce que j'avois d'argent. La
premiere choſe que je faiſois le matin,
c'eſtoit de me parer & de me parfumer,
pour n'eſtre point en negligé, s'il falloit
me préſenter devant ma maitreſſe. Avec
cette attention que j'apportois à m'ajuſ-
ter & les autres mouvemens que je me
donnois pour plaire, je me flatois que
mon bonheur n'eſtoit pas fort éloigné.

Parmi les femmes d'Aurore, il y en avoit une qu'on appelloit Ortiz. C'estoit une vieille personne qui demeuroit depuis plus de vingt années chez D. Vincent. Elle avoit élevé sa fille & conservoit encore la qualité de Duegne ; mais elle n'en remplissoit plus l'employ penible. Au contraire, au lieu d'éclairer comme autrefois les actions d'Aurore, elle ne s'occupoit alors qu'à les cacher. Un soir la Dame Ortiz ayant trouvé l'occasion de me parler, sans qu'on pust nous entendre, me dit tout bas, que si j'estois sage & discret je n'avois qu'à me rendre à minuit dans le jardin ; qu'on m'apprendroit là des choses que je ne serois pas faché de sçavoir. Je repondis à la Duegne en luy serrant la main que je ne manquerois pas d'y aller, & nous nous séparâmes viste, de peur d'estre surpris. Que le temps me dura depuis ce moment jusqu'au souper, quoyqu'on soupast de fort bonne heure, & depuis le souper jusqu'au coucher de mon maistre ! Il me sembloit que tout se faisoit dans la maison avec une lenteur extraordinaire. Pour surcroist d'ennuy, lorsque Don Vincent fut retiré dans son appartement, au lieu de songer à se reposer, il se mit à rebattre ses campagnes de Portugal, dont il m'avoit déja souvent étourdi. Mais ce qu'il n'avoit point encore fait & ce qu'il me gardoit pour ce soir-là, il me nomma tous les Officiers qui s'estoient distinguez de son temps. Il me raconta mesme leurs exploits. Que je souffris à l'écouter jusqu'au bout ! Il acheva pourtant de parler & se coucha. Je passay aussitost dans une petite chambre où estoit mon lit & d'où l'on descendoit dans le jardin par un escalier derobé. Je me frottay tout le corps de pommade. Je pris une chemise blanche, aprés l'avoir bien parfumée, & quand je n'eus rien oublié de tout ce qui me parut pouvoir contribuer à flater l'entestement de ma maitresse, j'allay au rendez-vous.

Je n'y trouvay point Ortiz. Je jugeay qu'ennuyée de m'attendre, elle avoit regagné son appartement & que l'heure du berger estoit passée. Je m'en pris à Don Vincent ; mais comme je maudissois ses campagnes, j'entendis sonner dix heures. Je crus que l'horloge alloit mal & qu'il estoit impossible qu'il ne fust pas du moins une heure aprés minuit. Cependant je me trompois si bien, qu'un

gros quart-d'heure aprés, je comptay
encore dix heures à une autre horloge.
Fort bien, di-je alors en moy-mefme ;
je n'ay plus que deux heures entieres à
garder le mulet. On ne fe plaindra pas
du moins de mon exactitude. Que vais-
je devenir jufqu'à minuit ? Promenons-
nous dans ce jardin & fongeons au rolle
que je dois joüer. Il eft affez nouveau
pour moy. Je ne fuis point encore fait
aux fantaifies des femmes de qualité. Je
fçay de quelle maniere on en ufe avec
les Grizettes & les Comediennes. Vous
les abordez d'un air familier & vous bruf-
quez fans façon l'avanture ; mais il faut
une autre manœuvre avec une perfonne
de condition. Il faut, ce me femble, que
le galant foit poli, complaifant, tendre
& refpectueux, fans pourtant eftre timide. Au lieu de vouloir hafter fon bonheur par fes emportemens, il doit l'attendre d'un moment de foibleffe.

C'eft ainfi que je raifonnois, & je me
promettois bien de tenir cette conduite
avec Aurore. Je me reprefentois qu'en
peu de temps j'aurois le plaifir de me voir
aux pieds de cet aimable objet & de luy
dire mille chofes paffionnées. Je rappel-
lay mefme dans ma memoire tous les en-

droits de nos pieces de theatre dont je
pouvois me fervir dans noftre tefte à
tefte & me faire honneur. Je comptois
de les bien appliquer, & j'efperois qu'à
l'exemple de quelques Comediens de ma
connoiffance, je pafferois pour avoir
de l'efprit, quoyque je n'euffe que de la
memoire. En m'occupant de toutes ces
penfées, qui amufoient plus agréablement mon impatience que les recits mi-
litaires de mon maiftre, j'entendis fon-
ner onze heures. Je pris courage & me
replongeay dans ma refverie, tantoft en
continuant de me promener & tantoft
affis dans un cabinet de verdure qui eftoit au bout du jardin. L'heure enfin
que j'attendois depuis fi long-temps, minuit fonna. Quelques inftans aprés, Ortiz auffi ponctuelle, mais moins impa-
tiente que moy, parut : Seigneur Gil
Blas, me dit-elle en m'abordant, combien y a-t-il que vous eftes icy ? Deux
heures, luy repondi-je. Ah vrayement,
reprit-elle en riant, vous eftes bien
exact. C'eft un plaifir de vous donner
des rendez-vous la nuit. Il eft vray,
continua-t-elle d'un air ferieux, que vous
ne fçauriez trop payer le bonheur que
j'ay à vous annoncer. Ma maitreffe veut

B.R

avoir un entretien particulier avec vous.
Je ne vous en diray pas davantage. Le
reste est un secret que vous ne devez apprendre que de sa propre bouche. Suivez-moy. Je vais vous conduire à son
appartement. A ces mots, la Duegne
me prit la main & par une petite porte
dont elle avoit la clef, elle me mena
mysterieusement dans la chambre de sa
maitresse.

CHAPITRE II.

Comment Aurore receut Gil Blas &
quel entretien ils eurent ensemble.

JE trouvay Aurore en deshabillé. Je
la saluay fort respectueusement & de
la meilleure grace qu'il me fut possible.
Elle me receut d'un air riant, me fit as-
seoir auprés d'elle malgré moy, & dit à
son ambassadrice de passer dans une autre chambre. Aprés ce prélude, qui ne
me deplut point, elle m'addressa la parole : Gil Blas, me dit-elle, vous avez
dû vous appercevoir que je vous regarde
favorablement & vous distingue de tous
les autres domestiques de mon pere ; &

quand mes regards ne vous auroient
point fait juger que j'ay quelque bonne
volonté pour vous, la demarche que je
fais cette nuit ne vous permettroit pas
d'en douter.

Je ne luy donnay pas le temps de
m'en dire davantage. Je crus qu'en
homme poli je devois épargner à sa pudeur la peine de s'expliquer plus formel-
lement. Je me levay avec transport &
me jettant aux pieds d'Aurore, comme
un heros de theatre qui se met à genoux
devant sa Princesse, je m'écriay d'un
ton de declamateur : Ah, Madame, se-
roit-il bien possible que Gil Blas, jusqu'icy le joüet de la fortune & le rebut
de la nature entiere, eust le bonheur de
vous avoir inspiré des sentimens.... Ne
parlez pas si haut, interrompit en riant
ma maitresse ; vous allez reveiller mes
femmes qui dorment dans la chambre
prochaine. Levez-vous. Reprenez vostre place & m'écoutez jusqu'au bout sans
me couper la parole. Ouy, Gil Blas,
poursuivit-elle en reprenant son serieux,
je vous veux du bien ; & pour vous prouver que je vous estime, je va's vous
faire confidence d'un secret d'où depend
le repos de ma vie. J'aime un jeune Ca-

valier, beau, bienfait & d'une naiffance
illuftre. Il fe nomme Don Luis Pacheco.
Je le vois quelquefois à la promenade &
aux fpectacles ; mais je ne luy ay jamais
parlé. J'ignore mefme de quel caractere il eft & s'il n'a point de mauvaifes
qualitez. C'eft de quoy pourtant je voudrois bien eftre inftruite. J'aurois befoin
d'un homme qui s'enquift foigneufement
de fes mœurs & m'en rendift un compte
fidelle. Je fais choix de vous. Je croy
que je ne rifque rien à vous charger de
cette commiffion. J'efpere que vous vous
en acquitterez avec tant d'adreffe & de
difcretion, que je ne me repentiray point
de vous avoir mis dans ma confidence.

Ma maitreffe ceffa de parler en cet
endroit, pour entendre ce que je luy re-
pondrois là-deffus. J'avois d'abord efté
déconcerté d'avoir pris fi defagréable-
ment le change ; mais je me remis promptement l'efprit, & furmontant la honte
que caufe toûjours la temerité, quand
elle eft malheureufe, je temoignay à la
Dame tant de zele pour fes interefts : je
me devoüay avec tant d'ardeur à fon fervice, que fi je ne luy oftay pas la penfée que je m'eftois follement flatté de luy
avoir plû, du moins je luy fis connoiftre

que je fçavois bien reparer une fottife.
Je ne demanday que deux jours pour luy
rendre bon compte de D. Luis. Aprés
quoy la Dame Ortiz, que fa maitreffe
rappella, me remena dans le jardin &
me dit en me quittant : Bonfoir, Gil
Blas, je ne vous recommande point de
vous trouver de bonne heure au premier
rendez - vous. Je connois trop voftre
ponctualité là-deffus.

Je retournay dans ma chambre, non
fans quelque depit de voir mon attente
trompée. Je fus neanmoins affez raifon-
nable, pour faire reflexion qu'il me convenoit mieux d'eftre le confident de ma
maitreffe que fon amant. Je fongeay
mefme que cela pourroit me mener à
quelque chofe : que les courtiers d'a-
mour eftoient ordinairement bien payez
de leurs peines ; & je me couchay dans
la refolution de faire ce qu'Aurore exigeoit de moy. Je fortis pour cet effet le
lendemain. La demeure d'un Cavalier,
tel que Don Luis, ne fut pas difficile à
découvrir. Je m'informay de luy dans
le voifinage ; mais les perfonnes à qui je
m'addreffay ne purent pleinement fatisfaire ma curiofité. Ce qui m'obligea le
jour fuivant à recommencer mes perqui-

sitions. Je fus plus heureux. Je rencontray par hazard dans la ruë un garçon
de ma connoissance. Nous nous arrestâ-
mes pour nous parler. Il passa dans ce
moment un de ses amis qui nous aborda,
& nous dit qu'il venoit d'estre chassé de
chez Don Joseph Pacheco, pere de D.
Luis, pour un quartaut de vin qu'on
l'accusoit d'avoir beu. Je ne perdis pas
une si belle occasion de m'informer de
tout ce que je souhaitois d'apprendre ;
& je fis tant par mes questions, que je
m'en retournay au logis fort content
d'estre en estat de tenir parole à ma maitresse. C'estoit la nuit prochaine que je
devois la revoir à la mesme heure & de
la mesme maniere que la premiere fois.
Je n'avois pas ce soir-là tant d'inquietude, & bien loin de souffrir impatiemment les discours de mon vieux patron,
je le remis sur ses campagnes. J'attendis
minuit avec la plus grande tranquilité
du monde, & ce ne fut qu'aprés l'avoir
entendu sonner à plusieurs horloges,
que je descendis dans le jardin, sans me
pommader & me parfumer : je me cor-
rigeay encore de cela.

    Je trouvay au rendez-vous la trés-
fidelle Duegne, qui me reprocha mali-

cieufement que j'avois bien rabattu de ma
diligence. Je ne luy repondis point & je
me laiffay conduire à l'appartement
d'Aurore, qui me demanda dés que je
parus, fi je m'eftois bien informé de D.
Luis. Ouy, Madame, luy di-je, & je
vais vous apprendre en deux mots ce
que j'en fçay. Je vous diray premierement qu'il partira bientoft pour s'en retourner à Salamanque achever fes étu-
des. C'eft un jeune Cavalier rempli d'honneur & de probité. Pour du courage, il
n'en fçauroit manquer, puifqu'il eft Gentilhomme & Caftillan. De plus, il a
beaucoup d'efprit & les manieres fort
agréables ; mais ce qui peut-eftre ne fera
guere de voftre gouft, c'eft qu'il tient
un peu trop de la nature des jeunes Seigneurs ; il eft diablement libertin. Sçavez-vous qu'à fon âge, il a déja eu à
bail deux Comediennes ? Que m'apprenez - vous, reprit Aurore ? quelles
mœurs ! Mais eftes-vous bien affuré,
Gil Blas, qu'il mene une vie fi licen-
cieufe ? Oh je n'en doute pas, Madame, luy reparti-je. Un valet, qu'on a
chaffé de chez luy ce matin, me l'a dit,
& les valets font fort finceres, quand
ils s'entretiennent des defauts de leurs
maiftres.

maiſtres. D'ailleurs, il frequente Don
Alexo Segiar, Don Antonio Centellés,
& Don Fernand de Gamboa. Cela ſeul
prouve demonſtrativement ſon libertinage. C'eſt aſſez, Gil Blas, dit alors ma
maitreſſe en ſoupirant ; je vais ſur voſtre
rapport combattre mon indigne amour.
Quoy qu'il ait déja de profondes racines
dans mon cœur, je ne deſeſpere pas de
l'en arracher. Allez, pourſuivit-elle en
me mettant entre les mains une petite
bourſe qui n'eſtoit pas vuide, voila ce
que je vous donne pour vos peines. Gardez-vous bien de reveler mon ſecret.
Songez que je l'ay confié à voſtre ſilence.

J'aſſuray ma maitreſſe qu'elle pouvoit
demeurer tranquille & que j'eſtois l'Har-
pocrate * des valets confidens. Aprés
cette aſſurance, je me retiray fort impatient de ſçavoir ce qu'il y avoit dans la
bourſe. J'y trouvay vingt piſtoles. Auſſitoſt je penſay qu'Aurore m'en auroit
ſans doute donné davantage, ſi je luy
euſſe annoncé une nouvelle agréable,
puiſqu'elle en payoit ſi bien une chagri-
nante. Je me repentis de n'avoir pas
imité les gens de Juſtice qui fardent quel-

* C'eſtoit chez les Anciens le Dieu du Silence.

quefois la verité dans leurs procés ver-
baux. J'eſtois faché d'avoir détruit dans
ſa naiſſance une galanterie qui m'euſt eſté
t és-utile dans la ſuite. J'avois pourtant
la conſolation de me voir dedommagé
de la depenſe que j'avois faite ſi mal à
propos en pommades & en parfums.

CHAPITRE III.

Du grand changement qui arriva chez
Don Vincent ; & de l'étrange reſolu-
tion que l'amour fit prendre à la
belle Aurore.

IL arriva peu de temps aprés cette
avanture, que le Seigneur D. Vincent tomba malade. Quand il n'auroit
pas eſté dans un âge fort avancé, les
ſymptomes de ſa maladie parurent ſi violens, qu'on euſt craint un événement
funeſte. Dés le commencement du mal,
on fit venir les deux plus fameux Médecins de Madrid. L'un s'appelloit le Docteur Andros & l'autre le Docteur Oquetos. Ils examinerent attemtivement le
malade & convinrent tous deux, aprés
une exacte obſervation, que les humeurs

eſtoient en fougue ; mais ils ne s'accor-
derent qu'en cela l'un & l'autre. Il faut,
dit Andros, ſe haſter de purger les humeurs, quoyque cruës, pendant qu'elles
ſont dans une agitation violente de flux
& de reflux, de peur qu'elles ne ſe fi-
xent ſur quelque partie noble. Oquetos
ſoutint au contraire qu'il falloit attendre
que les humeurs fuſſent cuites, avant
que d'employer le purgatif. Mais voſtre
methode, reprit le premier, eſt direc-
tement oppoſée à celle du Prince de 'a
Medecine. Hippocrate avertit de purger
dans la plus ardente fievre dés les premiers jours, & dit en termes formels
qu'il faut eſtre prompt à purger, quand
les humeurs ſont en *org ſme*, c'eſt à
dire en fougue. Oh c'eſt ce qui vous
trompe, repartit Oquetos. Hippocrate
par le mot d'*orgaſme* n'entend pas là
fougue ; il entend plutoſt la coction des
humeurs.

Là-deſſus nos Docteurs s'échauffent.
L'un rapporté le texte grec & cite tous
les auteurs qui l'ont expliqué comme
luy ; l'autre s'en fiant à une traduction
latine, le prend ſur un ton encore plus
haut. Qui des deux croire ? D. Vincent
n'eſtoit pas homme à decider la queſtion.

Cependant ſe voyant obligé d'opter, il donna ſa confiance à celuy des deux qui avoit le plus expedié de malades, je veux dire au plus vieux. Auſſitoſt Andros, qui eſtoit le plus jeune, ſe retira, non ſans lancer à ſon ancien quelques traits railleurs ſur l'*orgaſme*. Voila donc Oque- tos triomphant. Comme il eſtoit dans les principes du Docteur Sangrado, il commença par faire ſaigner abondam- ment le malade, attendant pour le pur- ger que les humeurs fuſſent cuites; mais la mort qui craignoit ſans doute qu'une purgation ſi ſagement differée ne luy en- levaſt ſa proye, prevint la coction & emporta mon maiſtre. Telle fut la fin du Seigneur Don Vincent, qui perdit la vie, parce que ſon Medecin ne ſçavoit pas le grec.

Aurore, aprés avoir fait à ſon pere des funerailles dignes d'un homme de ſa naiſſance, entra dans l'adminiſtration de ſon bien. Devenuë maitreſſe de ſes vo- lontez, elle congedia quelques domeſti- ques en leur donnant des recompenſes proportionnées à leurs ſervices, & ſe re- tira bientoſt à un chaſteau qu'elle avoit ſur les bords du Tage entre Sacedon & Buen- dia. Je fus du nombre de ceux qu'elle

retint & qui la fuivirent à la campagne.
J'eus mefme le bonheur de luy devenir
neceffaire. Malgré le rapport fidelle que
je luy avois fait de Don Luis, elle aimoit
encore ce Cavalier ; ou plûtoft n'ayant
pû vaincre fon amour, elle s'y eftoit entierement abandonnée. Elle n'avoit plus
befoin de prendre des précautions pour
me parler en particulier. Gil Blas , me
dit-elle en foûpirant, je ne puis oublier
Don Luis ; quelque effort que je faffe
pour le bannir de ma penfée, il s'y pre-
fente fans ceffe, non tel que tu me l'as
peint, plongé dans toutes fortes de defor-
dres ; mais tel que je voudrois qu'il fuft ,
tendre , amoureux , conftant. Elle s'at-
tendrit en difant ces paroles & ne put
s'empefcher de repandre quelques larmes. Peu s'en fallut que je ne pleuraffe
auffi, tant je fus touché de fes pleurs. Je
ne pouvois mieux luy faire ma cour ,
que de paroiftre fi fenfible à fes peines.
Mon ami, continua-t-elle , aprés avoir
effuyé fes beaux yeux, je vois que tu es
d'un trés-bon naturel & je fuis fi fatis-
faite de ton zele, que je promets de le
bien recompenfer. Ton fecours, mon
cher Gil Blas, m'eft plus neceffaire que
jamais. Il faut que je te découvre un

deſſein qui m'occupe. Tu vas le trouver fort bizarre. Apprens que je veux
partir au plûtoſt pour Salamanque. Là
je prétends me deguiſer en Cavalier &
ſous le nom de D. Felix je feray connoiſſance avec Pacheco. Je tacheray de
gagner ſa confiance & ſon amitié. Je
luy parleray ſouvent d'Aurore de Guzman dont je paſſeray pour couſin. Il ſou-
haitera peut-eſtre de la voir, & c'eſt où
je l'attends. Nous aurons deux logemens
à Salamanque. Dans l'un, je ſeray Don
Felix ; dans l'autre, Aurore ; & m'of-
frant aux yeux de D. Luis tantoſt tra-
veſtie en homme, tantoſt ſous mes habits naturels, je me flatte que je pourray
peu à peu l'amener à la fin que je me
propoſe. Je demeure d'accord, ajoûta-
t-elle, que mon projet eſt extravagant ;
mais ma paſſion m'entraine, & l'innocence de mes intentions achéve de m'é-
tourdir ſur la demarche que je veux hazarder.

J'eſtois fort du ſentiment d'Aurore
ſur la nature de ſon deſſein. Cependant
quelque déraiſonnable que je le trou-
vaſſe, je me garday bien de faire le pe-
dagogue. Au contraire, je commençay
à dorer la pilule & j'entrepris de prou-

ver que ce projet foû n'eſtoit qu'un jeu
d'eſprit agréable & ſans conſequence.
Cela fit plaiſir à ma maitreſſe. Les amans
veulent qu'on flatte leurs plus folles ima-
ginations. Nous ne regardames plus
cette entrepriſe temeraire, que comme
une comedie dont il ne falloit ſonger
qu'à bien concerter la repréſentation.
Nous choiſimes nos acteurs dans le domeſtique ; puis nous diſtribuâmes les rolles. Ce qui ſe paſſa ſans clameurs & ſans
querelle, parce que nous n'eſtions pas
des Comediens de profeſſion. Il fut reſolu que la Dame Ortiz feroit la tante
d'Aurore ſous le nom de Doña Kimena
de Guzman ; qu'on luy donneroit un valet & une ſuivante ; & qu'Aurore tra-
veſtie en Cavalier m'auroit pour valet de
chambre avec une de ſes femmes degui-
ſée en page pour la ſervir en particulier.
Les perſonnages ainſi reglez, nous retournames à Madrid où nous apprimes
que D. Luis eſtoit encore, mais qu'il ne
tarderoit guere à partir pour Salamanque. Nous fimes faire en diligence les
habits dont nous avions beſoin. Lorſqu'ils furent achevez, ma maitreſſe les
fit emballer proprement, attendu que
nous ne devions les mettre qu'en temps

& lieu. Puis laiſſant le ſoin de ſa maiſon
à ſon homme d'affaires, elle partit dans
un caroſſe à quatre mules & prit le chemin du Royaume de Leon avec tous
ceux de ſes domeſtiques qui avoient quelque rolle à joüer dans cette piece.

Nous avions déja traverſé la Caſtille
vieille, quand l'eſſieu du caroſſe ſe rompit. C'eſtoit entre Avila & Villaflor, à
trois ou quatre cens pas d'un chaſteau
qu'on appercevoit au pied d'une montagne. La nuit approchoit & nous eſtions aſſez embaraſſez. Mais il paſſa par
hazard auprés de nous un payſan, qui
nous tira d'embarras. Il nous apprit que
le chaſteau qui s'offroit à noſtre veuë,
appartenoit à Doña Elvira veuve de D.
Pedro de Pinarés, & il nous dit tant de
bien de cette Dame, que ma maitreſſe
m'envoya au chaſteau demander de ſa
part un logement pour cette nuit. Elvire
ne dementit point le rapport du payſan.
Elle me receut d'un air gracieux & fit à
mon compliment la reponſe que je deſi-
rois. Nous nous rendimes tous au chaſteau où les mules trainerent doucement
le caroſſe. Nous rencontrames à la porte
la veuve de Don Pedre, qui venoit au
devant de ma maitreſſe. Je paſſeray ſous
ſilence

filence les difcours que la civilité obligea
de tenir de part & d'autre en cette occafion. Je diray feulement qu'Elvire eftoit
une Dame déja dans un âge avancé, mais
trés-pote, & qu'elle fçavoit mieux que
femme du monde remplir les devoirs de
l'hofpitalité. Elle conduifit Aurore dans
un appartement fuperbe, où la laiffant
repofer quelques momens, elle vint donner fon attention jufqu'aux moindres
chofes qui nous regardoient. Enfuite,
quand le fouper fut preft, elle ordonna
qu'on fervift dans la chambre d'Aurore,
où toutes deux elles fe mirent à table. La
veuve de Don Pedre n'eftoit pas de ces
perfonnes qui font mal les honneurs d'un
repas en prenant un air refveur ou chagrin. Elle avoit l'humeur gaye & foûte-
noit agréablement la converfation. Elle
s'exprimoit noblement & en beaux termes. J'admirois fon efprit & le tour fin
qu'elle donnoit à fes penfées. Aurore en
paroiffoit auffi charmée que moy. Elles
lierent amitié l'une avec l'autre & fe promirent reciproquement d'avoir enfemble
un commerce de lettres. Comme noftre
caroffe ne pouvoit eftre raccommodé
que le jour fuivant & que nous courions
rifque de partir fort tard, il fut arrefté

Tome II. C

que nous demeurerions au chaftean le
lendemain. On nous fervit à noftre tour
des viandes avec profufion, & nous ne
fûmes pas plus mal couchez que nous
avions efté regalez.

Le jour d'aprés, ma maitreffe trouva
de nouveaux charmes dans l'entretien
d'Elvire. Elles dinerent dans une grande
falle où il y avoit plufieurs tableaux. On
en remarquoit un, entr'autres, dont les
figures eftoient merveilleufement bien
reprefentées ; mais il offroit aux yeux un
fpectacle bien tragique. Un cavalier
mort, couché à la renverfe & noyé dans
fon fang y eftoit peint, & tout mort
qu'il paroiffoit, il avoit un air menaçant.
On voyoit auprés de luy une jeune Dame dans une autre attitude, quoyqu'elle
fuft auffi étenduë par terre. Elle avoit
une épée plongée dans fon fein & rendoit les derniers foûpirs, en attachant
fes regards mourans fur un jeune homme qui fembloit avoir une douleur mortelle de la perdre. Le Peintre avoit encore chargé fon tableau d'une figure qui
n'échappa point à mon attention. C'eftoit un vieillard de bonne mine qui vivement touché des objets qui frappoient
fa veuë, ne s'y montroit pas moins fen-

fible que le jeune homme. On euft dit
que ces images fanglantes leur faifoient
fentir à tous deux les mefmes atteintes,
mais qu'ils en recevoient differemment
les impreffions. Le vieillard plongé dans
une profonde triftefle, en paroifloit comme accablé ; au lieu qu'il y avoit de la
fureur meflée avec l'affliction du jeune
homme. Toutes ces chofes eftoient pein-
tes avec des expreffions fi fortes, que
nous ne pouvions nous laffer de les regarder. Ma maitreffe demanda quelle
hiftoire ce tableau repréfentoit. Madame, luy dit Elvire, c'eft une peinture
fidelle des malheurs de ma famille. Cette
reponfe piqua la curiofité d'Aurore, qui
temoigna un fi grand defir d'en fçavoir
davantage, que la veuve de D. Pedre ne
put fe difpenfer de luy promettre la fatisfaction qu'elle fouhaitoit. Cette promeffe qui fe fit devant Ortiz, fes deux
compagnes & moy, nous arrefta tous
quatre dans la falle aprés le repas. Ma
maitreffe voulut nous renvoyer ; mais
Elvire qui s'apperceut bien que nous
mourions d'envie d'entendre l'explica-
tion du tableau, eut la bonté de nous
retenir, en difant que l'hiftoire qu'elle
alloit raconter n'eftoit pas de celles qui

demandent du ſecret. Un moment aprés, elle commença ſon recit dans ces termes.

✿✿✿✿✿✿✿✿✿✿✿✿✿✿✿✿✿✿✿✿✿

CHAPITRE IV.

Le mariage de vengeance.

NOUVELLE.

ROger Roy de Sicile avoit un frere & une ſœur. Ce frere appellé Main-froy, ſe revolta contre luy & alluma dans le Royaume une guerre qui fut dangereuſe & ſanglante ; mais il eut le malheur de perdre deux batailles & de tomber entre les mains du Roy, qui ſe contenta de luy oſter la liberté pour le punir de ſa revolte. Cette clemence ne ſervit qu'à faire paſſer Roger pour un barbare dans l'eſprit d'une partie de ſes ſujets. Ils diſoient qu'il n'avoit ſauvé la vie à ſon frere que pour exercer ſur luy une vengeance lente & inhumaine. Tous les autres, avec plus de fondement, s'imputoient les traitemens durs que Mainfroy ſouffroit dans ſa priſon qu'à ſa ſœur Mathilde. Cette Princeſſe avoit en effet toûjours haï ce Prince, & ne ceſſa point de le perſecuter tant qu'il vecut.

Elle mourut peu de temps aprés luy , & l'on regarda sa mort comme une juste punition de ses sentimens denaturez.

Mainfroy laissa deux fils. Ils estoient encore dans l'enfance. Roger eut quelque envie de s'en defaire , de crainte que parvenus à un âge plus avancé , le desir de venger leur pere ne les portast à relever un parti qui n'estoit pas si bien abattu , qu'il ne pust causer de nouveaux troubles dans l'Estat. Il communiqua son dessein au Senateur Leontio Siffredi son Ministre , qui pour l'en détourner se chargea de l'éducation du Prince Enrique qui estoit l'aisné , & luy conseilla de confier au Connestable de Sicile la conduite du plus jeune, qu'on appelloit Don Pedre. Roger persuadé que ses neveux seroient élevez par ces deux hommes dans la soûmission qu'ils luy devoient, les leur abandonna & prit soin luy-mesme de Constance sa niece. Elle estoit de l'âge d'Enrique & fille unique de la Princesse Mathilde. Il luy donna des femmes & des maistres & n'épargna rien pour son éducation.

Leontio Siffredi avoit un chasteau à deux petites lieuës de Palerme dans un lieu nommé Belmonte. C'estoit'là que ce Ministre s'attachoit à rendre Enrique

C iij

digne de monter un jour fur le throfne
de Sicile. Il remarqua d'abord dans ce
Prince des qualitez fi aimables, qu'il s'y
attacha comme s'il n'euft point eu d'enfant. Il avoit pourtant deux filles. L'aif-
née, qu'on nommoit Blanche, plus jeune
d'une année que le Prince, eftoit pourveuë d'une beauté parfaite ; & la cadette appellée Porcie, aprés avoir en
naiffant caufé la mort de fa mere, eftoit
encore au berceau. Blanche & le Prince
Enrique fentirent de l'amour l'un pour
l'autre, dés qu'ils furent capables d'aimer ; mais ils n'avoient pas la liberté de
s'entretenir en particulier.   Le Prince
neanmoins ne laiffa pas quelquefois d'en
trouver l'occafion.   Il fceut mefme fi
bien profiter de ces momens precieux,
qu'il engagea la fille de Siffredi à luy
permettre d'executer un projet qu'il me-
ditoit. Il arriva juftement dans ce temps-
là que Leontio fut obligé par ordre du
Roy de faire un voyage dans une Pro-
vince des plus reculées de l'Ifle. Pendant fon abfence, Enrique fit faire une
ouverture au mur de fon appartement
qui repondoit à la chambre de Blanche.
Cette ouverture eftoit couverte d'une
couliffe de bois qui fe fermoit & s'ou-

vroit sans qu'elle parust, parce qu'elle estoit si étroitement jointe au lambris que les yeux ne pouvoient appercevoir l'artifice. Un habile Architecte que le Prince avoit mis dans ses interests, fit cet ouvrage avec autant de diligence que de secret.

L'amoureux Enrique s'introduisoit par là quelquefois dans la chambre de sa maitresse ; mais il n'abusoit point de ses bontez. Si elle avoit eu l'imprudence de luy permettre une entrée secrete dans son appartement, du moins ce n'avoit esté que sur les assurances qu'il luy avoit données qu'il n'exigeroit jamais d'elle que les faveurs les plus innocentes. Une nuit, il la trouva fort inquiete. Elle avoit appris que Roger estoit trés-malade & qu'il venoit de mander Siffredi comme grand Chancelier du Royaume, pour le rendre depositaire de ses dernieres volontez. Elle se représentoit deja sur le throsne son cher Enrique, & craignant de le perdre dans ce haut rang, cette crainte luy causoit une étrange agitation. Elle avoit mesme les larmes aux yeux, lorsqu'il parut devant elle. Vous pleurez, Madame, luy dit-il, que dois-je penser de la tristesse où je vous vois

plongée ? Seigneur , luy repondit Blanche, je ne puis vous cacher mes alarmes. Le Roy voſtre oncle ceſſera bientoſt de vivre & vous allez remplir ſa
place. Quand j'enviſage combien voſtre
nouvelle grandeur va vous éloigner de
moy , je vous avouë que j'ay de l'inquietude. Un Monarque voit les choſes d'un
autre œil qu'un amant ; & ce qui faiſoit
tous ſes deſirs , quand il reconnoiſſoit
un pouvoir au deſſus du ſien , ne le touche plus que foiblement ſur le throſne.
Soit preſſentiment , ſoit raiſon , je ſens
s'élever dans mon cœur des mouvemens
qui m'agitent & que ne peut calmer toute
la confiance que je dois à vos bontez. Je
ne me defie point de la bonté de vos ſentimens : je ne me defie que de mon bonheur. Adorable Blanche , repliqua le
Prince , vos craintes ſont obligeantes &
juſtifient mon attachement à vos charmes ; mais l'excés où vous portez vos
défiances offenſe mon amour & , ſi je
l'oſe dire , l'eſtime que vous me devez.
Non non , ne penſez pas que ma deſtinée puiſſe eſtre ſéparée de la voſtre.
Croyez plûtoſt que vous ſeule ferez toûjours ma joye & mon bonheur. Perdez
donc une crainte vaine. Faut-il qu'elle

trouble des momens si doux ? Ah, Seigneur, reprit la fille de Leontio, dés que vous serez couronné, vos sujets pourront vous demander pour Reine une Princesse descenduë d'une longue suite de Rois & dont l'hymen éclatant joigne de nouveaux Estats aux vostres : & peuteftre, helas, repondrez-vous à leur attente, mesme aux despens de vos plus doux vœux. Hé pourquoy, reprit Enrique avec emportement, pourquoy trop prompte à vous tourmenter, vous faire une image affligeante de l'avenir ? Si le Ciel dispose du Roy mon oncle & me rend maiftre de la Sicile, je jure de me donner à vous dans Palerme, en présence de toute ma Cour. J'en atteste tout ce qu'on reconnoift de plus sacré parmi nous.

Les proteftations d'Enrique rassurerent la fille de Siffredi. Le refte de leur entretien roula sur la maladie du Roy. Enrique fit voir la bonté de son naturel. Il plaignit le fort de son oncle, quoyqu'il n'euft pas sujet d'en eftre fort touché, & la force du fang luy fit regreter un Prince dont la mort luy promettoit une Couronne. Blanche ne sçavoit pas encore tous les malheurs qui la mena-

çoient. Le Conneſtable de Sicile qui l'a-
voit rencontrée comme elle ſortoit de
l'appartement de ſon pere, un jour qu'il
eſtoit venu au chaſteau de Belmonte
pour quelques affaires importantes, en
avoit eſté frappé. Il en fit dés le lendemain la demande à Siffredi qui agréa ſa
recherche ; mais la maladie de Roger
eſtant ſurvenuë dans ce temps-là, ce
mariage demeura ſuſpendu & Blanche
n'en avoit point entendu parler.

Un matin, comme Enrique achevoit
de s'habiller, il fut ſurpris de voir entrer dans ſon appartement Leontio ſuivi
de Blanche. Seigneur, luy dit ce Miniſtre, la nouvelle que je vous apporte
aura de quoy vous affliger ; mais la conſolation qui l'accompagne doit moderer
voſtre douleur. Le Roy voſtre oncle
vient de mourir. Il vous laiſſe par ſa mort
heritier de ſon ſceptre. La Sicile vous eſt
ſoûmiſe. Les Grands du Royaume atten-
dent vos ordres à Palerme. Ils m'ont chargé de les recevoir de voſtre bouche, & je
viens, Seigneur, avec ma fille vous rendre
les premiers & les plus ſinceres hommages que vous doivent vos nouveaux ſujets. Le Prince qui ſçavoit bien que Roger
depuis deux mois eſtoit atteint d'une ma-

ladie qui le détruifoit peu à peu, ne fut
pas étonné de cette nouvelle. Cependant
frappé du changement fubit de fa condition, il fentit naître dans fon cœur
mille mouvemens confus. Il refva quelque temps, puis rompant le filence, il
addreffa ces paroles à Leontio : Sage
Siffredi, je vous regarde toûjours comme
mon pere. Je feray gloire de me regler
par vos confeils & vous regnerez plus
que moy dans la Sicile. A ces mots,
s'approchant d'une table fur laquelle eftoit une écritoire & prenant une feüille
blanche, il écrivit fon nom au bas de la
page. Que voulez-vous faire, Seigneur,
luy dit Siffredi ? Vous marquer ma reconnoiffance & mon eftime, répondit Enrique. Enfuite ce Prince prefenta la feüille
à Blanche & luy dit : Recevez, Madame,
ce gage de ma foy & de l'empire que je
vous donne fur mes volontez. Blanche la
prit en rougiffant & fit cette réponfe au
Prince : Seigneur, je reçois avec refpect
les graces de mon Roy : mais je dépends
d'un pere, & vous trouverez bon, s'il
vous plaift, que je remette voftre billet
entre fes mains, pour en faire l'ufage que
fa prudence luy confeillera.

Elle donna effectivement à fon pere

la fignature d'Enrique. Alors Siffredi remarqua ce qui jufqu'à ce moment eſtoit échappé à ſa penetration. Il de- meſla les ſentimens du Prince, & luy dit: Voſtre Majeſté n'aura point de re- proche à me faire. Je n'abuſeray point de la confiance. . . Mon cher Leon- tio, interrompit Enrique, ne craignez point d'en abuſer. Quelque uſage que vous faſſiez de mon billet, j'en approu- veray la diſpoſition. Mais allez, conti- nua-t il, retournez à Palerme. Ordon- nez-y les appreſts de mon couronnement, & dites à mes ſujets que je vais ſur vos pas recevoir le ſerment de leur fidelité & les aſſurer de mon affection. Ce Miniſtre obeït aux ordres de ſon nou- veau Maiſtre, & prit avec ſa fille le chemin de Palerme.

Quelques heures aprés leur départ, le Prince partit auſſi de Belmonte, plus occuppé de ſon amour que du haut rang où il alloit monter. Lorſqu'on le vit arriver dans la ville, on pouſſa mille cris de joye, & il entra parmi les acclama- tions du peuple dans le Palais où tout eſtoit déja preſt pour la ceremonie. Il y trouva la Princeſſe Conſtance vêtuë de longs habillemens de deüil. Elle paroiſ-

foit fort touchée de la mort de Roger,
Comme ils fe devoient un compliment
reciproque fur la mort de ce Monarque, ils s'en acquitterent l'un & l'autre
avec efprit ; mais avec un peu plus de
froideur de la part d'Enrique que de
celle de Conftance, qui malgré les dé-
meflez de leur famille , n'avoit pû haïr
ce Prince. Il fe plaça fur le Throfne, &
la Princeffe s'affit à fes coftez fur un fau-
teüil un peu moins élevé. Les Grands
du Royaume prirent leurs places chacun
felon fon rang. La ceremonie commença,
& Leontio, comme grand Chancelier
de l'Eftat & dépofitaire du Teftament du
feu Roy, en ayant fait l'ouverture, fe
mit à le lire à haute voix. Cet acte contenoit en fubftance : que Roger fe voyant
fans enfant, nommoit pour fon fuccef-
feur le fils aifné de Mainfroy, à condition qu'il épouferoit la Princeffe Conftance, & que s'il refufoit fa main, la
Couronne de Sicile, à fon exclufion ,
tomberoit fur la tête de l'Infant Don Pedre fon frere à la même condition.

Ces paroles furprirent étrangement
Enrique. Il en fentit une peine incon-
cevable , & cette peine devint encore
plus vive, lorfque Leontio, aprés avoir

achevé la lecture du Testament, dit à
toute l'assemblée : Seigneurs, ayant raporté les dernieres intentions du feu Roy
à noftre nouveau Monarque, ce genereux Prince confent d'honorer de fa
main la Princeffe Conftance fa coufine.
A ces mots Enrique interrompit le Chancelier : Leontio , luy dit-il , fouvenez-
vous de l'écrit que Blanche vous. . .
Seigneur, interrompit avec precipitation
Siffredi, fans donner le temps au Prince
de s'expliquer, le voicy. Les Grands
du Royaume, pourfuivit-il en montrant
le billet à l'affemblée, y verront par
l'augufte feing de voftre Majefté l'eftime que vous faites de la Princeffe &
la déference que vous avez pour les
dernieres volontez du feu Roy voftre
oncle. Ayant achevé ces paroles, il fe
mit à lire le billet dans les termes dont
il l'avoit rempli luy-mefme. Le nouveau
Roy y faifoit à fes peuples dans la forme la plus autentique une promeffe d'é-
poufer Conftance conformement aux intentions de Roger. La falle retentit de
longs cris de joye : vive noftre magna-
nime Roy Enrique, s'écrierent tous ceux
qui eftoient prefens. Comme on n'igno-
roit pas l'averfion que ce Prince avoit

toûjours marquée pour la Princeſſe, on
avoit craint avec raiſon qu'il ne ſe revol-
taſt contre la condition du Teſtament,
& ne cauſaſt des mouvemens dans le
Royaume : mais la lecture du billet en
raſſurant là-deſſus les Grands & le peuple excitoit ces acclamations generales
qui déchiroient en ſecret le cœur du
Monarque.

Conſtance qui par l'intereſt de ſa gloire
& par un ſentiment de tendreſſe y prenoit plus de part que perſonne, choiſit
ce temps pour l'aſſeurer de ſa reconnoiſſance. Le Prince eut beau vouloir ſe
contraindre, il receut le compliment de
la Princeſſe avec tant de trouble : il
eſtoit dans un ſi grand deſordre, qu'il
ne put meſme luy répondre ce que la
bienſeance exigeoit de luy. Enfin cedant
à la violence qu'il ſe faiſoit, il s'approcha
de Siffredi, que le devoir de ſa Charge
obligeoit de ſe tenir aſſez prés de ſa perſonne, & luy, dit tout bas : Que faites-
vous Leontio ? l'écrit que j'ay mis entre
les mains de voſtre fille n'eſtoit point deſ-
tiné pour cet uſage. Vous trahiſſez...
Seigneur, interrompit encore Siffredi
d'un ton ferme, ſongez à voſtre gloire.
Si vous refuſez de ſuivre les volontez

du Roy voſtre oncle, vous perdez la
Couronne de Sicile. Il n'eut pas achevé
de parler ainſi, qu'il s'éloigna du Roy
pour l'empeſcher de luy repliquer. Enrique demeura dans un embaras extréme,
Il ſe ſentoit agité de mille mouvemens
contraires. Il eſtoit irrité contre Siffredi. Il ne pouvoit ſe reſoudre à quitter Blanche, & partagé entre elle &
l'intereſt de ſa gloire, il fut aſſez long-
temps incertain du parti qu'il avoit à
prendre. Il ſe détermina pourtant & crut
avoir trouvé le moyen de conſerver la
fille de Siffredi, ſans renoncer au Throſne. Il feignit de vouloir ſe ſoûmettre
aux volontez de Roger, ſe propoſant,
tandis qu'on ſolliciteroit à Rome la diſ-
penſe de ſon mariage avec ſa couſine, de
gagner par ſes bienfaits les Grands du
Royaume & d'établir ſi bien ſa puiſſan-
ce, qu'on ne puſt l'obliger à remplir la
condition du Teſtament.

Dés qu'il eut formé ce deſſein, il devint plus tranquile, & ſe tournant vers
Conſtance, il luy confirma ce que le
grand Chancelier avoit lû devant toute
l'aſſemblée. Mais au moment meſme
qu'il ſe trahiſſoit juſqu'à luy offrir ſa foy,
Blanche arriva dans la ſalle du Conſeil.
Elle

Elle y venoit par ordre de ſon pere rendre ſes devoirs à la Princeſſe, & ſes
oreilles en entrant furent frappées des
paroles d'Enrique. Outre cela, Leontio
ne voulant pas qu'elle puſt douter de ſon
malheur, luy dit en la preſentant à Conſtance : Ma fille, rendez vos hommages
à voſtre Reine. Souhaitez-luy les dou-
ceurs d'un regne floriſſant & d'un heureux hymenée. Ce coup terrible accabla
l'infortunée Blanche. Elle entreprit inutilement de cacher ſa douleur. Son viſage rougit & paſlit ſucceſſivement & tout
ſon corps friſſonna. Cependant la Princeſſe n'en eut aucun ſoupçon. Elle attri-
bua le deſordre de ſon compliment à
l'embaras d'une jeune perſonne élevée
dans un deſert & peu accouſtumée à la
Cour. Il n'en fut pas ainſi du jeune Roy.
La veuë de Blanche luy fit perdre contenance & le deſeſpoir qu'il remarquoit
dans ſes yeux le mettoit hors de luy-meſme. Il ne doutoit pas que jugeant ſur les
apparences elle ne le cruſt infidelle. Il
auroit eu moins d'inquietude, s'il euſt pû
luy parler : mais comment en trouver
les moyens, lorſque toute la Sicile, pour
ainſi dire, avoit les yeux ſur luy ? D'ailleurs le cruel Siffredi luy en oſta l'eſpe-

rance. Ce Miniſtre qui liſoit dans le cœur
de ces deux amans, & vouloit prévenir
les malheurs que la violence de leur
amour pouvoit cauſer dans l'Eſtat, fit
adroitement ſortir ſa fille de l'aſſemblée
& reprit avec elle le chemin de Belmonte, reſolu, pour plus d'une raiſon, de
la marier au plûtoſt.

Lorſqu'ils y furent arrivez, il luy fit
connoiſtre toute l'horreur de ſa deſtinée.
Il luy declara qu'il l'avoit promiſe au
Conneſtable. Juſte Ciel, s'écria-t-elle
emportée par un mouvement de douleur
que la préſence de ſon pere ne put
reprimer, à quels affreux ſupplices re-
ſerviez-vous la malheureuſe Blanche ?
Son tranſport meſme fut ſi violent, que
toutes les puiſſances de ſon ame en furent
ſuſpenduës Son corps ſe glaça & deve-
nant froide & paſle, elle tomba évanoüie
entre les bras de ſon pere. Il fut touché
de l'eſtat où il la voyoit. Neanmoins
quoyqu'il reſſentiſt vivement ſes peines,
ſa premiere reſolution n'en fut point
ébranlée. Blanche reprit enfin ſes eſprits plus par le vif reſſentiment de ſa
douleur, que par l'eau que Siffredi luy
jetta ſur le viſage, & lorſqu'en ouvrant
ſes yeux languiſſans elle l'apperceut qui

s'empreſſoit à la ſecourir : Seigneur, luy
dit-elle d'une voix preſque éteinte, j'ay
honte de vous laiſſer voir ma foibleſſe ;
mais la mort qui ne peut tarder à finir
mes tourmens, va bientoſt vous delivrer
d'une malheureuſe fille qui a pû diſpoſer
de ſon cœur ſans voſtre aveu. Non , ma
chere Blanche, repondit Leontio , vous
ne mourrez point,& voſtre vertu repren-
dra ſur vous ſon empire. La recherche
du Conneſtable vous fait honneur. C'eſt
le parti le plus conſiderable de l'Eſtat...
J'eſtime ſa perſonne & ſon merite, interrompit Blanche ; mais, Seigneur, le
Roy m'avoit fait eſperer... Ma fille,
interrompit à ſon tour Siffredi, je ſçay
tout ce que vous pouvez dire là deſſus.
Je n'ignore pas voſtre tendreſſe pour ce
Prince & ne la deſapprouverois pas dans
d'autres conjonctures. Vous me verriez
meſme ardent à vous aſſurer la main
d'Enrique , ſi l'intereſt de ſa gloire &
celuy de l'Eſtat ne l'obligeoient pas à la
donner à Conſtance. C'eſt à la condition
ſeule d'épouſer cette Princeſſe que le feu
Roy l'a deſigné ſon ſucceſſeur. Voulez-
vous qu'il vous préfere à la couronne de
Sicile ? Croyez que je gemis avec vous
du coup mortel qui vous frappe. Cepen-

dant, puiſque nous ne pouvons aller contre les deſtinées, faites un effort genereux. Il y va de voſtre gloire, de ne pas
laiſſer voir à tout le Royaume que vous
vous eſtes flatée d'une eſperance frivole.
Voſtre ſenſibilité pour le Roy donneroit
meſme lieu à des bruits deſavantageux
pour vous, & le ſeul moyen de vous en
préſerver, c'eſt d'épouſer le Conneſtable. Enfin, Blanche, il n'eſt plus temps
de deliberer. Le Roy vous cede pour un
throſne. Il épouſe Conſtance. Le Conneſtable a ma parole. Degagez-la ; je
vous en prie ; & s'il eſt neceſſaire pour
vous y reſoudre que je me ſerve de mon
autorité, je vous l'ordonne.

En achevant ces paroles, il la quitta
pour luy laiſſer faire ſes reflexions ſur
ce qu'il venoit de luy dire. Il eſperoit
qu'aprés avoir peſé les raiſons dont il
s'eſtoit ſervi pour ſoûtenir ſa vertu contre le penchant de ſon cœur, elle ſe dé-
termineroit d'elle-meſme à ſe donner au
Conneſtable. Il ne ſe trompa point ; mais
combien en coûta-t-il à la triſte Blanche
pour prendre cette reſolution ? Elle eſtoit dans l'eſtat du monde le plus digne
de pitié. La douleur de voir ſes preſſen-
timens ſur l'infidelité d'Enrique tournez

en certitude & d'eſtre contrainte en le
perdant de ſe livrer à un homme qu'elle
ne pouvoit aimer, luy cauſoit des tranfports d'affliction ſi violens, que tous ſes
momens devenoient pour elle des fup-
plices nouveaux : Si mon malheur eſt
certain, s'écrioit-elle, comment y puis-
je reſiſter ſans mourir ? Impitoyable deftinée, pourquoy me repaiſſois-tu des
plus douces eſperances, ſi tu devois me
précipiter dans un abyſme de maux ? Et
toy, perfide amant, tu te donnes à une
autre, quand tu me promets une éternelle fidelité. As-tu donc pû ſitoſt mettre en oubli la foy que tu m'as jurée ?
Pour te punir de m'avoir ſi cruellement
trompée, faſſe le Ciel que le lit conjugal
que tu vas foüiller par un parjure, ſoit
moins le theatre de tes plaiſirs que de tes
remords ! Que les careſſes de Conſtance
verſent un poiſon dans ton cœur infidelle!
puiſſe ton hymen devenir auſſi affreux
que le mien ! Ouy, traiſtre, je vais épouſer le Conneſtable, que je n'aime point,
pour me venger de moy-meſme : pour
me punir d'avoir ſi mal choiſi l'objet de
ma folle paſſion. Puiſque ma Religion
me défend d'attenter à ma vie, je veux
que les jours qui me reſtent à vivre ne

soient qu'un tissu malheureux de peines
& d'ennuis. Si tu conserves encore pour
moy quelque sentiment d'amour, ce sera
me venger aussi de toy, que de me jetter
à tes yeux entre les bras d'un autre ; &
si tu m'as entierement oubliée, la Sicile
du moins pourra se vanter d'avoir produit une femme, qui s'est punie elle-mes-
me d'avoir trop legerement disposé de
son cœur.

Ce fut dans une pareille situation que
cette triste victime de l'amour & du devoir passa la nuit qui préceda son mariage
avec le Connestable. Siffredi la trouvant
le lendemain preste à faire ce qu'il sou-
haitoit, se hasta de profiter de cette dis-
position favorable. Il fit venir le Connestable à Belmonte le jour mesme & le ma-
ria secretement avec sa fille dans la Cha-
pelle du Chasteau. Quelle journée pour
Blanche ! Ce n'estoit point assez de renoncer à une Couronne, de perdre un
amant aimé & de se donner à un objet
haï : il falloit encore qu'elle contraignist
ses sentimens devant un mari prévenu
pour elle de la passion la plus ardente &
naturellement jaloux. Cet époux charmé
de la posseder, estoit sans cesse à ses genoux. Il ne luy laissoit pas seulement la

trifte confolation de pleurer en fecret fes
malheurs. La nuit arrivée, la fille de
Leontio fentit redoubler fon affliction.
Mais que devint-elle, lorfque fes femmes aprés l'avoir deshabillée, la laiffe-
rent feule avec le Conneftable ? Il luy demanda refpectueufement la caufe de l'ab-
batement où elle fembloit eftre. Cette
queftion embaraffa Blanche, qui feignit
de fe trouver mal. Son époux y fut d'a-
bord trompé ; mais il ne demeura pas
long-temps dans cette erreur. Comme il
eftoit veritablement inquiet de l'eftat où
il la voyoit & qu'il la preffoit de fe mettre au lit, fes inftances, qu'elle expliqua
mal, préfenterent à fon efprit une image
fi cruelle, que ne pouvant plus fe contraindre, elle donna un libre cours à fes
foûpirs & à fes larmes. Quelle veuë pour
un homme qui s'eftoit crû au comble de
fes vœux ? Il ne douta plus que l'affliction de fa femme ne renfermaft quelque
chofe de finiftre pour fon amour. Neanmoins, quoyqne cette connoiffance le
mift dans une fituation prefque auffi deplorable que celle de Blanche, il eut affez de force fur luy pour cacher fes
foupçons. Il redoubla fes empreffemens
& continua de preffer fon époufe de fe

coucher , l'aſſurant qu'il luy laiſſeroit
prendre tout le repos dont elle avoit beſoin. Il s'offrit meſme d'appeller ſes femmes , ſi elle jugeoit que leur ſecours puſt
apporter quelque ſoulagement à ſon mal.
Blanche s'eſtant raſſurée ſur cette promeſſe , luy dit que le ſommeil ſeul luy
eſtoit neceſſaire dans la foibleſſe où elle
ſe ſentoit. Il feignit de la croire. Ils ſe
mirent tous deux au lit & paſſerent une
nuit bien differente de celles que l'amour
& l'hymenée accordent à deux amans
charmez l'un de l'autre.

Pendant que la fille de Siffredi ſe li-
vroit à ſa douleur, le Conneſtable cherchoit en luy-meſme ce qui pouvoit luy
rendre ſon mariage ſi rigoureux. Il jugeoit bien qu'il avoit un rival, mais
quand il vouloit le découvrir, il ſe per-
doit dans ſes idées. Il ſçavoit ſeulement
qu'il eſtoit le plus malheureux de tous
les hommes. Il avoit déja paſſé les deux
tiers de la nuit dans ces agitations,
lorſqu'un bruit ſourd frappa ſes oreilles.
Il fut ſurpris d'entendre quelqu'un trai-
ner lentement ſes pas dans la chambre.
Il crut ſe tromper. Car il ſe ſouvint qu'il
avoit fermé la porte luy-meſme, aprés
que les femmes de Blanche furent ſor-
ties.

ties. Il ouvrit le rideau pour s'éclaircir
par ses propres yeux de la cause du
bruit qu'il entendoit, mais la lumiere
qu'on avoit laissée dans la cheminée s'estoit éteinte, & bientost il oüit une voix
foible & languissante qui appella Blanche
à plusieurs reprises. Alors ses soupçons
jaloux le transporterent de fureur, &
son honneur alarmé l'obligeant à se lever
pour prévenir un affront ou pour en tirer
vengeance, il prit son épée, il marcha
du costé que la voix luy sembloit partir.
Il sent une épée nuë qui s'oppose à la
sienne. Il avance, on se retire. Il pour-
suit, on se dérobe à sa poursuite. Il
cherche celuy qui semble le fuir par
tous les endroits de la chambre autant
que l'obscurité le peut permettre, & ne le
trouve plus. Il s'arreste. Il écoute &
n'entend plus rien. Quel enchantement ?
Il s'approche de la porte dans la pensée
qu'elle avoit favorisé la fuite de ce secret
ennemi de son honneur, mais elle estoit
fermée au verroüil comme auparavant.
Ne pouvant rien comprendre à cette
avanture, il appella ceux de ses gens
qui estoient le plus à portée d'entendre
sa voix & comme il oüvrit la porte pour
cela, il en ferma le passage & se tint sur

ſes gardes, craignant de laiſſer échapper ce qu'il cherchoit.

A ſes cris redoublez, quelques domeſtiques accoururent avec des flam-
beaux ; il prend une bougie & fait une
nouvelle recherche dans la chambre en
tenant ſon épée nuë. Il n'y trouva toutefois perſonne, ni aucune marque appa-
rente qu'on y fûſt entré. Il n'apperceut
point de porte ſecrete, ni d'ouverture
par où l'on euſt pû paſſer. Il ne pouvoit
pourtant s'aveugler luy-meſme ſur les
circonſtances de ſon malheur. Il demeura dans une étrange confuſion de
penſées. De recourir à Blanche, elle
avoit trop d'intereſt à deguiſer la verité,
pour qu'il en duſt attendre le moindre
éclairciſſement. Il prit le parti d'aller
ouvrir ſon cœur à Leontio, aprés avoir
renvoyé ſes gens en leur diſant qu'il
croyoit avoir entendu quelque bruit dans
la chambre & qu'il s'eſtoit trompé. Il
rencontra ſon beau-pere qui ſortoit de
ſon appartement au bruit qu'il avoit oüi,
& luy racontant ce qui venoit de ſe paſſer, il fit ce recit avec toutes les marques d'une extréme agitation & d'une
profonde douleur.

Siffredi fut ſurpris de l'avanture. Quoy-

qu'elle ne luy paruſt pas naturelle, il ne
laiſſa pas de la croire veritable ; & jugeant tout poſſible à l'amour du Roy,
cette penſée l'affligea vivement. Mais
bien loin de flater les ſoupçons jaloux de
ſon gendre, il luy repréſenta d'un air
d'aſſurance que cette voix qu'il s'imagi-
noit avoir entenduë, & cette épée qui
s'eſtoit oppoſée à la ſienne, ne pouvoient
eſtre que des phantoſmes d'une imagination ſeduite par la jalouſie : qu'il eſtoit impoſſible que quelqu'un fuſt entré
dans la chambre de ſa fille : qu'à l'égard
de la triſteſſe qu'il avoit remarquée dans
ſon épouſe, quelque indiſpoſition l'avoit
peut-eſtre cauſée : que l'honneur ne devoit point eſtre reſponſable des altera-
tions du temperament : que le changement d'eſtat d'une fille accouſtumée à
vivre dans un deſert & qui ſe voit bruſquement livrée à un homme qu'elle n'a
pas eu le temps de connoiſtre & d'aimer,
pouvoit bien eſtre la cauſe de ces pleurs,
de ces ſoupirs & de cette vive affliction
dont il ſe plaignoit : que l'amour dans le
cœur des filles d'un ſang noble ne s'al-
lumoit que par le temps & par les ſervices : qu'il l'exhortoit à calmer ſes inquietudes : à redoubler ſa tendreſſe & ſes

empreſſemens pour diſpoſer Blanche à
devenir plus ſenſible, & qu'il le prioit
enfin de retourner vers elle; perſuadé
que ſes défiances & ſon trouble offen-
ſoient ſa vertu.

Le Conneſtable ne repondit rien aux
raiſons de ſon beau-pere, ſoit qu'en effet il commençaſt à croire qu'il pouvoit
s'eſtre trompé dans le deſordre où eſtoit
ſon eſprit, ſoit qu'il jugeaſt plus à propos de diſſimuler, que d'entreprendre
inutilement de convaincre le vieillard
d'un évenement ſi denué de vrayſem-
blance. Il retourna dans l'appartement
de ſa femme, ſe remit auprés d'elle &
tâcha d'obtenir du ſommeil quelque re-
laſche à ſes inquietudes. Blanche de ſon
coſté, la triſte Blanche n'eſtoit pas plus
tranquille. Elle n'avoit que trop entendu
les meſmes choſes que ſon époux, & ne
pouvoit prendre pour illuſion une avanture dont elle ſçavoit le ſecret & les motifs. Elle eſtoit ſurpriſe qu'Enrique cherchaſt à s'introduire dans ſon apparte-
tement, aprés avoir donné ſi ſolemnelle-
ment ſa foy à la Princeſſe Conſtance. Au
lieu de s'applaudir de cette demarche &
d'en ſentir quelque joye, elle la regardoit comme un nouvel outrage & ſon

cœur en eſtoit tout enflammé de colere.

Tandis que la fille de Siffredi prévenuë contre le jeune Roy, le croyoit le
plus coupable des hommes, ce malheureux Prince plus épris que jamais de
Blanche, ſouhaitoit de l'entretenir pour
la raſſurer contre les apparences qui le
condamnoient. Il ſeroit venu plûtoſt à
Belmonte pour cet effet, ſi tous les ſoins
dont il avoit eſté obligé de s'occupper, le
luy euſſent permis, mais il n'avoit pû
avant cette nuit ſe derober à ſa Cour. Il
connoiſſoit trop bien les detours d'un lieu
où il avoit eſté élevé, pour eſtre en peine de ſe gliſſer dans le chaſteau de Siffredi, & meſme il conſervoit encore la
clef d'une porte ſecrete par où l'on entroit dans les jardins. Ce fut par là qu'il
gagna ſon ancien appartement & qu'enſuite il paſſa dans la chambre de Blanche.
Imaginez-vous quel dut eſtre l'étonnement de ce Prince d'y trouver un homme & de ſentir une épée oppoſée à la
ſienne. Peu s'en fallut qu'il n'éclataſt &
ne fiſt punir à l'heure meſme l'audacieux
qui oſoit lever ſa main ſacrilege ſur ſon
propre Roy. Mais le menagement qu'il
devoit à la fille de Leontio ſuſpendit ſon
reſſentiment. Il ſe retira de la meſme

maniere qu'il eſtoit venu, & plus troublé qu'auparavant il reprit le chemin de
Palerme. Il y arriva quelques momens
devant le jour & s'enferma dans ſon appartement. Il eſtoit trop agité pour y
prendre du repos. Il ne ſongeoit qu'à
retourner à Belmonte. Sa ſeureté, ſon
honneur, & ſur-tout ſon amour ne luy
permettoit pas de differer l'éclairciſſement de toutes les circonſtances d'une ſi
cruelle avanture.

Dés qu'il fut jour, il commanda ſon
équipage de chaſſe, & ſous pretexte de
prendre ce divertiſſement, il s'enfonça
dans la foreſt de Belmonte avec ſes pi-
queurs & quelques-uns de ſes courtiſans. Il ſuivit quelque temps la chaſſe
pour cacher ſon deſſein, & lorſqu'il vit
que chacun couroit avec ardeur à la
queuë des chiens, il s'écarta de tout le
monde & prit ſeul le chemin du chaſteau
de Leontio. Il connoiſſoit trop les routes
de la foreſt pour pouvoir s'y égarer, &
ſon impatience ne luy permettant pas de
menager ſon cheval, il eut en peu de
temps parcouru tout l'eſpace qui le ſe-
paroit de l'objet de ſon amour. Il cherchoit dans ſon eſprit quelque pretexte
plauſible pour ſe procurer un entretien

secret avec la fille de Siffredi, quand tra-
versant une petite route qui aboutissoit à
une des portes du parc, il apperceut auprés de luy deux femmes assises, qui
s'entretenoient au pied d'un arbre. Il ne
douta point que ces personnes ne fussent
du chasteau, & cette veuë luy causa de
l'émotion ; mais il fut bien plus agité,
lorsque ces femmes s'estant tournées de
son costé au bruit que son cheval faisoit
en courant, il reconnut sa chere Blanche. Elle s'estoit échappée du chasteau
avec Nise, celle de ses femmes qui avoit
le plus de part à sa confiance, pour pleurer du moins son malheur en liberté.

Il vola. Il se precipita pour ainsi dire
à ses pieds, & voyant dans ses yeux tous
les signes de la plus profonde affliction,
il en fut attendri. Belle Blanche, luy
dit-il, suspendez les mouvemens de vo-
tre douleur. Les apparences, je l'avouë,
me peignent coupable à vos yeux ; mais
quand vous serez instruite du dessein que
j'ay formé pour vous, ce que vous re-
gardez comme un crime vous paroistra
une preuve de mon innocence & de l'excés de mon amour. Ces paroles qu'Enrique croyoit capables de moderer l'affliction de Blanche, ne servirent qu'à la

E iiij

redoubler. Elle voulut repondre ; mais
les sanglots étoufferent sa voix. Le Prince
étonné de son saississement, luy dit :
Quoy, Madame, je ne puis calmer vostre trouble ? Par quel malheur ai-je perdu vostre confiance, moy qui mets en
peril ma couronne & mesme ma vie
pour me conserver à vous ? Alors la fille
de Leontio faisant un effort sur elle pour
s'expliquer, luy dit : Seigneur, vos pro-
messes ne sont plus de saison. Rien deformais ne peut lier ma destinée à la vostre. Ah Blanche, interrompit brusquement Henrique, quelles paroles cruelles
me faites-vous entendre ? qui peut vous
enlever à mon amour ? Qui voudra s'op-
poser à la fureur d'un Roy qui mettroit
en feu toute la Sicile, plûtost que de
vous laisser ravir à ses esperances ? Tout
vostre pouvoir, Seigneur, reprit lan-
guissamment la fille de Siffredi, devient
inutile contre les obstacles qui nous sé-
parent. Je suis femme du Connestable.

Femme du Connestable, s'écria le
Prince en reculant de quelques pas ! Il
ne put continuer, tant il fut saisi, accablé de ce coup impreveu. Ses forces l'a-
bandonnerent. Il se laissa tomber au pied
d'un arbre qui se trouva derriere luy. Il

estoit pasle, tremblant, defait & n'avoit
de libre que les yeux, qu'il attacha sur
Blanche d'une maniere à luy faire comprendre combien il estoit sensible au
malheur qu'elle luy annonçoit. Elle le
regardoit de son costé d'un air qui luy
faisoit assez connoistre que ses mouvemens estoient peu differens des siens ; &
ces deux amans infortunez gardoient entr'eux un silence qui avoit quelque chose
d'affreux. Enfin le Prince revenant un
peu de son desordre par un effort de courage, reprit la parole & dit à Blanche
en souspirant : Madame, qu'avez-vous
fait ? Vous m'avez perdu & vous vous
estes perduë vous-mesme par vostre cré-
dulité.

Blanche fut piquée de ce que le Prince
sembloit luy faire des reproches lorsqu'elle croyoit avoir les plus fortes raisons de se plaindre de luy : Quoy, Seigneur, repondit-elle, vous ajoûtez la
dissimulation à l'infidelité ? Vouliez-vous
que je dementisse mes yeux & mes oreilles, & que malgré leur rapport, je vous
crusse innocent ? Non Seigneur, je vous
l'avouë, je ne suis point capable de cet
effort de raison. Cependant, Madame,
repliqua le Roy, ces temoins, qui vous

paroiſſent ſi fidelles, vous ont impoſé.
Ils ont aidé eux-meſmes à vous trahir ;
& il n'eſt pas moins vray que je ſuis innocent & fideile, qu'il eſt vray que vous
eſtes l'épouſe du Conneſtable. Hé quoy,
Seigneur, reprit-elle, je ne vous ay
point entendu confirmer à Conſtance le
don de voſtre main & de voſtre cœur ?
Vous n'avez point aſſuré les Grands de
l'Eſtat que vous rempliriez les volontez
du feu Roy, & la Princeſſe n'a pas receu les hommages de vos nouveaux ſujets en qualité de Reine & d'épouſe du
Prince Enrique ? Mes yeux eſtoient-ils
donc faſcinez ? Dites, dites plûtoſt, infidelle, que vous n'avez pas crû que
Blanche duſt balancer dans voſtre cœur
l'intereſt d'un throſne ; & ſans vous
abaiſſer à feindre ce que vous ne ſentez
plus & ce que vous n'avez peut-eſtre
jamais ſenti, avoüez que la couronne
de Sicile vous a paru plus aſſurée avec
Conſtance, qu'avec la fille de Leontio.
Vous avez raiſon, Seigneur ; un throſne
éclatant ne m'eſtoit pas plus dû que le
cœur d'un Prince tel que vous. J'eſtois
trop vaine d'oſer prétendre à l'un & à
l'autre ; mais vous ne deviez pas m'entretenir dans cette erreur. Vous ſçavez

les alarmes que je vous ay témoignées
fur voftre perte, qui me fembloit prefque infaillible pour moy. Pourquoy m'a-
vez - vous raffurée ? Falloit-il diffiper
mes craintes ? J'aurois accufé le fort
plûtoft que vous, & du moins vous au-
riez confervé mon cœur au defaut d'une
main qu'un autre n'euft jamais obtenuë
de moy. Il n'eft plus temps préfentement de vous juftifier. Je fuis l'époufe
du Conneftable, & pour m'épargner la
fuite d'un entretien qui fait rougir ma
gloire, fouffrez, Seigneur, que fans
manquer au refpect que je vous dois, je
quitte un Prince qu'il ne m'eft plus permis d'écouter.

A ces mots, elle s'éloigna d'Enrique
avec toute la précipitation dont elle pouvoit eftre capable dans l'eftat où elle fe
trouvoit. Arreftez, Madame, s'écria-
t-il. Ne defefperez point un Prince plus
difpofé à renverfer un throfne que vous
luy reprochez de vous avoir préferé,
qu'à repondre à l'attente de fes nouveaux fujets. Ce facrifice eft préfentement inutile, repartit Blanche. Il falloit me ravir au Conneftable, avant que
de faire éclater des tranfports fi genereux. Puifque je ne fuis plus libre, il

m'importe peu que la Sicile ſoit reduite
en cendre & à qui vous donniez voſtre
main. Si j'ay eu la foibleſſe de laiſſer ſur-
prendre mon cœur, du moins j'auray
la fermeté d'en étouffer les mouvemens,
& de faire voir au nouveau Roy de Sicile que l'épouſe du Conneſtable n'eſt
plus l'amante du Prince Enrique. En parlant de cette ſorte, comme elle touchoit
à la porte du parc, elle y rentra brufquement avec Niſe, & fermant aprés
elle cette porte, elle laiſſa le Prince accablé de douleur. Il ne pouvoit revenir
du coup que Blanche luy avoit porté par
la nouvelle de ſon mariage. Injuſte Blanche, s'écrioit-il, vous avez perdu la
memoire de noſtre engagement. Malgré
mes ſermens & les voſtres, nous ſommes ſeparez. L'idée que je m'eſtois faite
de poſſeder vos charmes n'eſtoit donc
qu'une vaine illuſion ! Ah, cruelle, que
j'achete cherement l'avantage de vous
avoir fait approuver mon amour.

Alors l'image du bonheur de ſon rival vint s'offrir à ſon eſprit avec toutes
les horreurs de la jalouſie, & cette paſſion prit ſur luy tant d'empire pendant
quelques momens, qu'il fut ſur le point
d'immoler à ſon reſſentiment le Conneſ-

table & Siffredi mefme. La raifon toutefois calma peu à peu la violence de fes
tranfports. Cependant l'impoffibilité où
il fe voyoit d'ofter à Blanche les impreffions qu'elle avoit de fon infidelité, le
mettoit au defefpoir. Il fe flatoit de les
effacer, s'il pouvoit l'entretenir en liberté. Pour y parvenir, il jugea qu'il
falloit éloigner le Conneftable, & il fe
refolut à le faire arrefter comme un homme fufpeét dans les conjonctures où l'Eftat fe trouvoit. Il en donna l'ordre au
Capitaine de fes Gardes qui fe rendit à
Belmonte, s'affura de fa perfonne à l'entrée de la nuit & le mena au chafteau de
Palerme.

Cet incident repandit à Belmonte la
confternation. Siffredi partit fur le champ
pour aller repondre au Roy de l'innocence de fon gendre & luy repréfenter
les fuites fâcheufes d'un pareil emprifonnement. Ce Prince qui s'eftoit bien attendu à cette demarche de fon Miniftre,
& qui vouloit au moins fe menager une
libre entreveuë avec Blanche avant que
de relacher le Conneftable, avoit ex-
preffément défendu que perfonne luy par-
laft jufqu'au lendemain; mais Leontio,
malgré cette défenfe, fit fi bien qu'il en-

tra dans la chambre du Roy : Seigneur,
dit-il en se présentant devant luy, s'il
est permis à un sujet respectueux & fidelle de se plaindre de son maistre, je
viens me plaindre à vous de vous-mesme. Quel crime a commis mon gendre ?
Vostre Majesté a-t-elle bien reflechi sur
l'opprobre éternel dont elle couvre ma
famille, & sur les suites d'un emprisonnement qui peut aliener de vostre service les personnes qui remplissent les pos-
tes de l'Estat les plus importans ? J'ay
des avis certains, repondit le Roy, que
le Connestable a des intelligences criminelles avec l'Infant D. Pedre. Des intelligences criminelles, interrompit avec
surprise Leontio ? Ah, Seigneur, ne le
croyez pas. L'on abuse vostre Majesté.
La trahison n'eut jamais d'entrée dans
la famille de Siffredi ; & il suffit au Connestable qu'il soit mon gendre, pour
estre à couvert de tout soupçon. Le
Connestable est innocent ; mais des veuës
secretes vous ont porté à le faire arrester.

Puisque vous me parlez si ouverte-
ment, repartit le Roy, je vais vous parler de la mesme maniere. Vous vous
plaignez de l'emprisonnement du Con-

neſtable ? hé n'ay-je point à me plaindre
de voſtre cruauté ? C'eſt vous, barbare
Siffredi, qui m'avez ravi mon repos &
reduit par vos ſoins officieux à envier le
ſort des plus vils mortels. Car ne vous
flatez pas que j'entre dans vos idées.
Mon mariage avec Conſtance eſt vainement reſolu... Quoy, Seigneur, interrompit en fremiſſant Leontio, vous pour-
riez ne point épouſer la Princeſſe, aprés
l'avoir flatée de cette eſperance aux yeux
de tous vos peuples ? Si je trompe leur
attente, repliqua le Roy, ne vous en prenez qu'à vous. Pourquoy m'avez-vous
mis dans la neceſſité de leur promettre
ce que je ne pouvois leur accorder ? Qui
vous obligeoit à remplir du nom de Conſtance un billet que j'avois fait à voſtre
fille ? Vous n'ignoriez pas mon inten-
tion. Falloit-il tyranniſer le cœur de
Blanche en luy faiſant épouſer un homme qu'elle n'aimoit pas ? & quel droit
avez-vous ſur le mien pour en diſpoſer
en faveur d'une Princeſſe que je hais ?
Avez-vous oublié qu'elle eſt fille de cette
cruelle Mathilde qui foulant aux pieds
les droits du ſang & de l'humanité, fit
expirer mon pere dans les rigueurs d'une
dure captivité ? Et je l'épouſerois ? Non

Siffredi. Perdez cette esperance. Avant
que de voir allumer le flambeau de cet
affreux hymen , vous verrez toute la Sicile en flammes & ses sillons inondez de
sang.

L'ai-je bien entendu , s'écria Leontio ? Ah , Seigneur , que me faites-vous
envisager ? quelles terribles menaces !
Mais je m'alarme mal à propos , continua-t-il en changeant de ton. Vous che-
rissez trop vos sujets, pour leur procurer une si triste destinée. Vous ne vous
laisserez point surmonter par l'amour.
Vous ne ternirez pas vos vertus en tombant dans les foiblesses des hommes ordinaires. Si j'ay donné ma fille au Connestable, je ne l'ay fait, Seigneur, que
pour acquerir à vostre Majesté un sujet
vaillant qui pust appuyer de son bras &
de l'armée dont il dispose vos interests
contre ceux du Prince Don Pedre. J'ay
crû qu'en le liant à ma famille par des
nœuds si étroits... Hé ce sont ces nœuds,
s'écria le Prince Enrique, ce sont ces
funestes nœuds qui m'ont perdu. Cruel
ami , pourquoy me porter un coup si
sensible ? Vous avois-je chargé de menager mes interests aux despens de mon
cœur ? Que ne me laissiez-vous soûte-
nir

nir mes droits moy-mefme ? Manquai-je de courage pour reduire ceux de mes fujets qui voudront s'y oppofer ? J'aurois bien fceu punir le Conneftable, s'il m'euft defobeï. Je fçay que les Rois ne font pas des tyrans : que le bonheur de leurs peuples eft leur premier devoir ; mais doivent-ils eftre les efclaves de leurs fujets ? & du moment que le Ciel les choifit pour gouverner, perdent-ils le droit que la nature accorde à tous les hommes de difpofer de leurs affections ? Ah s'ils n'en peuvent joüir comme les derniers des mortels, reprenez, Siffredi, cette fouveraine puiffance que vous m'avez voulu affurer aux dépens de mon repos.

Vous ne pouvez ignorer, Seigneur, repliqua le Miniftre, que c'eft au mariage de la Princeffe que le feu Roy voftre oncle attache la fucceffion de la couronne. Et quel droit, repartit Enrique, avoit-il luy-mefme d'eftablir cette difpofition ? Avoit-il receu cette indigne loy du Roy Charles fon frere, lorfqu'il luy fucceda ? Deviez-vous avoir la foibleffe de vous foûmettre à une condition fi injufte ? Pour un grand Chancelier, vous eftes bien mal inftruit de nos ufa-

ges. En un mot, quand j'ay promis ma
main à Conſtance, cet engagement n'a
pas eſté volontaire. Je ne pretends point
tenir ma promeſſe ; & ſi D. Pedre fonde
ſur mon refus l'eſperance de monter au
throſne, ſans engager les peuples dans
un demeſlé qui coûteroit trop de ſang,
l'épée pourra decider entre nous qui des
deux ſera le plus digne de regner. Leontio n'oſa le preſſer davantage & ſe contenta de luy demander à genoux la liberté de ſon gendre ; ce qu'il obtint. Allez, luy dit le Roy, retournez à Belmonte. Le Conneſtable vous y ſuivra
bien-toſt. Le Miniſtre ſortit & regagna
Belmonte, perſuadé que ſon gendre mar-
cheroit inceſſamment ſur ſes pas. Il ſe
trompoit. Enrique vouloit voir Blanche
cette nuit, & pour cet effet il remit au
lendemain matin l'elargiſſement de ſon
époux.

Pendant ce temps-là ce Conneſtable
faiſoit de cruelles reflexions. Son empri-
ſonnement luy avoit ouvert les yeux ſur
la veritable cauſe de ſon malheur. Il
s'abandonna tout entier à ſa jalouſie, &
dementant la fidelité qui l'avoit juſqu'a-
lors rendu ſi recommandable, il ne reſ-
pira plus que vengeance. Comme il ju-

geoit bien que le Roy ne manqueroit pas
cette nuit d'aller trouver Blanche, pour
les furprendre enfemble, il pria le Gouverneur du chafteau de Palerme de le
laiffer fortir de prifon, l'affurant qu'il y
rentreroit le lendemain avant le jour. Le
Gouverneur qui luy eftoit tout devoüé,
y confentit d'autant plus facilement qu'il
avoit deja fceu que Siffredi avoit obtenu
fa liberté, & mefme il luy fit donner
un cheval pour fe rendre à Belmonte. Le
Conneftable y eftant arrivé, attacha fon
cheval à un arbre ; entra dans le parc par
une petite porte dont il avoit la clef, &
fut affez heureux pour fe gliffer dans le
chafteau, fans rencontrer perfonne. Il
gagna l'appartement de fa femme, & fe
cacha dans l'antichambre derriere un pa-
ravant qu'il y trouva fous fa main. Il fe
propofoit d'obferver de là tout ce qui fe
pafferoit & de paroiftre fubitement dans
la chambre de Blanche au moindre bruit
qu'il y entendroit. Il en vit fortir Nife
qui venoit de quitter fa maitreffe pour
fe retirer dans un cabinet où elle couchoit.

La fille de Siffredi qui avoit penetré
fans peine le motif de l'emprifonnement
de fon mari, jugeoit bien qu'il ne re-

F ij

viendroit pas cette nuit à Belmonte, quoyque son pere luy euft dit que le Roy l'avoit affuré que le Conneftable parti- roit bien-toft aprés luy. Elle ne doutoit pas qu'Enrique ne vouluft profiter de la conjonĉture pour la voir & l'entretenir en liberté. Dans cette penfée, elle at- tendoit ce Prince, pour luy reprocher une aĉtion qui pouvoit avoir de terribles fuites pour elle. Effeĉtivement, peu de temps aprés la retraite de Nife, la cou- liffe s'ouvrit, & le Roy vint fe jetter aux genoux de Blanche : Madame, luy dit-il , ne me condamnez point fans m'entendre. Si j'ay fait emprifonner le Conneftable, fongez que c'eftoit le feul moyen qui me reftoit pour me juftifier. N'imputez donc qu'à vous feule cet ar- tifice. Pourquoy ce matin refufiez-vous de m'entendre ? Helas, demain voftre époux fera libre & je ne pourray plus vous parler. Ecoutez-moy donc pour la derniere fois. Si voftre perte rend mon fort deplorable, accordez-moy du moins la trifte confolation de vous apprendre que je ne me fuis point attiré ce malheur par mon infidelité. Si j'ay confirmé à Conftance le don de ma main, c'eft que je ne pouvois m'en difpenfer dans la fi-

tuation où voſtre pere avoit reduit les
choſes. Il falloit tromper la Princeſſe
pour voſtre intereſt & pour le mien ;
pour vous aſſurer la couronne & la main
de voſtre amant. Je me promettois d'y
reüſſir. J'avois déja pris des meſures
pour rompre cet engagement ; mais vous
avez détruit mon ouvrage, & diſpoſant
de vous trop legerement, vous avez
préparé une éternelle douleur à deux
cœurs qu'un parfait amour auroit rendu
contens.

Il acheva ce diſcours avec des ſignes
ſi viſibles d'un veritable deſeſpoir, que
Blanche en fut touchée. Elle ne douta
plus de ſon innocence. Elle en eut d'a-
bord de la joye. Enſuite le ſentiment de
ſon infortune en devint plus vif. Ah,
Seigneur, dit-elle au Prince, aprés la
diſpoſition que le deſtin a fait de nous,
vous me cauſez une peine nouvelle en
m'apprenant que vous n'eſtiez pas coupable. Qu'ai-je fait, malheureuſe ? Mon
reſſentiment m'a ſeduite. Je me ſuis crû
abandonnée & dans mon depit j'ay receu la main du Conneſtable, que mon
pere m'a préſentée. J'ay fait le crime &
nos malheurs. Helas, dans le temps que
je vous accuſois de me tromper, c'eſtoit

donc moy, trop credule amante, qui
rompois des nœuds que j'avois juré de
rendre éternels ? Vengez-vous, Seigneur, à voſtre tour. Haïſſez l'ingrate
Blanche... Oubliez... Hé le puis-je,
Madame, interrompit triſtement Enrique ? Le moyen d'arracher de mon cœur
une paſſion que voſtre injuſtice meſme
ne ſçauroit éteindre. Il faut pourtant
vous faire cet effort, Seigneur, reprit en
ſoupirant le fille de Siffredi... Hé ſerez-
vous capable de cet effort, vous-meſme,
repliqua le Roy ? Je ne me promets pas
d'y reüſſir, repartit-elle ; mais je n'é-
pargneray rien pour en venir à bout. Ah
cruelle, dit le Prince, vous oublirez facilement Henrique, puiſque vous pouvez en former le deſſein. Quelle eſt donc
voſtre penſée, dit Blanche d'un ton plus
ferme ? Vous flatez-vous que je puiſſe
vous permettre de continuer à me rendre des ſoins ? Non, Seigneur. Renon-
cez à cette eſperance. Si je n'eſtois pas
née pour eſtre Reine, le Ciel ne m'a pas
non plus formée pour écouter un amour
illegitime. Mon époux eſt comme vous,
Seigneur, de la noble maiſon d'Anjou ;
& quand ce que je luy dois n'oppoſeroit
pas un obſtacle inſurmontable à vos ga-

lanteries, ma gloire m'empefcheroit de
les fouffrir. Je vous conjure de vous retirer. Il ne faut plus nous voir. Quelle
barbarie, s'écria le Roy ! Ah Blanche,
eft-il poffible que vous me traitiez avec
tant de rigueur ? Ce n'eft dont point affez pour m'accabler, que vous foyez entre les bras du Conneftable ? vous voulez encore m'interdire voftre veuë, la
feule confolation qui me refte. Fuyez
plûtoft, repondit la fille de Siffredi en
verfant quelques larmes. La veuë de ce
qu'on a tendrement aimé n'eft plus un
bien, lorfqu'on a perdu l'efperance de
le poffeder. Adieu, Seigneur, fuyez-
moy. Vous devez cet effort à voftre
gloire & à ma reputation. Je vous le demande auffi pour mon repos ; car enfin
quoyque ma vertu ne foit point alarmée
des mouvemens de mon cœur, le fouve-
nir de voftre tendreffe me livre des combats fi cruels, qu'il m'en coûte trop
pour les foûtenir.

Elle prononça ces paroles avec tant
de vivacité, qu'elle renverfa, fans y
penfer, un flambeau qui eftoit fur une
table derriere elle. La bougie s'éteignit
en tombant. Blanche la ramaffe & pour
la rallumer, elle ouvre la porte de l'an-

tichambre & gagne le cabinet de Nife qui n'eſtoit pas encore couchée ; puis elle revient avec de la lumiere. Le Roy qui attendoit ſon retour, ne la vit pas plûtoſt, qu'il ſe remit à la preſſer de ſouffrir ſon attachement. A la voix de ce Prince, le Conneſtable, l'épée à la main, entra bruſquement dans la chambre preſque en meſme temps que ſon épouſe, & s'avançant vers Enrique avec tout le reſſentiment que ſa rage luy inſpiroit : C'en eſt trop, tyran, luy cria-t-il, ne crois pas que je ſois aſſez lâche pour endurer l'affront que tu fais à mon honneur. Ah, traiſtre, luy repondit le Roy, en ſe mettant en défenſe, ne t'imagine pas toy-meſme pouvoir impunément executer ton deſſein. A ces mots, ils commencerent un combat qui fut trop vif pour durer long temps. Le Conneſtable craignant que Siffredi & ſes domeſtiques n'accouruſſent trop viſte aux cris que pouſſoit Blanche & ne s'oppoſaſſent à ſa vengeance, ne ſe menagea point. Sa fureur luy oſta le jugement. Il prit ſi mal ſes meſures, qu'il s'enferra luy meſme dans l'épée de ſon ennemi. Elle luy entra dans le corps juſqu'à la garde. Il tomba & le Roy s'arreſta dans le moment.

La

La fille de Leontio touchée de l'estat
où elle voyoit son époux, & surmontant
la repugnance naturelle qu'elle avoit pour
luy, se jetta à terre & s'empressa de le
secourir. Mais ce malheureux époux estoit trop prévenu contre elle, pour se
laisser attendrir aux temoignages qu'elle
luy donnoit de sa douleur & de sa com-
passion. La mort, dont il sentoit les ap-
proches, ne put étouffer les transports
de sa jalousie. Il n'envisagea dans ces
derniers momens que le bonheur de son
rival, & cette idée luy parut si affreuse,
que rappellant tout ce qui luy restoit de
force, il leva son épée, qu'il tenoit encore, & la plongea toute entiere dans le
sein de Blanche : Meurs, luy dit-il en
la perçant, meurs, infidelle épouse, puis-
que les nœuds de l'hymenée n'ont pû
me conserver une foy que tu m'avois jurée sur les autels. Et toy, poursuivit il,
Enrique, ne t'applaudis point de ta destinée. Tu ne sçaurois joüir de mon malheur. Je meurs content. En achevant de
parler de cette sorte, il expira, & son vi-
sage, tout couvert qu'il estoit des om-
bres de la mort, avoit encore quelque
chose de fier & de terrible. Celuy de
Blanche offroit un spectacle bien diffe-

Tome II.   G

rent. Le coup qui l'avoit frapée estoit
mortel. Elle tomba sur le corps mourant
de son époux, & le sang de l'innocente
victime se confondoit avec celuy de son
meurtrier, qui avoit si brusquement executé sa cruelle resolution, que le Roy
n'en avoit pû prévenir l'effet.

Ce Prince infortuné fit un cri en
voyant tomber Blanche, & plus frapé
qu'elle du coup qui l'arrachoit à la vie,
il se mit en devoir de luy rendre les mesmes soins qu'elle avoit voulu prendre,
& dont elle avoit esté si mal recompen-
sée. Mais elle luy dit d'une voix mou-
rante : Seigneur, vostre peine est inutile.
Je suis la victime que le sort impitoyable
demandoit. Puisse-t-elle appaiser sa colere, & assurer le bonheur de vostre regne. Comme elle achevoit ces paroles,
Leontio, attiré par les cris qu'elle avoit
poussez, arriva dans la chambre, &
saisi des objets qui se présentoient à ses
yeux, il demeura immobile. Blanche
sans l'appercevoir, continua de parler au
Roy. Adieu, Prince, luy dit-elle ; con-
servez cherement ma memoire. Ma tendresse & mes malheurs vous y obligent.
N'ayez point de ressentiment contre mon
pere. Menagez ses jours & sa douleur,

& rendez juſtice à ſon zele. Surtout,
faites-luy connoiſtre mon innocence.
C'eſt ce que je vous recommande plus
que toute autre choſe. Adieu, mon cher
Enrique. . . je meurs. . . recevez mon
dernier ſoupir.

A ces mots, elle mourut. Le Roy
garda quelque temps un morne ſilence.
Enſuite il dit à Siffredi qui paroiſſoit dans
un accablement mortel : Voyez, Leontio, contemplez voſtre ouvrage. Conſi-
derez dans ce tragique évenement le fruit
de vos ſoins officieux & de voſtre zele
pour moy. Le vieillard ne répondit rien,
tant il eſtoit penetré de douleur. Mais
pourquoy m'arreſter à décrire des choſes
qu'aucuns termes ne peuvent exprimer ?
Il ſuffit de dire qu'ils firent l'un & l'autre
les plaintes du monde les plus touchan-
tes, dés que leur affliction leur permit
de faire éclater leurs mouvemens.

Le Roy conſerva toute ſa vie un tendre ſouvenir de ſon amante. Il ne put ſe
reſoudre à épouſer Conſtance. L'Infant
Don Pedre ſe joignit à cette Princeſſe, &
tous deux ils n'épargnerent rien pour faire
valoir la diſpoſition du teſtament de Roger ; mais ils furent enfin obligez de ceder
au Prince Enrique, qui vint à bout de ſes

ennemis. Pour Siffredi, le chagrin qu'il
eut d'avoir caufé tant de malheurs, le
détacha du monde, & luy rendit infup-
portable le fejour de fa patrie. Il abandonna la Sicile, & paffant en Efpagne
avec Porcie, la fille qui luy reftoit, il
ácheta ce chafteau. Il vécut icy prés de
quinze années aprés la mort de Blanche,
& il eut avant que de mourir, la confolation de marier Porcie. Elle époufa Don
Jerôme de Silva, & je fuis l'unique fruit
de ce mariage. Voila, pourfuivit la veuve de Don Pedro de Pinarés, l'hiftoire de
ma famille, & un fidelle recit des malheurs qui font repréfentez dans ce tableau, que Leontio mon ayeul fit faire
pour laiffer à fa pofterité un monument
de cette funefte avanture.

CHAPITRE V.

De ce que fit Aurore de Gufman, *lorfqu'elle fut à* Salamanque.

ORtiz, fes compagnes & moy aprés
avoir entendu cette hiftoire, nous
fortimes de la falle, où nous laiffâmes
Aurore avec Elvire. Elles y pafferent le

refte de la journée à s'entretenir. Elles
ne s'ennuyoient point l'une avec l'autre,
& le lendemain quand nous partimes,
elles eurent autant de peine à fe quitter,
que deux amies qui fe font fait une douce
habitude de vivre enfemble.

Enfin nous arrivames fans accident à
Salamanque. Nous y loüames d'abord
une maifon toute meublée, & la Dame
Ortiz, ainfi que nous en eftions conve-
nus, prit le nom de Doña Kimena de
Guzman. Elle avoit efté trop long-temps
Duegne, pour n'eftre pas une bonne actrice. Elle fortit un matin avec Aurore,
une femme de chambre & un valet, &
fe rendit à un hoftel garni, où nous avions
appris que Pacheco logeoit ordinairement. Elle demanda s'il y avoit quelque
appartement à loüer. On luy répondit
qu'ouy, & on luy en montra un affez
propre, qu'elle arrefta. Elle donna mefme de l'argent d'avance à l'hoftefle, en
luy difant que c'eftoit pour un de fes neveux qui venoit de Tolede étudier à Salamanque, & qui devoit arriver ce jour-
là.

La Duegne & ma maitrefle aprés s'eftre affurées de ce logement, revinrent
fur leurs pas, & la belle Aurore fans per-

dre de temps, ſe traveſtit en Cavalier.
Elle couvrit ſes cheveux noirs d'une fauſſe
chevelure blonde, ſe teignit les ſourcils
de la meſme couleur, & s'ajuſta de ſorte, qu'elle pouvoit fort bien paſſer pour
un jeune Seigneur. Elle avoit l'action
libre & aiſée, & à la reſerve de ſon viſage qui eſtoit un peu trop beau pour un
homme, rien ne trahiſſoit ſon déguiſe-
ment. La ſuivante qui devoit luy ſervir
de page s'habilla auſſi, & nous n'apprehendions point qu'elle fiſt mal ſon perſonnage : outre qu'elle n'eſtoit pas des
plus jolies, elle avoit un petit air effronté
qui convenoit fort à ſon rolle. L'apréſ-
dinée, ces deux actrices ſe trouvant en
eſtat de paroiſtre ſur la ſcene, c'eſt à
dire dans l'hoſtel garni, j'en pris le chemin avec elles. Nous y allames tous
trois en caroſſe, & nous y portames toutes les hardes dont nous avions beſoin.

L'hoſteſſe, appellée Bernarda Ramirez, nous receut avec beaucoup de civilité & nous conduiſit à noſtre appartement, où nous commençames à l'entretenir. Nous convinmes de la nourriture
qu'elle auroit ſoin de nous fournir, &
de ce que nous luy donnerions pour cela
tous les mois. Nous luy demandames en-

fuite fi elle avoit bien des penfionnaires.
Je n'en ay pas préfentement, nous répondit-elle ; je n'en manquerois point fi
j'eftois d'humeur à prendre toute forte
de perfonnes ; mais je ne veux que de
jeunes Seigneurs. J'en attends ce foir un
qui vient de Madrid achever icy fes étu-
des. C'eft Don Luis Pacheco. Vous en
avez peut-eftre entendu parler. Non,
luy dit Aurore, je ne fçay quel homme
c'eft, & vous me ferez plaifir de me l'apprendre, puifque je dois demeurer avec
luy. Seigneur, reprit l'hofteffe en regar-
dant ce faux Cavalier, c'eft une figure
toute brillante ; il eft fait à peu prés comme vous. Ah que vous ferez bien enfemble l'un & l'autre ! Par faint Jacques !
je pourray me vanter d'avoir chez moy
les deux plus gentils Seigneurs d'Efpagne. Ce Don Luis, repliqua ma maitreffe, a fans doute en ce pays-cy mille
bonnes fortunes ? Oh je vous en affure,
repartit la vieille ; c'eft un verd galant
fur ma parole. Il n'a qu'à fe montrer
pour faire des conqueftes. Il a charmé
entre autres une Dame qui a de la jeuneffe & de la beauté. On la nomme Ifabelle. C'eft la fille d'un vieux Docteur
en Droit. Elle en eft, ce qui s'appelle

folle. Et dites-moy, ma bonne, interrompit Aurore avec precipitation, en
est il fort amoureux ? Il l'aimoit, répondit Bernarda Ramirez, avant son depart
pour Madrid. Mais je ne sçay s'il l'aime encore ; car il est un peu sujet à caution. Il court de femme en femme, comme tous les jeunes Cavaliers ont cous-
tume de faire.

La bonne veuve n'avoit pas achevé de
parler, que nous entendimes du bruit
dans la cour. Nous regardames aussitost
par la fenestre, & nous apperceumes
deux hommes qui descendoient de cheval. C'estoit Don Luis Pacheco luy-
mesme qui arrivoit de Madrid avec un
valet de chambre. La vieille nous quitta
pour aller le recevoir, & ma maitresse
se disposa non sans émotion à joüer le
rolle de Don Felix. Nous vimes bientost
entrer dans nostre appartement Don
Luis encore tout botté : Je viens d'apprendre, dit-il en saluant Aurore, qu'un
jeune Seigneur Toledan est logé dans
cet hostel. Il veut bien que je luy temoigne la joye que j'ay de l'avoir pour
convive. Pendant que ma maitresse répondoit à ce compliment, Pacheco me
parut surpris de trouver un Cavalier si

aimable. Aussi ne put-il s'empescher de
luy dire qu'il n'en avoit jamais vû de
si beau ni de si bien fait. Aprés force
discours pleins de politesse de part &
d'autre, Don Luis se retira dans l'appartement qui luy estoit destiné.

Tandis qu'il y faisoit oster ses bottes,
& changeoit d'habit & de linge, une
espece de page qui le cherchoit pour luy
rendre une lettre, rencontra par hazard
Aurore sur l'escalier. Il la prit pour D.
Luis, & luy remettant le billet dont il
estoit chargé : Tenez, Seigneur Cavalier, luy dit-il, quoyque je ne connoisse
pas le Seigneur Pacheco, je ne croy pas
avoir besoin de vous demander si vous
l'estes. Je suis persuadé que je ne me
trompe point. Non, mon ami, répondit
ma maitresse avec une présence d'esprit
admirable ; vous ne vous trompez pas
assurément. Vous vous acquittez de vos
commissions à merveilles. Je suis Don
Luis Pacheco. Allez. J'auray soin de
faire tenir ma réponse. Le page disparut,
& Aurore s'enfermant avec sa suivante
& moy, ouvrit la lettre & nous lut ces
paroles : *Je viens d'apprendre que vous*
estes à Salamanque. Avec quelle joye
j'ay receu cette nouvelle ! J'en ay pensé

perdre l'esprit. Mais aimez-vous encore Isabelle? Hastez-vous de l'assurer que vous n'avez point changé. Je croy qu'elle mourra de plaisir, si elle vous retrouve fidelle.

Le billet est passionné, dit Aurore; il marque une ame bien éprise. Cette Dame est une rivale qui doit m'alarmer. Il faut que je n'épargne rien pour en détacher Don Luis, & pour empescher mesme qu'il ne la revoye. L'entreprise, je l'avouë, est difficile. Cependant je ne desespere pas d'en venir à bout. Ma maitresse se mit à resver là-dessus; & un moment aprés, elle ajouta: Je vous les garantis broüillez en moins de vingt-quatre heures. En effet, Pacheco s'estant un peu reposé dans son appartement, vint nous retrouver dans le nostre, & renoüa l'entretien avec Aurore avant le souper. Seigneur Cavalier, luy dit-il en plaisantant, je croy que les maris & les amans ne doivent pas se rejoüir de vostre arrivée à Salamanque; vous allez leur causer de l'inquietude. Pour moy, je tremble pour mes conquestes. Ecoutez, luy répondit ma maitresse sur le mesme ton, vostre crainte n'est pas mal fondée. Don Felix de Mendoce est

un peu redoutable, je vous en avertis. Je
fuis deja venu dans ce pays-cy. Je fçay
que les femmes n'y font pas infenfibles.
Il y a un mois que je paffay par cette
ville. Je m'y arreftay huit jours , & je
vous diray confidemment que j'enflam-
may la fille d'un vieux Docteur en Droit.

Je m'apperceus, à ces paroles, que
Don Luis fe troubla : Peut-on fans in-
difcretion, reprit-il, vous demander le
nom de la Dame ? Comment fans indif-
cretion, s'écria le faux Don Felix ? Pourquoy vous ferois-je un myftere de cela ?
Me croyez-vous plus difcret que les autres Seigneurs de mon âge ? Ne me faites
point cette injuftice-là. D'ailleurs , l'objet , entre nous , ne merite pas tant de
menagement. Ce n'eft qu'une petite bour-
geoife. Un homme de qualité ne s'occupe
pas ferieufement d'une grifette, & croit
mefme luy faire honneur en la deshono-
rant. Je vous apprendray donc fans façon que la fille du Docteur fe nomme
Ifabelle. Et le Docteur , interrompit impatiemment Pacheco, s'appelleroit-il le
Seigneur Murcia de la Llaña? Juftement,
repliqua ma maitreffe. Voicy une lettre
qu'elle m'a fait tenir tout à l'heure. Lifez-
la, & vous verrez fi la Princeffe me veut

du bien. D. Luis jetta les yeux sur le billet, & reconnoiſſant l'ecriture, il demeûra
confus & interdit. Que vois-je, pourſuivit alors Aurore d'un air étonné ?
Vous changez de couleur. Je croy, Dieu
me pardonne, que vous prenez intereſt
à cette Dame ! Ah que je me veux de
mal de vous avoir parlé avec tant de
franchiſe !

Je vous en ſçay trés-bon gré, moy,
dit Don Luis avec un tranſport meſlé de
dépit & de colere. La perfide ! la volage ! Don Felix, que ne vous dois-je
point ? Vous me tirez d'une erreur que
j'aurois peut-eſtre conſervée encore
long-temps. Je m'imaginois eſtre aimé,
que dis-je aimé ? je croyois eſtre adoré
d'Iſabelle. J'avois quelque eſtime pour
cette creature là, & je vois bien que ce
n'eſt qu'une coquette digne de tout mon
mepris. J'approuve voſtre reſſentiment,
dit Aurore en marquant à ſon tour de
l'indignation. La fille d'un Docteur en
Droit devoit bien ſe contenter d'avoir
pour amant un jeune Seigneur auſſi aimable que vous l'eſtes. Je ne puis excuſer ſon inconſtance, & bien loin d'agréer
le ſacrifice qu'elle me fait de vous, je
prétends, pour la punir, dédaigner ſes

bontez. Pour moy, reprit Pacheco, je
ne la reverray de ma vie. C'est la seule
vengeance que j'en dois tirer. Vous avez
raison, s'ecria le faux Mendoce. Neant-
moins pour luy faire connoistre jusqu'à
quel point nous la meprisons tous deux,
je suis d'avis que nous luy écrivions chacun un billet insultant. J'en feray un paquet que je luy envoyeray pour réponse
à sa lettre. Mais avant que nous en venions à cette extremité, consultez vostre
cœur ; peut-estre vous repentirez-vous
un jour d'avoir rompu avec Isabelle.
Non non, interrompit Don Luis ; je
n'auray jamais cette foiblesse ; & je consens que pour mortifier l'ingrate, nous
fassions ce que vous me proposez.

Aussitost j'allay chercher du papier &
de l'encre ; & ils se mirent à composer
l'un & l'autre des billets fort obligeans
pour la fille du Docteur Murcia de la
Llaña. Pacheco surtout ne pouvoit trouver des termes assez forts à son gré pour
exprimer ses sentimens, & il déchira
cinq ou six lettres commencées, parce
qu'elles ne luy parurent pas assez dures.
Il en fit pourtant une dont il fut content, & dont il avoit sujet de l'estre.
Elle contenoit ces paroles : *Apprenez à*

vous connoiſtre, ma Princeſſe, & n'ayez
plus la vanité de croire que je vous
aime. Il faut un autre merite que le
voſtre pour m'attacher. Vous n'eſtes
pas meſme aſſez agréable pour m'amu-
ſer quelques momens. Vous n'eſtes pro-
pre qu'à faire l'amuſement des derniers
écoliers de l'Univerſité. Il écrivit donc
ce billet gracieux, & lorſqu'Aurore eut
achevé le ſien, qui n'eſtoit pas moins of-
fenſant, elle les cacheta tous deux, y
mit une envelope, & me donnant le paquet : Tiens, Gil Blas, me dit-elle, fais
enſorte qu'Iſabelle reçoive cela ce ſoir.
Tu m'entends bien, aioûta-t-elle, en
me faiſant des yeux un ſigne que je compris parfaitement. Oüy, Seigneur, luy
répondis-je, vous ſerez ſervi comme vous
le ſouhaitez.

Je ſortis en meſme temps, & quand
je fus dans la rüe, je me dis à moy-meſme : Oh çà, Monſieur Gil Blas, vous
faites donc le valet dans cette comedie ?
Hé bien, mon ami, montrez que vous
avez aſſez d'eſprit pour remplir un ſi
beau rolle. Le Seigneur Don Felix s'eſt
contenté de vous faire un ſigne. Il compte, comme vous voyez, ſur voſtre intelligence. A-t-il tort ? Non. Je con-

çois ce qu'il attend de moy. Il veut que
je faſſe tenir ſeulement le billet de Don
Luis. C'eſt ce que ſignifie ce ſigne-là.
Rien n'eſt plus intelligible. Je ne balan-
çay point à defaire le paquet. Je tiray la
lettre de Pacheco , & je la portay chez
le Docteur Murcia , dont j'eus bientoſt
appris la demeure. Je trouvay à la porte
de ſa maiſon le petit page qui eſtoit venu
à l'hoſtel garni : Frere, luy di-je, ne ſe-
riez-vous point par hazard domeſtique
de la fille de Monſieur le Docteur Murcia ? Il me répondit qu'ouy. Vous avez,
luy repliquai-je, la phiſionomie ſi offi-
cieuſe, que j'oſe vous prier de rendre
un billet doux à voſtre maitreſſe.

Le petit page me demanda de quelle
part je l'apportois, & je ne luy eus pas
ſitoſt reparti que c'eſtoit de celle de Don
Luis Pacheco, qu'il me dit : Cela eſtant,
ſuivez-moy. J'ay ordre de vous faire entrer. Iſabelle veut vous entretenir. Je
me laiſſay introduire dans un cabinet,
où je ne tarday guere à voir paroiſtre la
Señora. Je fus frappé de la beauté de
ſon viſage. Je n'ay point veu de traits
plus delicats. Elle avoit un air mignon
& enfantin, mais cela n'empeſchoit pas
que depuis trente bonnes années pour le

moins elle ne marchaſt ſans liſiere: Mon
ami, me dit-elle d'un air riant, appar-
tenez-vous à Don Luis Pacheco ? Je luy
répondis que j'eſtois ſon valet de chambre depuis trois ſemaines. Enſuite, je
luy remis le billet fatal dont j'eſtois chargé. Elle le relut deux ou trois fois. Il
ſembloit qu'elle ſe défiaſt du rapport de
ſes yeux. Effectivement, elle ne s'attendoit à rien moins qu'à une pareille ré-
ponſe. Elle eleva ſes regards vers le Ciel,
ſe mordit les lévres, & pendant quelque temps ſa contenance rendit temoignage des peines de ſon cœur. Puis tout
à coup m'adreſſant la parole: Mon ami,
me dit-elle, Don Luis eſt-il devenu
fou ? Apprenez-moy, ſi vous le ſçavez,
pourquoy il m'ecrit ſi galamment. Quel
demon peut l'agiter ? S'il veut rompre
avec moy, ne le ſçauroit-il faire ſans
m'outrager par des lettres ſi brutales?

Madame, luy di-je, mon maiſtre a
tort aſſeurément. Mais il a eſté en quelque façon forcé de le faire. Si vous me
promettiez de garder le ſecret, je vous
découvrirois tout le myſtere. Je vous le
promets, interrompit-elle avec précipitation. Ne craignez point que je vous
commette. Expliquez-vous hardiment.
                                        Hé

Hé bien, repris-je, voicy le fait en deux mots : Un moment aprés voftre lettre receuë, il eft entré dans noftre hoftel une Dame couverte d'une mante des plus épaiffes. Elle a demandé le Seigneur Pacheco, luy a parlé quelque temps en particulier, & fur la fin de la converfation, j'ay entendu qu'elle luy a dit : Vous me jurez que vous ne la reverrez jamais. Ce n'eft pas tout. Il faut pour ma fatisfaction, que vous luy écriviez tout à l'heure un billet que je vais vous dicter. J'exige cela de vous. Don Luis a fait ce qu'elle defiroit ; puis me mettant le papier entre les mains : Informe-toy, m'a-t-il dit, où demeure le Docteur Murcia de la Llaña, & fais adroitement tenir ce poulet à fa fille Ifabelle.

Vous voyez bien, Madame, pourfuivis-je, que cette lettre defobligeante eft l'ouvrage d'une rivale, & que par confequent mon maiftre n'eft pas fi coupable. O Ciel, s'écria-t-elle, il l'eft encore plus que je ne penfois. Son infidelité m'offenfe plus que les mots piquans que fa main a tracez. Ah l'infidelle ! il a pû former d'autres nœuds. . . Mais, ajouta-t-elle en prenant un air fier, qu'il s'abandonne fans

Tome II. H

contrainte à son nouvel amour. Je ne
pretends point le traverser. Dites-luy
qu'il n'avoit pas besoin de m'insulter,
pour m'obliger à laisser le champ libre à
ma rivale , & que je meprise trop un
amant si volage , pour avoir la moindre
envie de le rappeller. A ce discours , elle
me congedia & se retira fort irritée contre Don Luis.

Je sortis fort satisfait de moy , & je
compris que si je voulois me mettre dans
le genie , je deviendrois un habile fourbe.
Je m'en retournay à nostre hostel , où je
trouvay les Seigneurs Mendoce & Pacheco qui soupoient ensemble & s'entretenoient comme s'ils se fussent connus de
longue main. Aurore s'apperceut à mon
air content , que je ne m'estois point mal
acquitté de ma commission. Te voila
donc de retour , Gil Blas , me dit-elle ;
rends-nous compte de ton message. Il
fallut encore là payer d'esprit. Je dis que
j'avois donné le paquet en main propre,
& qu'Isabelle aprés avoir lû les deux billets doux qu'il contenoit , au lieu d'en
paroistre déconcertée , s'estoit mise à
rire comme une folle , en disant : Par ma
foy , les jeunes Seigneurs ont un joli stile.
Il faut avoüer que les autres personnes

n'écrivent pas fi agréablement. C'eft
fort bien fe tirer d'embarras, s'écria ma
maitreffe ; & voila certainement une
coquette des plus fieffées. Pour moy,
dit Don Luis, je ne reconnois point Ifabelle à ces traits-là. Il faut qu'elle ait
changé de caractere pendant mon abfence. J'aurois jugé d'elle auffi tout autrement, reprit Aurore. Convenons qu'il
y a des femmes qui fçavent prendre toutes fortes de formes. J'en ay aimé une de
celles-là, & j'en ay efté long-temps la
dupe. Gil Blas vous le dira, elle avoit un
air de fageffe à tromper toute la terre. Il
eft vray, di-je en me meflant à la converfation, que c'eftoit un minois à piper
les plus fins. J'y aurois moy-mefme efté
attrapé.

Le faux Mendoce & Pacheco firent
de grands éclats de rire en m'entendant
parler ainfi ; l'un à caufe du temoignage
que je portois contre une Dame imagi-
naire, & l'autre rioit feulement des termes dont je venois de me fervir. Nous
continuames à nous entretenir des femmes qui ont l'art de fe mafquer, & le
refultat de tous nos difcours fut, qu'Ifabelle demeura dûment atteinte & con-
vaincuë d'eftre une franche coquette.

H ij

Don Luis protesta de nouveau qu'il ne la
reverroit jamais , & Don Felix à son
exemple , jura qu'il auroit toûjours pour
elle un parfait mépris. Ensuite de ces protestations , ils se lierent d'amitié tous
deux , & se promirent mutuellement de
n'avoir rien de caché l'un pour l'autre.
Ils passerent l'aprés-souper à se dire des
choses gracieuses , & enfin ils se sepa-
rerent pour s'aller reposer chacun dans
son appartement. Je suivis Aurore dans
le sien , où je luy rendis un compte exact
de l'entretien que j'avois eu avec la fille
du Docteur. Je n'oubliay pas la moindre
circonstance. Peu s'en fallut qu'elle ne
m'embrassast de joye : Mon cher Gil
Blas , me dit - elle , je suis charmée de
ton esprit. Quand on a le malheur d'estre engagé dans une passion qui nous
oblige de recourir à des stratagesmes,
quel avantage d'avoir dans ses interests
un garçon aussi spirituel que toy. Courage , mon ami. Nous venons d'écarter
une rivale qui pouvoit nous embarasser.
Cela ne va pas mal. Mais comme les
amans sont sujets à d'étranges retours,
je suis d'avis de brusquer l'avanture, &
de mettre en jeu dés demain Aurore de
Gusman. J'approuvay cette pensée, &

laiſſant le Seigneur Don Felix avec ſon page, je me retiray dans un cabinet où eſtoit mon lit.

CHAPITRE VI.

Quelles ruſes Aurore mit en uſage pour ſe faire aimer de Don Luis Pacheco.

LEs deux nouveaux amis ſe raſſem-blerent le lendemain matin. Ils com-mençerent la journée par des embraſ-ſades, qu'Aurore fut obligée de donner & de recevoir, pour bien joüer le rolle de Don Felix. Ils allerent enſemble ſe promener dans la ville, & je les accom-pagnay avec Chilindron valet de Don Luis. Nous nous arreſtames auprés de l'Univerſité pour regarder quelques affi-ches de livres qu'on venoit d'attacher à la porte. Pluſieurs perſonnes s'amuſoient auſſi à les lire , & j'apperceus parmi ceux-là un petit homme qui diſoit ſon ſentiment ſur ces ouvrages affichez. Je remarquay qu'on l'écoutoit avec une extreme attention , & je jugeay en meſ-me temps qu'il croyoit la meriter. Il paroiſſoit vain, & il avoit l'eſprit deciſif,

comme l'ont la plufpart des petits hommes. Cette *nouvelle Traduction d'Hora-*
ce, difoit-il, que vous voyez annoncée au
public en fi gros caracteres, eft un ouvrage en profe compofé par un vieil Auteur du College. C'eft un livre fort efti-
mé des écoliers. Ils en ont confumé quatre éditions. Il n'y a pas un honnefte
homme qui en ait acheté un exemplaire.
Il ne portoit pas de jugement plus avantageux des autres livres. Il les frondoit
tous fans charité. C'eftoit apparemment
quelque Auteur. Je n'aurois pas efté faché de l'entendre jufqu'au bout : mais il
me fallut fuivre D. Luis & D. Felix, qui ne
prenant pas plus de plaifir à fes difcours,
que d'intereft aux livres qu'il critiquoit,
s'eloignerent de luy & de l'Univerfité.

Nous revinmes à noftre hoftel à l'heure du difner. Ma maitreffe fe mit à table
avec Pacheco, & fit adroitement tomber la converfation fur fa famille : Mon
pere, dit-elle, eft un cadet de la maifon de Mendoce qui s'eft établi à Tolede ; & ma mere eft propre fœur de
Doña Kimena de Guzman, qui depuis
quelques jours eft venuë à Salamanque
pour une affaire importante avec fa nièce
Aurore, fille unique de Don Vincent de

Guzman, que vous avez peut-eftre connu. Non, répondit Don Luis, mais on
m'en a fouvent parlé, ainfi que d'Aurore
voftre coufine. Dois-je croire ce qu'on
dit d'elle ? On affure que rien n'égale fon
efprit & fa beauté. Pour de l'efprit, reprit Don Felix, elle n'en manque pas.
Elle l'a mefme affez cultivé. Mais ce
n'eft point une fi belle perfonne. On
trouve que nous nous reffemblons beaucoup. Si cela eft, s'ecria Pacheco, elle
juftifie fa reputation. Vos traits font re-
guliers ; voftre teint eft parfaitement
beau ; voftre coufine doit eftre char-
mante. Je voudrois bien la voir & l'entretenir. Je m'offre à fatisfaire voftre
curiofité, repartit le faux Mendoce, &
mefme dés ce jour. Je vous mene cette
apréfdinée chez ma tante.

Ma maitreffe changea tout à coup
d'entretien, & parla de chofes indiffe-
rentes. L'apréfmidy, pendant qu'ils fe
difpofoient tous deux à fortir pour aller
chez Doña Kimena, je pris les devans,
& courus avertir la Duegne de fe préparer à cette vifite. Je revins enfuite fur
mes pas pour accompagner Don Felix,
qui conduifit enfin chez fa Tante le Seigneur Don Luis. Mais à peine furent-

ils entrez dans la maison, qu'ils rencon-
trerent la Dame Chimene, qui leur fit
figne de ne point faire de bruit : Paix,
paix, leur dit-elle d'une voix baffe,
vous reveillerez ma niece. Elle a depuis
hier une migraine effroyable qui ne fait
que de la quitter, & la pauvre enfant
repofe depuis un quart-d'heure. Je fuis
faché de ce contretemps, dit Mendoce.
J'efperois que nous verrions ma coufine.
J'avois fait fefte de ce plaifir à mon ami
Pacheco. Ce n'eft pas une affaire fi pref-
fée, répondit en fouriant Ortiz, vous
pouvez la remettre à demain. Les Cavaliers eurent une converfation fort courte
avec la vieille & fe retirerent.

Don Luis nous mena chez un jeune
Gentilhomme de fes amis qu'on appelloit Don Gabriel de Pedros. Nous y paffames le refte de la journée ; nous y fou-
pames mefme, & nous n'en fortimes
que fur les deux heures aprés minuit
pour nous en retourner au logis. Nous
avions peut-eftre fait la moitié du chemin, lors que nous rencontrames fous
nos pieds dans la ruë deux hommes eften-
dus par terre. Nous jugeames que c'eftoit des malheureux qu'on venoit d'af-
faffiner, & nous nous arreftames pour
les

les fecourir, s'il en eftoit encore temps.
Comme nous cherchions à nous inftruire, autant que l'obfcurité de la nuit
nous le pouvoit permettre, de l'eftat
où ils fe trouvoient, la patroüille arriva.
Le Commandant nous prit d'abord pour
des affaffins, & nous fit environner par
fes gens ; mais il eut meilleure opinion
de nous, lorfqu'il nous eut entendu parler, & qu'à la faveur d'une lanterne
fourde, il vit les traits de Mendoce &
de Pacheco. Ses archers, par fon ordre, examinerent les deux hommes que
nous nous imaginions avoir efté tuez, &
il fe trouva que c'eftoit un gros Licencié avec fon valet, tous deux pris de
vin, ou plutoft yvre-morts. Meffieurs,
s'écria un des archers, je reconnois ce
gros vivant. Hé c'eft le Seigneur Licencié Guyomar, Recteur de noftre Univerfité. Tel que vous le voyez, c'eft un
grand perfonnage, un genie fuperieur.
Il n'y a point de Philofophe qu'il ne
terraffe dans une difpute. Il a un flux
de bouche fans pareil. C'eft dommage
qu'il aime un peu trop le vin, le procés
& la grifette. Il revient de fouper de
chez fon Ifabelle, où, par malheur,
fon guide s'eft enyvré comme luy. Ils

Tome II. I

font tombez l'un & l'autre dans le ruiſſeau. Avant que le bon Licencié fuſt
Recteur, cela luy arrivoit aſſez ſouvent.
Les honneurs, comme vous voyez, ne
changent pas toûjours les mœurs. Nous
laiſſames ces yvrognes entre les mains
de la patroüille, qui eut ſoin de les porter chez eux. Nous regagnames noſtre
hoſtel, & chacun ne ſongea qu'à ſe repoſer.

Don Felix & Don Luis ſe leverent ſur
le midy, & Aurore de Guzman fut la
premiere choſe dont ils s'entretinrent.
Gil Blas, me dit ma maitreſſe, va chez
ma tante Doña Kimena, & luy demande
ſi nous pouvons aujourd'huy, le Seigneur Pacheco & moy, voir ma couſine. Je ſortis pour m'acquitter de cette
commiſſion, ou plutoſt pour concerter
avec la Duegne ce que nous avions à
faire ; & quand nous eumes pris enſemble de juſtes meſures, je vins rejoindre
le faux Mendoce : Seigneur, luy di-je,
voſtre couſine Aurore ſe porte à merveilles. Elle m'a chargé elle-meſme de
vous temoigner de ſa part que voſtre
viſite ne luy ſçauroit eſtre que trés-
agréable ; & Doña Kimena m'a dit d'aſſurer le Seigneur Pacheco qu'il ſera

toûjours parfaitement bien receu chez elle sous vos auspices.

Je m'apperceus que ces dernieres paroles firent plaisir à Don Luis. Ma maitresse le remarqua de mesme, & en conceut un heureux présage. Un moment avant le disner, le valet de la Séñora Kimena parut, & dit à Don Felix : Seigneur, un homme de Tolede est venu vous demander chez Madame vostre tante & y a laissé ce billet. Le faux Mendoce l'ouvrit & y trouva ces mots, qu'il lut à haute voix : *Si vous avez envie d'apprendre des nouvelles de vostre pere & des choses de consequence pour vous, ne manquez pas aussitôt la presente receuë de vous rendre au Cheval noir auprés de l'Université.* Je suis, dit-il, trop curieux de sçavoir ces choses importantes, pour ne pas satisfaire ma curiosité tout à l'heure. Sans adieu, Pacheco, continua-t-il, si je ne suis point de retour icy dans deux heures, vous pourrez aller seul chez ma tante. J'iray vous y joindre dans l'aprésdinée. Vous sçavez ce que Gil Blas vous a dit de la part de Doña Kimena ; vous estes en droit de faire cette visite. Il sortit en parlant de cette sorte, & m'ordonna de le suivre.

I ij

Vous vous imaginez bien qu'au lieu
de prendre la route du Cheval noir, nous
enfilames celle de la maison où estoit Ortiz. D'abord que nous y fumes arrivez,
Aurore osta sa chevelure blonde, lava
& frotta ses sourcils, mit un habit de
femme, & devint une belle brune telle
qu'elle l'estoit naturellement. On peut
dire que son deguisement la changeoit à
un point, qu'Aurore & Don Felix pa-
roissoient deux personnes differentes. Il
sembloit mesme qu'elle fust beaucoup
plus grande en femme qu'en homme. Il
est vray que ses chappins, car elle en avoit
d'une hauteur excessive, n'y contribuoient
pas peu. Lorsqu'elle eut ajousté à ses charmes tous les secours que l'art leur pouvoit prester, elle attendit Don Luis avec
une agitation meslée de crainte & d'esperance. Tantost elle se fioit à son esprit
& à sa beauté, & tantost elle apprehen-
doit de n'en faire qu'un essay malheureux. Ortiz de son costé se prépara de
son mieux à seconder ma maitresse. Pour
moy, comme il ne falloit pas que Pacheco me vist dans cette maison, & que
semblable aux Acteurs qui ne paroissent
qu'au dernier Acte d'une piece, je ne
devois me montrer que sur la fin de la

viſite, je ſortis auſſitoſt que j'eus diné.

Enfin tout eſtoit en eſtat, quand Don Luis arriva. Il fut receu trés-agréablement de la Dame Chimene, & il eut avec Aurore une converſation de deux ou trois heures ; aprés quoy, j'entray dans la chambre où ils eſtoient, & m'adreſſant au Cavalier : Seigneur, luy dije, Don Felix mon maiſtre ne viendra point icy d'aujourd'huy. Il vous prie de l'excuſer. Il eſt avec trois hommes de Tolede dont il ne peut ſe debarraſſer. Ah le petit libertin, s'écria Doña Kimena ; il eſt ſans doute en debauche. Non, Madame, repris-je, il s'entretient avec eux d'affaires fort ſerieuſes. Il a un veritable chagrin de ne pouvoir ſe rendre icy. Il m'a chargé de vous le dire, auſſi bien qu'à Doña Aurora. Oh je ne reçois point ſes excuſes, dit ma maitreſſe ! Il ſçait que j'ay eſté indiſpoſée : il devoit marquer un peu plus d'empreſſement pour les perſonnes à qui le ſang le lie. Pour le punir, je ne le veux voir de quinze jours. Hé, Madame, dit alors Don Luis, ne formez point une ſi cruelle reſolution, Don Felix eſt aſſez à plaindre de ne vous avoir pas veuë.

Ils plaiſanterent quelque temps là-

I iij

deſſus. Enſuite Pacheco ſe retira. La
belle Aurore change auſſitôt de forme
& reprend ſon habit de Cavalier. Elle
retourne à l'hoſtel garni le plus promptement qu'il luy eſt poſſible : Je vous demande pardon, cher ami, dit-elle à Don
Luis, de ne vous avoir pas eſté trouver
chez ma tante ; mais je n'ay pû me defaire des perſonnes avec qui j'eſtois. Ce
qui me conſole, c'eſt que vous avez
eu du moins tout le loiſir de ſatisfaire
vos deſirs curieux. Hé bien, que penſez-vous de ma couſine ? J'en ſuis en-
chanté, répondit Pacheco. Vous aviez
raiſon de dire que vous vous reſſemblez.
Je n'ay jamais veu de traits plus ſemblables. C'eſt le meſme tour de viſage.
Vous avez les meſmes yeux, la meſme
bouche, le meſme ſon de voix. Il y a
pourtant quelque difference entre vous
deux : Aurore eſt plus grande que vous ;
elle eſt brune & vous eſtes blond ; vous
eſtes enjoüé, elle eſt ſerieuſe. Voila tout
ce qui vous diſtingue l'un de l'autre.
Pour de l'eſprit, continua-t-il, je ne
croy pas qu'une ſubſtance celeſte puiſſe
en avoir plus que voſtre couſine. En
un mot, c'eſt une perſonne d'un merite
accompli.

Le Seigneur Pacheco prononça ces dernieres paroles avec tant de vivacité, que Don Felix luy dit en soûriant : Ami, n'allez plus chez Doña Kimena. Je vous le conseille pour voſtre repos. Aurore de Guzman pourroit vous faire voir du pays, & vous inſpirer une paſſion... Ie n'ay pas beſoin de la revoir, interrompit-il, pour en devenir amoureux. L'affaire en eſt faite. J'en ſuis fâché pour vous, repliqua le faux Mendoce ; car vous n'eſtes pas un homme à vous attacher, & ma couſine n'eſt pas une Iſabelle. Je vous en avertis. Elle ne s'accommoderoit pas d'un amant qui n'auroit pas des veuës legitimes. Des veuës legitimes, repartit Don Luis ? Peut-on en avoir d'autres ſur une fille de ſon ſang ? Helas, je m'eſtimerois le plus heureux de tous les hommes, ſi elle approuvoit ma recherche & vouloit lier ſa deſtinée à la mienne.

En le prenant ſur ce ton-là, reprit Don Felix, vous m'intereſſez à vous ſervir. Oüy, j'entre dans vos ſentimens. Je vous offre mes bons offices auprés d'Aurore, & je veux dés demain gagner ma tante qui a beaucoup de credit ſur ſon eſprit. Pacheco rendit mille graces

I iiij

au Cavalier qui luy faiſoit de ſi belles
promeſſes, & nous nous apperceumes
avec joye que noſtre ſtratageſme ne pouvoit aller mieux. Le jour ſuivant nous
augmentames encore l'amour de Don
Luis par une nouvelle invention. Ma
maitreſſe aprés avoir eſté trouver Doña
Kimena comme pour la rendre favorable à ce Cavalier, elle vint le rejoindre:
J'ay parlé à ma tante, luy dit-elle, &
je n'ay pas eu peu de peine à la mettre
dans vos intereſts. Elle eſtoit furieuſe-
ment prévenuë contre vous. Je ne ſçay
qui vous a fait paſſer dans ſon eſprit
pour un libertin ; mais j'ay pris vivement voſtre party, & j'ay détruit enfin
la mauvaiſe impreſſion qu'on luy avoit
donnée de vos mœurs.

Ce n'eſt pas tout, pourſuivit Aurore,
je veux que vous ayez en ma préſence
un entretien avec ma tante ; nous ache-
verons de vous aſſurer ſon appuy. Pacheco temoigna une extreme impatience
d'entretenir Doña Kimena, & cette ſatisfaction luy fut accordée le lendemain
matin. Le faux Mendoce le conduiſit à
la Dame Ortiz, & ils eurent tous trois
une converſation, où D. Luis fit voir
qu'en peu de temps il s'eſtoit laiſſé fort

enflammer. L'adroite Kimena feignit
d'eftre touchée de toute la tendreffe qu'il
faifoit paroiftre, & promit au Cavalier
de faire tous fes efforts pour engager fa
niece à l'époufer. Pacheco fe jetta aux
pieds d'une fi bonne tante & la remercia
de fes boutez. Là-deffus Don Felix demanda fi fa coufine eftoit levée. Non,
répondit la Duegne, elle repofe encore,
& vous ne fçauriez la voir préfentement ; mais revenez cette apréfdinée,
& vous luy parlerez à loifir. Cette réponfe de la Dame Chimene redoubla,
comme vous pouvez croire, la joye de
Don Luis, qui trouva le refte de la
matinée bien long. Il regagna l'hoftel
garni avec Mendoce, qui ne prenoit
pas peu de plaifir à l'obferver & à remarquer en luy toutes les apparences
d'un veritable amour.

Ils ne s'entretinrent que d'Aurore,
& lorfqu'ils eurent diné, Don Felix dit à
Pacheco : Il me vient une idée. Je fuis
d'avis d'aller chez ma tante quelques momens avant vous. Je veux parler en particulier à ma coufine, & découvrir, s'il
eft poffible, dans quelle difpofition fon
cœur eft à voftre égard. Don Luis approuva cette penfée. Il laiffa fortir fon

ami, & ne partit qu'une heure aprés luy.
Ma maitreſſe profita ſi bien de ce temps-
là, qu'elle eſtoit habillée en femme,
quand ſon amant arriva. Je croyois, dit
ce Cavalier aprés avoir ſalué Aurore &
la Duegne, je croyois trouver icy Don
Felix. Vous le verrez dans un inſtant,
répondit Doña Kimena ; il écrit dans
mon cabinet. Pacheco parut ſe payer
de cette défaite, & lia converſation avec
les Dames. Cependant malgré la préſence de l'objet aimé, il s'apperceut que
les heures s'écouloient ſans que Mendoce ſe montraſt, & comme il ne put
s'empeſcher d'en temoigner quelque ſurpriſe, Aurore changea tout à coup de
contenance, ſe mit à rire & dit à Don
Luis : Eſt-il poſſible que vous n'ayez
pas encore le moindre ſoupçon de la ſu-
percherie qu'on vous fait ? Une fauſſe
chevelure blonde & des ſourcils teints
me rendent-ils ſi differente de moy-meſme, qu'on puiſſe juſques-là s'y tromper ? Deſabuſez-vous donc, Pacheco,
continua-t-elle en reprenant ſon ſerieux,
apprenez que Don Felix de Mendoce &
Aurore de Guzman ne ſont qu'une meſme perſonne.

Elle ne ſe contenta pas de le tirer de

cette errreur ; elle avoüa la foiblesse
qu'elle avoit pour luy , & toutes les demarches qu'elle avoit faites pour l'amener au point où elle le voyoit enfin rendu. Don Luis ne fut pas moins charmé
que surpris de ce qu'il entendit ; il se
jetta aux pieds de ma maitresse , & luy
dit avec transport : Ah belle Aurore,
croirai-je en effet que je suis l'heureux
mortel pour qui vous avez eu tant de
bontez ? Que puis-je faire pour les reconnoistre ? Un éternel amour ne sçauroit assez les payer. Ces paroles furent
suivies de mille autres discours tendres
& passionnez ; aprés quoy les amans
parlerent des mesures qu'ils avoient à
prendre pour parvenir à l'accomplisse-
ment de leurs desirs. Il fut resolu que
nous partirions tous incessamment pour
Madrid , où nous denouërions nostre
comedie par un mariage. Ce dessein fut
presque aussitost executé que conceu ;
Don Luis quinze jours aprés épousa ma
maitresse , & leurs noces donnerent lieu
à des festes & à des rejoüissances infinies.

CHAPITRE VII.

*Gil Blas change de condition, il paſſe
au ſervice de Don Gonzale
Pacheco.*

TRois ſemaines aprés ce mariage,
ma maitreſſe voulut recompenſer
les ſervices que je luy avois rendus. Elle
me fit préſent de cent piſtoles, & me
dit : Gil Blas mon ami, je ne vous chaſſe
point de chez moy ; je vous laiſſe la
liberté d'y demeurer tant qu'il vous plaira ; mais un oncle de mon mari, Don
Gonzale Pacheco ſouhaite de vous avoir
pour valet de chambre. Je luy ay parlé
ſi avantageuſement de vous, qu'il m'a
temoigné que je luy ferois plaiſir de vous
donner à luy. C'eſt un vieux Seigneur,
ajouta-t-elle, un homme d'un trés-bon
caractere ; vous ſerez parfaitement bien
auprés de luy.

Je remerciay Aurore de ſes bontez,
& comme elle n'avoit plus beſoin de
moy, j'acceptay d'autant plus volontiers
le poſte qui ſe préſentoit, que je ne ſor-
tois point de la famille. J'allay donc un

matin de la part de la nouvelle mariée
chez le Seigneur Don Gonzale. Il eſtoit
encore au lit, quoyqu'il fuſt prés de
midi. Lorſque j'entray dans ſa chambre, je le trouvay qui prenoit un boüil-
lon qu'un page venoit de luy apporter.
Le vieillard avoit la mouſtache en pa-
pillottes, les yeux preſque éteints avec
un viſage paſle & décharné. C'eſtoit un
de ces vieux garçons qui ont eſté fort
libertins dans leur jeuneſſe, & qui ne
ſont guere plus ſages dans un âge plus
avancé. Il me receut agréablement, &
me dit que ſi je voulois le ſervir avec
autant de zele que j'avois ſervi ſa niece,
je pouvois compter qu'il me feroit un
heureux ſort. Je promis d'avoir pour
luy le meſme attachement que j'avois eu
pour elle, & dés ce moment il me retint
à ſon ſervice.

Me voila donc à un nouveau maiſtre,
& Dieu ſçait quel homme c'eſtoit. Quand
il ſe leva, je crus voir la reſurrection
du Lazare. Imaginez - vous un grand
corps ſi ſec, qu'en le voyant à nud on
auroit fort bien pû apprendre l'Oſteo-
logie. Il avoit les jambes ſi menuës,
qu'elles me parurent encore tré-fines,
aprés qu'il eut mis trois ou quatre pai-

res de bas l'une ſur l'autre. Outre cela
cette mommie vivante eſtoit aſthmati-
que & touſſoit à chaque parole qui luy
ſortoit de la bouche. Il prit d'abord du
chocolat. Il demanda enſuite du papier
& de l'encre, écrivit un billet qu'il cacheta, & le fit porter à ſon adreſſe par
le page qui luy avoit donné un boüil-
lon ; puis ſe tournant de mon coſté :
Mon ami, me dit-il, c'eſt toy que je
prétends deformais charger de mes com-
miſſions, & particulierement de celles
qui regarderont Doña Eufraſia. Cette
Dame eſt une jeune perſonne que j'aime
& dont je ſuis tendrement aimé.

Bon Dieu, di-je auſſitoſt en moy-
meſme, hé comment les jeunes gens
pourront-ils s'empeſcher de croire qu'on
les aime, puiſque ce vieux penard s'i-
magine qu'on l'idolatre ? Gil Blas, pourſuivit-il, je te meneray chez elle dés
aujourd'huy ; j'y ſoupe preſque tous les
ſoirs. Tu feras charmé de ſon air ſage
& retenu. Bien loin de reſſembler à ces
petites étourdies qui donnent dans la
jeuneſſe, & s'engagent ſur les apparences, elle a l'eſprit déja meur & judicieux ; elle veut des ſentimens dans un
homme, & préfere aux figures les plus

brillantes un amant qui fçait aimer. Le
Seigneur Don Gonzale ne borna point
là l'éloge de fa maitrefse : il entreprit de
la faire pafser pour l'abregé de toutes les
perfections ; mais il avoit un auditeur
afsez difficile à perfuader là defsus. Aprés
toutes les manœuvres que j'avois veu
faire aux Comediennes , je ne croyois
pas les vieux Seigneurs fort heureux en
amour. Je feignis pourtant par complaifance d'ajoufter foy à tout ce que me dit
mon maiftre. Je fis plus , je vantay le
difcernement & le bon gouft d'Eufrafie.
Je fus mefme afsez impudent pour avan-
cer qu'elle ne pouvoit avoir de galant
plus aimable. Le bon-homme ne fentit
point que je luy donnois de l'encenfoir
par le nez ; au contraire , il s'applaudit
de mes paroles ; tant il eft vray qu'un
flateur peut tout rifquer avec les Grands.
Ils fe preftent jufqu'aux flateries les plus
outrées.

Le vieillard , aprés avoir écrit , s'ar-
racha quelques poils de la barbe avec
une pincette ; puis il fe lava les yeux,
pour ofter une épaifse chaffie dont ils
eftoient pleins. Il lava aufsi fes oreilles,
enfuite fes mains , & quand il eut fait
fes ablutions , il teignit en noir fa mouf-

tache, fes fourcils & fes cheveux. Il fut
plus long-temps à fa toilette qu'une vieille
doüairiere qui s'étudie à cacher l'outrage des années. Comme il achevoit de
s'ajufter, il entra un autre vieillard de
fes amis, qu'on nommoit le Comte de
Afumar. Celuy-cy laiffoit voir fes cheveux blancs, s'appuyoit fur un bafton,
& fembloit fe faire honneur de fa vieil-
leffe, au lieu de vouloir paroiftre jeune :
Seigneur Pacheco, dit-il en entrant, je
viens vous demander à diner. Soyez le
bien venu, Comte, répondit mon maiftre. En mefme temps, ils s'embrafferent
l'un l'autre, s'affirent & commencerent
à s'entretenir en attendant qu'on fervift.

Leur converfation roula d'abord fur
une courfe de taureaux qui s'eftoit faite
depuis peu de jours. Ils parlerent des
Cavaliers qui y avoient montré le plus
d'adreffe & de vigueur, & là-deffus le
vieux Comte, tel que Neftor à qui toutes les chofes préfentes donnoient occafion de loüer les chofes paffées, dit en
foûpirant : Helas, je ne vois point aujourd'huy d'hommes comparables à ceux
que j'ay veüs autrefois, ni les tournois
ne fe font pas avec autant de magnificence qu'on les faifoit dans ma jeuneffe.

Je

Je riois en moy-mefme de la prévention
du bon Seigneur de Afumar, qui ne s'en
tint pas aux tournois ; je me fouviens,
quand il fut à table, & qu'on apporta
le fruit, qu'il dit en voyant de fort belles
pefches qu'on avoit fervies : De mon
temps les pefches eftoient bien plus grof-
fes qu'elles ne le font à préfent. La nature s'affoiblit de jour en jour. Sur ce
pied-là, dit en foûriant Don Gonzale,
les pefches du temps d'Adam devoient
eftre d'une groffeur merveilleufe.

Le Comte de Afumar demeura prefque jufqu'au foir avec mon maiftre, qui
ne fe vit pas plutoft debaraffé de luy,
qu'il fortit en me difant de le fuivre.
Nous allames chez Eufrafie qui logeoit
à cent pas de noftre maifon, & nous la
trouvames dans un appartement des plus
propres. Elle eftoit galamment habillée,
& avoit un air de jeuneffe qui me la fit
prendre pour une mineure, bien qu'elle
euft trente bonnes années pour le moins.
Elle pouvoit paffer pour jolie, & j'ad-
miray bientoft fon efprit. Ce n'eftoit pas
une de ces coquettes qui n'ont qu'un
babil brillant avec des manieres libres ;
il y avoit de la modeftie dans fon action,
comme dans fes difcours, & elle parloit

Tome II. K

le plus fpirituellement du monde, fans
paroiftre fe donner pour fpirituelle. O
Ciel, di-je en moy-mefme, eft il poffible qu'une perfonne qui fe montre fi
refervée, foit capable de vivre dans le
libertinage ? Je m'imaginois que toutes
les femmes galantes devoient eftre ef-
frontées. J'eftois furpris d'en voir une
modefte en apparence, fans faire reflexion que ces Princeffes fçavent fe com-
pofer de toutes les façons, & fe confor-
mer au caractere des gens riches & des
Seigneurs qui tombent entre leurs mains.
Veulent ils de l'emportement ? elles font
vives & petulantes ; aiment-ils la rete-
nuë ? elles fe parent d'un exterieur fage
& vertueux. Ce font de vrais cameleons
qui changent de couleur fuivant l'humeur & le genie des hommes qui les
approchent.

Don Gonzale n'eftoit pas du gouft des
Seigneurs qui demandent des beautez
hardies ; il ne pouvoit fouffrir celles-là,
& il faloit pour le piquer qu'une femme
euft un air de Veftale. Auffi Eufrafie fe
regloit là-deffus, & faifoit voir que les
bonnes Comediennes n'eftoient pas toutes à la Comedie. Je laiffay mon maiftre
avec fa nymphe, & je defcendis dans

une falle où je trouvay une vieille femme
de chambre, que je reconnus pour une
creature qui avoit efté fuivante d'une
Comedienne. De fon cofté, elle me remit : Hé vous voila, Seigneur Gil Blas,
me dit-elle ! Vous eftes donc forti de
chez Arfenie, comme moy de chez Conftance ? Oh vrayement, luy répondis-
je, il y a long-temps que je l'ay quittée.
J'ay mefme fervi depuis une fille de condition. La vie des perfonnes de Theatre
n'eft guere de mon gouft. Je me fuis
donné mon congé moy - mefme, fans
daigner avoir le moindre éclairciffement
avec Arfenie. Vous avez bien fait, reprit la foubrette nommée Beatrix, j'en
ay ufé à peu prés de la mefme maniere
avec Conftance. Un beau matin, je luy
rendis mes comptes froidement. Elle les
receut fans me dire une fyllabe, & nous
nous feparames affez cavalierement.

Je fuis ravi, luy di-je, que nous nous
retrouvions dans une maifon plus honorable. Doña Eufrafia me paroift une façon de femme de qualité, & je la croy
d'un trés-bon caractere. Vous ne vous
trompez pas, me répondit la vieille fuivante, elle a de la naiffance, & pour
fon humeur, je puis vous affurer qu'il

K ij

n'y en a point de plus égale ni de plus douce. Elle n'eſt point de ces maitreſſes emportées & difficiles qui trouvent à redire à tout, qui crient ſans ceſſe, tourmentent leurs domeſtiques, & dont le ſervice, en un mot, eſt un enfer. Je ne l'ay pas encore entendu gronder une ſeule fois. Quand il m'arrive de ne pas faire les choſes à ſa fantaiſie, elle me reprend ſans colere, & jamais il ne luy échappe de ces épithetes dont les Dames violentes ſont ſi liberales. Mon maiſtre, repris-je, eſt auſſi fort doux ; c'eſt le meilleur de tous les humains, & ſur ce pied-là, nous ſommes vous & moy beaucoup mieux que nous n'eſtions chez nos Comediennes. Mille fois mieux, repartit Beatrix ; je menois une vie tumultueuſe, au lieu que je vis préſentement dans la retraite. Il ne vient pas d'autre homme icy que le Seigneur Don Gonzale. Je ne verray que vous dans ma ſolitude, & j'en ſuis bien-aiſe. Il y a long-temps que j'ay de l'affection pour vous ; & j'ay plus d'une fois envié le bonheur de Laure de vous avoir pour amant ; mais enfin j'eſpere que je ne ſeray pas moins heureuſe qu'elle. Si je n'ay pas ſa jeuneſſe & ſa beauté, en re-

compenfe je hais la coquetterie, & je
fuis une tourterelle pour la fidelité.

Comme la bonne Beatrix eftoit une
de ces perfonnes qui font obligées d'offrir leurs faveurs, parce qu'on ne les
leur demanderoit pas, je ne fûs nullement tenté de profiter de fes avances.
Je ne voulus pas pourtant qu'elle s'ap-
perceuft que je la méprifois, & mefme
j'eus la politeffe de luy parler de maniere
qu'elle ne perdift pas toute efperance de
m'engager à l'aimer. Je m'imaginay
donc que j'avois fait la conquefte d'une
vieille fuivante, & je me trompay encore dans cette occafion. La foubrette
n'en ufoit pas ainfi avec moy feulement
pour mes beaux yeux : fon deffein eftoit
de m'infpirer de l'amour pour me mettre dans les interefts de fa maitreffe,
pour qui elle fe fentoit fi zelée, qu'elle
ne s'embaraffoit point de ce qu'il luy en
coufteroit pour la fervir. Je reconnus
mon erreur dés le lendemain matin que
je portay de la part de mon maiftre un
billet doux à Eufrafie. Cette Dame me
fit un accüeil gracieux, me dit mille chofes obligeantes, & la femme de chambre
auffi s'en mefla. L'une admiroit ma phi-
fionomie ; l'autre me trouvoit un air de

ſageſſe & de prudence. A les entendre,
le Seigneur Don Gonzale poſſedoit en
moy un tréſor. En un mot, elles me
loüerent tant que je me defiay des loüanges qu'elles me donnerent. J'en penetray
le motif ; mais je les receus en apparence
avec toute la ſimplicité d'un ſot, & par
cette contre-ruſe je trompay les fripon-
nes, qui leverent enfin le maſque.

Ecoute, Gil Bas, me dit Eufraſie ; il
ne tiendra qu'à toy de faire ta fortune.
Agiſſons de concert, mon ami. Don
Gonzale eſt vieux & d'une ſanté ſi delicate, que la moindre fievre aidée d'un
bon Medecin l'emportera. Menageons
les momens qui luy reſtent, & faiſons
en ſorte qu'il me laiſſe la meilleure partie de ſon bien. Je t'en feray bonne part.
Je te le promets, & tu peux compter ſur
cette promeſſe, comme ſi je te la faiſois
pardevant tous les Notaires de Madrid.
Madame, luy répondis-je, diſpoſez de
voſtre ſerviteur. Vous n'avez qu'à me
preſcrire la conduite que je dois tenir,
& vous ſerez ſatisfaite. Hé bien, reprit-
elle, il faut obſerver ton maiſtre, & me
rendre compte de tous ſes pas. Quand
vous vous entretiendrez tous deux, ne
manque pas de faire tomber la converſa-

tion fur les femmes, & de là prens,
mais avec art, occafion de luy dire du
bien de moy. Occupe-le d'Eufrafie autant qu'il te fera poffible. Je te recommande encore d'eftre fort attentif à ce
qui fe paffe dans la famille des Pacheco.
Si tu t'apperçois que quelque parent de
Don Gonzale ait de grandes affidüitez
auprés de luy & couche en joüe fa fucceffion, tu m'en avertiras auffitoft. Je
ne t'en demande pas davantage ; je le
couleray à fonds en peu de temps. Je
connois les divers caractteres des parens
de ton maiftre : je fçay quels portraits
ridicules on luy peut faire d'eux, & j'ay
déja mis affez mal dans fon efprit tous
fes neveux & fes coufins.

Je jugeay par ces inftructions & par
d'autres qu'y joignit Eufrafie, que cette
Dame eftoit de celles qui s'attachent aux
vieillards genereux. Elle avoit depuis
peu obligé Don Gonzale à vendre une
terre dont elle avoit touché l'argent. Elle
tiroit de luy tous les jours de bonnes
nippes, & de plus, elle efperoit qu'il ne
l'oublieroit pas dans fon teftament. Je
feignis de m'engager volontiers à faire
tout ce qu'on exigeoit de moy, & pour
ne rien diffimuler, je doutay en m'en

retournant au logis ſi je contribuërois
à tromper mon maiſtre, ou ſi j'entre-
prendrois de le détacher de ſa maitreſſe.
L'un de ces deux partis me paroiſſoit
plus honneſte que l'autre, & je me ſen-
tois plus de penchant à remplir mon
devoir qu'à le trahir. D'ailleurs, Eufraſie ne m'avoit rien promis de poſitif,
& cela peut-eſtre eſtoit cauſe qu'elle
n'avoit pas corrompu ma fidelité. Je me
reſolus donc à ſervir Don Gonzale avec
zele, & je me perſuaday que ſi j'eſtois
aſſez heureux pour l'arracher à ſon ido-
le, je ſerois mieux payé de cette bonne
action, que des mauvaiſes que je pourrois faire.

Pour parvenir à la fin que je me propoſois, je me montray tout devoüé au
ſervice de Doña Eufraſia. Je luy fis ac-
croire que je parlois d'elle inceſſamment
à mon maiſtre, & là-deſſus je luy de-
bitois des fables qu'elle prenoit pour argent comptant. Je m'inſinuay ſi bien
dans ſon eſprit, qu'elle me crut entierement dans ſes intereſts. Pour mieux im-
poſer encore, j'affectay de paroiſtre
amoureux de Beatrix, qui ravie, à ſon
âge, de voir un jeune homme à ſes
trouſſes, ne ſe ſoucioit guere d'eſtre
trom-

trompée, pourveu que je la trompasse bien. Lorsque nous estions auprés de nos Princesses, mon maistre & moy, cela faisoit deux tableaux differens dans le mesme goust. Don Gonzale sec & pasle, comme je l'ay peint, avoit l'air d'un agonisant, quand il vouloit faire les doux yeux ; & mon Infante, à mesure que je me montrois plus passionné, prenoit des manieres enfantines, & faisoit tout le manege d'une vieille coquette. Aussi avoit-elle quarante ans d'école pour le moins. Elle s'estoit raffinée au service de quelques-unes de ces heroïnes de galanterie qui sçavent plaire jusques dans leur vieillesse, & qui meurent chargées des depoüilles de deux ou trois generations.

Je ne me contentois pas d'aller tous les soirs avec mon maistre chez Eufrasie, j'y allois quelquefois tout seul pendant le jour. Mais à quelque heure que j'entrasse dans cette maison, je n'y rencontrois jamais d'homme, pas mesme de femme d'un air équivoque. Je n'y découvrois pas la moindre trace d'infidelité. Ce qui ne m'étonnoit pas peu ; car je ne pouvois penser qu'une si jolie Dame fût exactement fidelle à Don Gon-

zale. En quoy certes je ne faisois pas un
jugement temeraire, & la belle Eufrasie, comme vous le verrez bientost, pour
attendre plus patiemment la succession
de mon maistre, s'estoit pourveuë d'un
amant plus convenable à une femme de
son âge.

Un matin je portois à mon ordinaire,
un poulet à la Princesse. J'apperceus,
tandis que j'estois dans sa chambre, les
pieds d'un homme caché derriere une
tapisserie. Je sortis sans faire semblant
de les avoir remarquez ; mais quoy que
cet objet dust peu me surprendre, &
que la chose ne roulast pas sur mon
compte, je ne laissay pas d'en estre fort
émeu ; Ah perfide, di-je en moy-mesme avec indignation, scelerate Eufrasie !
Tu n'es pas satisfaite d'imposer à un bon
vieillard en luy persuadant que tu l'aimes,
il faut que tu te livres à un autre pour
mettre le comble à ta trahison ! Que
j'estois fat, quand j'y pense, de raison-
ner de la sorte ! Il falloit plutost rire de
cette avanture, & la regarder comme
une compensation des ennuis & des lan-
gueurs qu'il y avoit dans le commerce
de mon maistre. J'aurois du moins mieux
fait de n'en dire mot, que de me servir

de cette occasion pour faire le bon valet.
Mais au lieu de moderer mon zele, j'entray avec chaleur dans les interefts de
Don Gonzale, & luy fis un fidelle rapport de ce que j'avois veu. J'ajouftay
mefme à cela qu'Eufrafie m'avoit voulu
feduire. Je ne luy diffimulay rien de
tout ce qu'elle m'avoit dit, & il ne tint
qu'à luy de connoiftre parfaitement fa
maitreffe. Il fut frappé de mes difcours,
& une petite émotion de colere qui parut fur fon vifage, fembla préfager que
la Dame ne luy feroit pas impunément
infidelle. C'eft affez, Gil Blas, me dit-
il, je fuis trés-fenfible à l'attachement
que je te vois à mon fervice, & ta fidelité me plaift. Je vais tout à l'heure
chez Eufrafie. Je veux l'accabler de reproches, & rompre avec l'ingrate. A
ces mots, il fortit effectivement pour fe
rendre chez elle, & il me difpenfa de
le fuivre, pour m'épargner le mauvais
rolle que j'aurois eu à joüer pendant
leur éclairciffement.

J'attendis le plus impatiemment du
monde que mon maiftre fuft de retour.
Je ne doutois point qu'ayant un auffi
grand fujet qu'il en avoit de fe plaindre
de fa Nymphe, il ne revinft detaché de

ſes attraits. Dans cette penſée, je m'ap-
plaudiſſois de mon ouvrage. Je me re-
preſentois la ſatisfaction qu'auroient les
heritiers naturels de Don Gonzale, quand
ils apprendroient que leur parent n'eſtoit plus le joüet d'une paſſion ſi contraire à leurs intereſts. Je me flatois
qu'ils m'en tiendroient compte, & qu'-
enfin j'allois me diſtinguer des autres
valets de chambre qui ſont ordinairement plus diſpoſez à maintenir leurs
maiſtres dans la debauche, qu'à les en
retirer. J'aimois l'honneur, & je penſois avec plaiſir que je paſſerois pour le
Coryphée des domeſtiques ; mais une
idée ſi agréable s'évanoüit quelques heures aprés. Mon patron arriva : Mon
ami, me dit-il, je viens d'avoir un entretien trés-vif avec Eufraſie, Elle ſouſ-
tient que tu m'as fait un faux rapport.
Tu n'es, ſi on l'en croit, qu'un impoſteur, qu'un valet conſacré à mes neveux, pour l'amour de qui tu n'épar-
gnes rien pour me broüiller avec elle.
J'ay veu couler de ſes yeux des pleurs
veritables. Elle m'a juré par ce qu'il y
a de plus ſacré qu'elle ne t'a fait aucune
propoſition, & qu'elle ne voit pas un
homme. Beatrix, qui me paroiſt une

bonne fille, m'a protefté la mefme chofe; de forte que malgré moy ma colere
s'eft appaifée.

Hé quoy, Monfieur, interrompis-je
avec douleur, doutez-vous de ma fince-
rité ? vous defiez-vous... Non, mon
enfant, interrompit-il à fon tour, je te
rends juftice. Je ne te croy point d'accord avec mes neveux. Je fuis perfuadé
que mon intereft feul te touche, & je
t'en fçay bon gré; mais les apparences
font trompeufes; peut-eftre n'as-tu pas
veu effectivement ce que tu t'imaginois
voir, & dans ce cas juge jufqu'à quel
point ton accufation doit eftre defagréable à Eufrafie. Quoy qu'il en foit, c'eft
une femme que je ne puis m'empefcher
d'aimer. Il faut mefme que je luy faffe
le facrifice qu'elle exige de moy, & ce
facrifice eft de te donner ton congé.
J'en fuis fâché, mon pauvre Gil Blas,
pourfuivit-il, & je t'affure que je n'y
ay confenti qu'à regret; mais je ne fçau-
rois faire autrement. Ce qui doit te confoler, c'eft que je ne te renvoyeray pas
fans recompenfe. De plus, je pretens te
placer chez une Dame de mes amies,
où tu feras fort agréablement.

Je fus bien mortifié de voir tourner

L iij

ainſi mon zele contre moy. Je maudis
Eufraſie, & deploray la foibleſſe de Don
Gonzale de s'en eſtre laiſſé poſſeder. Le
bon vieillard ſentoit aſſez qu'en me con-
gediant pour plaire ſeulement à ſa maitreſſe, il ne faiſoit pas une action des
plus viriles ; auſſi, pour compenſer ſa
moleſſe & me mieux faire avaler la pilule, il me donna cinquante ducats, &
me mena le jour ſuivant chez la Marquiſe de Chaves. Il dit en ma préſence
à cette Dame que j'eſtois un jeune homme qui n'avoit que de bonnes qualitez ;
qu'il m'aimoit, & que des raiſons de famille ne luy permettant pas de me retenir à ſon ſervice, il la prioit de me
prendre au ſien. Elle me receut dés ce
moment au nombre de ſes domeſtiques.
Si bien que je me trouvay tout à coup
dans une nouvelle maiſon.

CHAPITRE VIII.

De quel caractere estoit la Marquise de Chaves, & quelles personnes alloient ordinairement chez elle.

LA Marquise de Chaves estoit une veuve de trente-cinq ans, belle, grande & bien faite. Elle joüissoit d'un revenu de dix mille ducats & n'avoit point d'enfans. Je n'ay jamais veu de femme plus serieuse, ni qui parlast moins. Cela ne l'empeschoit pas de passer pour la Dame de Madrid la plus spirituelle. Le grand concours de personnes de qualité & de gens de lettres qu'on voyoit chez elle tous les jours, contribuoit peut-estre plus que ce qu'elle disoit à luy donner cette reputation. C'est une chose dont je ne decideray point. Je me contenteray de dire que son nom emportoit une idée de genie superieur, & que sa maison estoit appellée par excellence dans la ville le bureau des ouvrages d'esprit.

Effectivement on y lisoit chaque jour tantost des Poëmes dramatiques & tan-

toſt d'autres Poëſies. Mais on n'y faiſoit guere que des lectures ſerieuſes. Les
pieces comiques y eſtoient mépriſées. On
n'y regardoit la meilleure Comedie ou
le Roman le plus ingenieux & le plus
egayé que comme une foible production
qui ne meritoit aucune loüange, au lieu
que le moindre ouvrage ſerieux, une
Ode, une Eglogue, un Sonnet y paſſoit
pour le plus grand effort de l'eſprit humain. Il arrivoit ſouvent que le public
ne conſirmoit pas les jugemens du bureau, & meſme il ſiffloit quelquefois im-
poliment les pieces qu'on y avoit fort
applaudies.

J'eſtois maiſtre de ſalle dans cette maiſon; c'eſt à dire que mon employ conſiſtoit à tout préparer dans l'appartement de ma maitreſſe pour recevoir la
compagnie, à ranger des chaizes pour
les hommes & des carreaux pour les femmes : aprés quoy je me tenois à la porte
de la chambre pour annoncer & introduire les perſonnes qui arrivoient. Le
premier jour, à meſure que je les faiſois entrer, le Gouverneur des Pages,
qui par hazard eſtoit alors dans l'antichambre avec moy, me les depeignoit
agréablement. Il ſe nommoit André

Molina. Il eſtoit naturellement froid &
railleur, & ne manquoit pas d'eſprit.
D'abord un Eveſque ſe préſenta. Je l'annonçay, & quand il fut entré, le Gouverneur me dit : Ce Prélat eſt d'un caractere aſſez plaiſant. Il a quelque credit à la Cour ; mais il voudroit bien per-
ſuader qu'il en a beaucoup. Il fait des
offres de ſervices à tout le monde & ne
ſert perſonne. Un jour il rencontre chez
le Roy un Cavalier qui le ſaluë : il l'arreſte, l'accable de civilitez, & luy ſer-
rant la main : Je ſuis, luy dit il, tout
acquis à voſtre Seigneurie. Mettez-
moy, de grace, à l'épreuve ; je ne mour-
ray point content, ſi je ne trouve une
occaſion de vous obliger. Le Cavalier
le remercia d'une maniere pleine de reconnoiſſance, & quand ils furent tous
deux ſéparez, le Prélat dit à un de ſes
Officiers qui le ſuivoit : Je croy connoiſtre cet homme-là. J'ay une idée confuſe de l'avoir veu quelque part.

Un moment aprés l'Eveſque, le fils
d'un Grand parut, & lorſque je l'eus introduit dans la chambre de ma maitreſſe :
Ce Seigneur, me dit Molina, eſt encore
un original. Imaginez-vous qu'il entre
ſouvent dans une maiſon pour traiter

d'une affaire importante avec le maiſtre
du logis, qu'il quitte ſans ſe ſouvenir de
luy en parler. Mais, ajouta le Gouverneur, en voyant arriver deux femmes,
voicy Doña Angela de Peñafiel & D.
Margarita de Montalvan. Ce ſont deux
Dames qui ne ſe reſſemblent nullement.
D. Margarita ſe pique d'eſtre Philoſo-
phe. Elle va tenir teſte aux plus profonds
Docteurs de Salamanque, & jamais ſes
raiſonnemens ne cederont à leurs raiſons. Pour D. Angela, elle ne fait point
la ſçavante, quoyqu'elle ait l'eſprit cultivé. Ses diſcours ont de la juſteſſe, ſes
penſées ſont fines, ſes expreſſions delicates, nobles & naturelles. Ce dernier
caractere eſt aimable, di-je à Molina;
mais l'autre ne convient guere, ce me
ſemble, au beau ſexe. Pas trop, répondit-il en ſoûriant, il y a meſme bien
des hommes qu'il rend ridicules. Madame la Marquiſe noſtre maitreſſe, continua-t-il, eſt auſſi un peu entachée de
Philoſophie. Qu'on va diſputer icy aujourd'huy ! Dieu veüille que la Religion
ne ſoit pas intereſſée dans la diſpute.

Comme il achevoit ces mots, nous
vimes entrer un homme ſec qui avoit
l'air grave & renfrogné. Mon Gouver-

neur ne l'épargna point. Celuy-cy, me
dit-il, eſt un de ces eſprits ſerieux qui
veulent paſſer pour de grands genies à
la faveur de quelques ſentences tirées de
Seneque, & qui ne ſont que de ſots
perſonnages, à les examiner fort ſerieu-
ſement. Il vint enſuite un Cavalier d'aſſez belle taille qui avoit la mine Greque,
c'eſt à dire le maintien plein de ſuffiſan-
ce. Je demanday qui c'eſtoit. C'eſt un
Poëte dramatique, me dit Molina. Il a
fait cent mille vers en ſa vie qui ne luy
ont pas rapporté quatre ſols ; mais en
recompenſe, il vient avec ſix lignes de
proſe de ſe faire un établiſſement conſiderable.

J'allois m'éclaircir de la nature d'une
fortune faite à ſi peu de frais, quand j'entendis un grand bruit ſur l'eſcalier. Bon,
s'écria le Gouverneur, voicy le Licencié
Campanario. Il s'annonce luy-meſme
avant qu'il paroiſſe. Il ſe met à parler
dés la porte de la ruë, & en voila juſqu'à ce qu'il ſoit ſorti de la maiſon. En
effet tout retentiſſoit de la voix du
bruyant Licencié, qui entra enfin dans
l'antichambre avec un Bachelier de ſes
amis, & qui ne departla point, tant que
dura ſa viſite. Le Seigneur Campana-

rio, di-je à Molina, eft apparemment
un beau genie. Ouy, répondit mon
Gouverneur, c'eft un homme qui a des
faillies brillantes, des expreffions dé-
tournées. Il eft rejoüiffant. Mais outre
que c'eft un parleur impitoyable, il ne
laiffe pas de fe repeter, & pour n'efti-
mer les chofes qu'autant qu'elles valent,
je croy que l'air agréable & comique
dont il affaifonne ce qu'il dit en fait le
plus grand merite. La meilleure partie
de fes traits ne feroient pas grand honneur à un recüeil de bons mots.

Il vint encore d'autres perfonnes dont
Molina me fit de plaifants portraits. Il
n'oublia pas de me peindre auffi la Marquife. Je vous donne, me dit-il, noftre
patrone pour un efprit affez uni, malgré
fa Philofophie. Elle n'eft point d'une
humeur difficile & on a peu de caprices
à effuyer en la fervant. C'eft une femme de qualité des plus raifonnables que
je connoiffe. Elle n'a mefme aucune paffion. Elle eft fans gouft pour le jeu,
comme pour la galanterie, & n'aime
que la converfation. Sa vie feroit bien
ennuyeufe pour la plufpart des Dames.
Le Gouverneur par cet éloge me pré-
vint en faveur de ma maitreffe. Cepen-

dant quelques jours aprés, je ne pus m'empefcher de la foupçonner de n'eftre pas fi ennemie de l'amour, & je vais dire fur quel fondement je conceus ce foupçon.

Un matin, pendant qu'elle eftoit à fa toilette, il fe préfenta devant moy un petit homme de quarante ans, defagréable de fa figure, plus craffeux que l'Auteur Pedro de Moya & fort boffu par deffus le marché. Il me dit qu'il vouloit parler à Madame la Marquife. Je luy demanday de quelle part. De la mienne, répondit-il fierement. Dites-luy que je fuis le Cavalier dont elle s'eft entretenuë hier avec Doña Anna de Velafco. Je l'introduifis dans l'appartement de ma maitreffe & je l'annonçay. La Marquife fit auffitoft une exclamation, & dit avec un tranfport de joye qu'il pouvoit entrer. Elle ne fe contenta pas de le recevoir favorablement, elle obligea toutes fes femmes à fortir de la chambre; deforte que le petit boffu, plus heureux qu'un honnefte bomme, y demeura feul avec elle. Les foubrettes & moy nous rimes un peu de ce beau tefte à tefte qui dura prés d'une heure; aprés quoy ma patrone congedia le boffu en luy faifant des civilitez qui marquoient qu'elle eftoit trés-contente de luy.

Elle avoit effectivement pris tant de gouft à fon entretien, qu'elle me dit le foir en particulier : Gil Blas, quand le boffu reviendra, faites-le entrer dans mon appartement le plus fecretement que vous pourrez. J'obeïs. Dés que le petit homme revint, & ce fut le lendemain matin, je le conduifis par un efcalier derobé jufques dans la chambre de Madame. Je fis pieufement la mefme chofe deux ou trois fois, fans m'imaginer qu'il puft y avoir de la galanterie. Mais la malignité qui eft fi naturelle à l'homme, me donna bientoft d'étranges idées, & je conclus que la Marquife avoit des inclinations bizarres, ou que le boffu faifoit le perfonnage d'un entremetteur.

Prévenu de cette opinion, je difois fouvent en moy-mefme : Si ma maitreffe aime quelque homme bien fait, je le luy pardonne ; mais fi elle eft enteftée de ce magot, franchement je ne puis excufer cette depravation de gouft. Que je jugeois mal de la patrone ! Le petit boffu fe mefloit de magie, & comme on avoit vanté fon fçavoir à la Marquife,

qui fe preftoit volontiers aux preftiges
des Charlatans, elle avoit des entretiens
particuliers avec luy. Il faifoit voir dans
le verre, montroit à tourner le fas, &
reveloit pour de l'argent tous les myfteres de la cabale ; ou bien pour parler
plus jufte, c'eftoit un fripon qui fub-
fiftoit aux depens des perfonnes trop
credules, & l'on difoit qu'il avoit fous
contribution plufieurs femmes de qualité.

CHAPITRE IX.

Par quel incident Gil Blas fortit de
chez la Marquife de Chaves,
& ce qu'il devint.

IL y avoit déja fix mois que je demeurois chez la Marquife de Chaves,
& j'avouë que j'eftois fort content de
ma condition. Mais la deftinée que j'a-
vois à remplir ne me permit pas de faire
un plus long fejour dans la maifon de
cette Dame ni mefme à Madrid. Je vais
conter quelle avanture m'obligea de
m'en éloigner.

Parmi les femmes de ma maitreffe, il
y en avoit une qu'on appelloit Porcie.

Outre qu'elle eſtoit jeune & belle, je la trouvay d'un ſi bon caractere, que je m'y attachay, ſans ſçavoir qu'il me faudroit diſputer ſon cœur. Le Secretaire de la Marquiſe, homme fier & jaloux, eſtoit epris de ma Princeſſe. Il ne s'apperceut pas plutoſt de mon amour, que ſans chercher à s'eclaircir de quel œil Porcie me voyoit, il reſolut de ſe battre avec moy. Pour cet effet, il me donna rendez-vous un matin dans un endroit écarté. Comme c'eſtoit un petit homme qui m'arrivoit à peine aux épaules, & qui me paroiſſoit trés-foible, je ne le crus pas un rival fort dangereux. Je me rendis avec confiance au lieu où il m'avoit appellé. Je comptois bien de remporter une victoire aiſée, & de m'en faire un merite auprés de Porcie; mais l'evenement ne répondit point à mon attente; le petit Secretaire, qui avoit deux ou trois ans de ſalle, me deſarma comme un enfant, & me préſentant la pointe de ſon épée : Prépare-toy, me dit-il, à recevoir le coup de la mort, ou bien donne-moy ta parole d'honneur que tu ſortiras aujourd'huy de chez la Marquiſe de Chaves, & que tu ne penſeras plus à Porcie. Je luy fis cette promeſſe, &

je

je la tins sans repugnance. Je me faisois
une peine de paroistre devant les domestiques de nostre hostel, aprés avoir esté
vaincu, & sur-tout devant la belle He-
lene qui avoit fait le sujet de nostre
combat. Je ne retournay au logis que
pour y prendre tout ce que j'avois de
nippes & d'argent, & dés le mesme jour,
je marchay vers Tolede, la bourse assez
bien garnie, & le dos chargé d'un paquet composé de toutes mes hardes.
Quoyque je ne me fusse point engagé à
quitter le sejour de Madrid, je jugeay
à propos de m'en écarter du moins pour
quelques années. Je formay la resolution de parcourir l'Espagne & de m'arrester de ville en ville. L'argent que
j'ay, disois-je, me menera loin. Je ne
le depenseray pas indiscretement. Et
quand je n'en auray plus, je me remet-
tray à servir. Un garçon fait comme je
suis, trouvera des conditions de reste,
quand il luy plaira d'en chercher.

J'avois particulierement envie de voir
Tolede. J'y arrivay au bout de trois
jours. J'allay loger dans une bonne hostellerie, où je passay pour un Cavalier
d'importance à la faveur de mon habit
d'homme à bonnes-fortunes, dont je

Tome II. M

ne manquay pas de me parer , & par des
airs de Petit-Maiſtre que j'affectay de
me donner. Il dependit de moy de lier
commerce avec de jolies femmes qui de-
meuroient dans mon voiſinage ; mais
comme j'appris qu'il falloit debuter chez
elle par une grande depenſe , cela brida
mes deſirs , & me ſentant toujours du
gouſt pour les voyages , aprés avoir veu
tout ce qu'on voit de curieux à Toledè,
j'en partis un jour au lever de l'aurore,
& pris le chemin de Cuença , dans le deſſein d'aller en Aragon. J'entray la ſeconde
journée dans une hoſtellerie que je trouvay ſur la route , & dans le temps que je
commençois à m'y rafraiſchir , il ſurvint
une troupe d'archers de la ſainte Hermandad. Ces Meſſieurs demanderent du
vin, ſe mirent à boire , & j'entendis qu'en
beuvant ils faiſoient le portrait d'un jeune
homme qu'ils avoient ordre d'arreſter.
Le Cavalier, diſoit l'un d'entr'eux, n'a
pas plus de vingt-trois ans. Il a de longs
cheveux noirs , une belle taille , le nez
aquilin , & il eſt monté ſur un cheval
bay-brun.

    Je les écoutay ſans paroiſtre faire
quelque attention à ce qu'ils diſoient , &
veritablement je ne m'en ſouciois guere.

Je les laiſſay dans l'hoſtellerie & continuay mon chemin. Je n'eus pas fait un
demi-quart de lieuë, que je rencontray
un jeune Cavalier fort bien fait & monté
ſur un cheval chatain. Par ma foy, di-
je en moy-meſme, voicy l'homme que
les archers cherchent. Il a une longue
chevelure noire & le nez aquilin. Il faut
que je luy rende un bon office. Seigneur, luy di-je, permettez-moy de
vous demander ſi vous n'avez point ſur
les bras quelque affaire d'honneur. Le
jeune homme ſans me répondre, jetta
les yeux ſur moy, & parut ſurpris de
ma queſtion. Je l'aſſuray que ce n'eſtoit
point par curioſité que je venois de luy
adreſſer ces paroles. Il en fut bien perſuadé, quand je luy eus rapporté tout
ce que j'avois entendu dans l'hoſtellerie.
Genereux inconnu, me dit-il, je ne vous
diſſimuleray point que j'ay ſujet de
croire qu'effectivement c'eſt à moy que
ces archers en veulent. Ainſi je vais ſuivre une autre route pour les éviter. Je
ſuis d'avis, luy repliquai-je, que nous
cherchions un endroit où vous ſoyez ſeurement, & où nous puiſſions nous mettre à couvert d'un orage que je vois dans
l'air & qui va bientoſt tomber. En meſ-

M ij

me temps , nous découvrimes & gagnames une allée d'arbres aſſez touffus qui
nous conduiſit au pied d'une montagne
où nous trouvames un hermitage.

C'eſtoit une grande & profonde grotte
que le temps avoit percée dans la montagne , & la main des hommes y avoit
ajouté un avant-corps de logis baſti de
roccailles & de coquillages & tout couvert de gazon. Les environs eſtoient
parſemez de mille ſortes de fleurs qui
parfumoient l'air, & l'on voyoit auprés
de la grotte une petite ouverture dans la
montagne par où ſortoit avec bruit une
ſource d'eau , qui couroit ſe repandre
dans une prairie. Il y avoit à l'entrée de
cette maiſon ſolitaire un bon Hermite ,
qui paroiſſoit accablé de vieilleſſe. Il
s'appuyoit d'une main ſur un bâton, &
de l'autre il tenoit un roſaire à gros
grains de vingt dixaines pour le moins.
Il avoit la teſte enfoncée dans un bonnet de laine brune à longues oreilles, &
ſa barbe plus blanche que la nege, luy
deſcendoit juſqu'à la ceinture. Nous nous
approchames de luy : Mon Pere, luy
di-je , vous voulez bien que nous vous
demandions un aſile contre l'orage qui
nous menace. Venez, mes enfans, ré-

pondit l'Anachorete, aprés m'avoir regardé avec attention ; cet hermitage vous eſt ouvert, & vous y pourrez demeurer tant qu'il vous plaira. Pour voſtre cheval, ajouta-t-il en nous montrant l'avant-corps de logis, il ſera fort bien là. Le Cavalier qui m'accompagnoit y fit entrer ſon cheval, & nous ſuivimes le vieillard dans la grotte.

Nous n'y fumes pas plutoſt, qu'il tomba une groſſe pluye entremeſlée d'éclairs & de coups de tonnerre épouvantables. L'Hermite ſe mit à genoux devant une image de ſaint Pacome qui eſtoit colée contre le mur ; & nous en fimes autant à ſon exemple. Cependant le tonnerre ceſſa. Nous nous levames ; mais comme la pluye continuoit, & que la nuit n'eſtoit pas fort éloignée, le vieillard nous dit : Mes enfans, je ne vous conſeille pas de vous remettre en chemin par ce temps-là, à moins que vous n'ayez des affaires bien preſſantes. Nous répondimes le jeune homme & moy, que nous n'en avions point qui nous deffendiſt de nous arreſter, & que ſi nous n'apprehendions pas de l'incommoder, nous le prierions de nous laiſſer paſſer la nuit dans ſon her-

mitage. Vous ne m'incommoderez point,
repliqua l'Hermite. C'eſt vous ſeuls qu'il
faut plaindre. Vous ſerez fort mal couchez, & je n'ay à vous offrir qu'un repas d'Anachorete.

Aprés avoir ainſi parlé, le ſaint homme nous fit aſſeoir à une petite table, &
nous préſentant quelques ciboules avec
un morceau de pain & une cruche d'eau:
Mes enfans, reprit-il, vous voyez mes
repas ordinaires; mais je veux aujour-
d'huy faire un excés pour l'amour de
vous. A ces mots, il alla prendre un
peu de fromage & deux poignées de noi-
ſettes qu'il étala ſur la table. Le jeune
homme qui n'avoit pas grand appetit,
ne fit guere d'honneur à ces mets. Je
m'apperçois, luy dit l'Hermite, que
vous eſtes accouſtumé à de meilleures
tables que la mienne, ou plutoſt que la
ſenſualité a corrompu voſtre gouſt naturel. J'ay eſté comme vous dans le monde. Les viandes les plus delicates, les
ragouſts les plus exquis n'eſtoient pas
trop bons pour moy; mais depuis que
je vis dans la ſolitude, j'ay rendu à mon
gouſt toute ſa pureté. Je n'aime préſentement que les racines, les fruits, le
lait; en un mot, que ce qui faiſoit toute

la nourriture de nos premiers peres.

Tandis qu'il parloit de la forte, le
jeune homme tomba dans une profonde
refverie. L'Hermite s'en apperceut :
Mon fils, luy dit-il, vous avez l'efprit
embaraffé. Ne puis-je fçavoir ce qui
vous occupe ? Ouvrez-moy voftre cœur.
Ce n'eft point par curiofité que je vous
en preffe. C'eft la feule charité qui m'a-
nime. Je fuis dans un âge à donner des
confeils, & vous eftes peut-eftre dans
une fituation à en avoir befoin. Ouy,
mon Pere, répondit le Cavalier en foupirant, j'en ay befoin fans doute, & je
veux fuivre les voftres, puifque vous
avez la bonté de me les offrir. Je croy
que je ne rifque rien à me découvrir à
un homme tel que vous. Non, mon
fils, dit le vieillard, vous n'avez rien à
craindre. On me peut faire toute forte
de confidences. Alors le Cavalier luy
parla dans ces termes.

CHAPITRE X.

Histoire de Don Alphonse & de la belle Seraphine.

JE ne vous deguiseray rien, mon Pere, non plus qu'à ce Cavalier qui m'écoute. Aprés la generosité qu'il a fait paroiftre, j'aurois tort de me defier de luy. Je vais vous apprendre mes malheurs. Je fuis de Madrid, & voicy mon origine : un Officier de la Garde Allemande, nommé le Baron de Steinbach, rentrant un foir dans fa maifon, apperceut au pied de l'efcalier un paquet de linge blanc. Il le prit & l'emporta dans l'appartement de fa femme, où il fe trouva que c'eftoit un enfant nouveau né envelopé dans une toilette fort propre, avec un billet par lequel on affuroit qu'il appartenoit à des perfonnes de qualité qui fe feroient connoiftre un jour, & l'on ajoutoit qu'il avoit efté baptifé & nommé Alphonfe. Je fuis cet enfant malheureux, & c'eft tout ce que je fçay. Victime de l'honneur ou de l'infidelité, j'ignore fi ma mere ne m'a point expofé

feule-

feulement pour cacher de honteufes
amours, ou fi feduite par un amant parjure, elle s'eft trouvée dans la cruelle
neceffité de me defavoüer.

Quoy qu'il en foit, le Baron & fa
femme furent touchez de mon fort, &
comme ils n'avoient point d'enfans, ils
fe determinerent à m'élever fous le nom
de Don Alphonfe. A mefure que j'a-
vançois en âge, ils fe fentoient attacher
à moy. Mes manieres flateufes & com-
plaifantes excitoient à tous momens leurs
careffes. Enfin j'eus le bonheur de m'en
faire aimer. Ils me donnerent toute forte
de maiftres. Mon éducation devint leur
unique étude, & loin d'attendre impatiemment que mes parens fe découvrif-
fent, il fembloit au contraire qu'ils fou-
haitaffent que ma naiffance demeuraft
toujours inconnuë. Dés que le Baron
me vit en eftat de porter les armes, il
me mit dans le fervice. Il obtint pour
moy une Enfeigne, me fit faire un petit
équipage, & pour mieux m'animer à
chercher les occafions d'acquerir de la
gloire, il me reprefenta que la carriere
de l'honneur eftoit ouverte à tout le
monde, & que je pouvois dans la guerre
me faire un nom d'autant plus glorieux,

que je ne le devrois qu'à moy feul. En
mefme temps il me revela le fecret de
ma naiffance, qu'il m'avoit cachée jufques là. Comme je paffois pour fon fils
dans Madrid, & que j'avois crû l'eftre
eff.ctivement, je vous avoüeray que
cette confidence me fit beaucoup de peine. Je ne pouvois & ne puis encore y
penfer fans honte. Plus mes fentimens
femblent m'affeurer d'une noble origine,
plus j'ay de confufion de me voir aban-
donné des perfonnes à qui je dois le jour.

J'allay fervir dans les Pays-Bas;
mais la paix fe fit fort peu de temps
aprés, & l'Efpagne fe trouvant fans
ennemis, mais non fans envieux, je revins à Madrid, où je receus du Baron
& de fa femme de nouvelles marques
de tendreffe. Il y avoit déja deux mois
que j'eftois de retour, lors qu'un petit
page entra dans ma chambre un matin,
& me préfenta un billet à peu prés conceu dans ces termes : *Je ne fuis ni laide*
ni mal faite, & cependant vous me
voyez fouvent à mes feneftres fans m'a-
gacer. Ce procedé répond mal à voftre
air galant, & j'en fuis fi piquée, que
je voudrois bien pour m'en venger vous
donner de l'amour.

Aprés avoir leu ce billet, je ne doutay
point qu'il ne fuft d'une veuve appellée
Leonor, qui demeuroit vis à vis de noftre maifon & qui avoit la reputation
d'eftre fort coquette. Je queftionnay là-
deffus le petit page, qui voulut d'abord
faire le difcret, mais pour un ducat que
je luy donnay, il fatisfit ma curiofité. Il
fe chargea mefme d'une réponfe par laquelle je mandois à fa maitreffe que je
reconnoiffois mon crime & que je fentois
déja qu'elle eftoit à demi vengée.

Je ne fus pas infenfible à cette façon
de conquefte. Je ne fortis point le refte
de la journée, & j'eus grand foin de me
tenir à mes feneftres pour obferver la
Dame, qui n'oublia pas de fe montrer
aux fiennes. Je luy fis des mines. Elle y
répondit, & dés le lendemain elle me
manda par fon petit page que fi je voulois la nuit prochaine me trouver dans
la ruë entre onze heures & minuit, je
pourrois l'entretenir à la feneftre d'une
falle baffe. Qnoyque je ne me fentiffe
pas fort amoureux d'une veuve fi vive,
je ne laiffay pas de luy faire une réponfe
trés-paffionnée & d'attendre la nuit avec
autant d'impatience que fi j'euffe efté
bien touché. Lorfqu'elle fut venuë, j'al-

lay me promener au Prado jufqu'à l'heû-
re du rendez-vous. Je n'y eftois pas encore arrivé, qu'un homme monté fur un
beau cheval, mit tout à coup pied à terre
auprés de moy, & m'abordant d'un air
brufque : Cavalier, me dit-il, n'eftes-
vous pas fils du Baron de Steinbach?
Ouy, luy répondis-je. C'eft donc vous,
reprit-il, qui devez cette nuit entretenir
Leonor à fa feneftre? J'ay veu fes lettres
& vos réponfes. Son page me les a mon-
trées, & je vous ay fuivi ce foir depuis
voftre maifon jufqu'icy, pour vous apprendre que vous avez un rival dont la
vanité s'indigne d'avoir un cœur à dif-
puter avec vous. Je croy qu'il n'eft pas
befoin de vous en dire davantage. Nous
fommes dans un endroit écarté. Battons-
nous, à moins que pour éviter le chafti-
ment que je vous apprefte, vous ne me
promettiez de rompre tout commerce
avec Leonor. Sacrifiez-moy les efpe-
rances que vous avez conceuës, ou bien
je vais vous ofter la vie. Il falloit, luy
di-je, demander ce facrifice, & non pas
l'exiger. J'aurois pû l'accorder à vos
prieres ; mais je le refufe à vos menaces.

Hé bien, repliqua-t-il, aprés avoir
attaché fon cheval à un arbre, battons-

nous donc. Il ne convient point à une personne de ma qualité de s'abaisser à prier un homme de la vostre. La pluspart mesme de mes pareils à ma place, se vengeroient de vous d'une maniere moins honorable. Je me sentis choqué de ces dernieres paroles, & voyant qu'il avoit déja tiré son épée, je tiray aussi la mienne. Nous nous battimes avec tant de furie, que le combat ne dura pas long-temps. Soit qu'il s'y prist avec trop d'ardeur, soit que je fusse plus adroit que luy, je le perçay bientost d'un coup mortel. Je le vis chanceler & tomber. Alors ne songeant plus qu'à me sauver, je montay sur son propre cheval & pris la route de Tolede. Je n'osay retourner chez le Baron de Steinbach, jugeant bien que mon avanture ne feroit que l'affliger ; & quand je me representois tout le peril où j'estois, je croyois ne pouvoir assez tost m'éloigner de Madrid.

En faisant là-dessus les plus tristes reflexions, je marchay le reste de la nuit & toute la matinée. Mais sur le midy il fallut m'arrester pour faire reposer mon cheval, & laisser passer la chaleur qui devenoit insupportable. Je demeuray dans un village jusqu'au coucher du So-

eil. Aprés quoy voulant aller tout d'une
traitte à Tolede, je continuay mon chemin. J'avois dé a gagné Illescas & deux
lieuës par delà, lors qu'environ sur le
minuit un orage pareil à celuy d'aujour-
d'huy vint me surprendre au milieu de
la campagne. Je m'approchay des murs
d'un jardin que je découvris à quelques
pas de moy, & ne trouvant pas d'abry
plus commode, je me rangeay avec mon
cheval, le mieux qu'il me fut possible,
auprés de la porte d'un cabinet qui estoit
au bout du mur & au dessus de laquelle
il y avoit un balcon. Comme je m'ap-
puyois contre la porte, je sentis qu'elle
estoit ouverte. Ce que j'attribuay à la
negligence des domestiques. Je mis pied
à terre, & moins par curiosité, que pour
estre mieux à couvert de la pluye qui ne
laissoit pas de m'incommoder sous le
balcon, j'entray dans le bas du cabinet
avec mon cheval que je tirois par la
bride.

Je m'attachay pendant l'orage à observer les lieux où j'estois ; & quoyque
je n'en pusse guere juger qu'à la faveur
des éclairs, je connus bien que c'estoit
une maison qui ne devoit point apparte-
nir à des personnes du commun. J'atten-

dois toûjours que la pluye ceſſaſt , pour
me remettre en chemin ; mais une grande lumiere que j'apperceus de loin , me
fit prendre une autre reſolution. Je laiſſay mon cheval dans le cabinet dont j'eus
ſoin de fermer la porte ; je m'avançay
vers cette lumiere , perſuadé que l'on
eſtoit encore ſur pied dans cette maiſon,
& reſolu d'y demander un logement
pour cette nuit. Aprés avoir traverſé
quelques allées , j'arrivay prés d'un ſalon
dont je trouvay auſſi la porte ouverte.
J'y entray , & quand j'en eus vû toute
la magnificence à la faveur d'un beau
luſtre de criſtal bien éclairé , je ne doutay point que je ne fuſſe chez un grand
Seigneur. Le pavé en eſtoit de marbre ;
le lambris fort propre & artiſtement
doré. La corniche admirablement bien
travaillée , & le platfond me parut l'ouvrage des plus habiles Peintres. Mais ce
que je regarday particulierement , ce fut
une infinité de buſtes de Heros Eſpagnols que ſoutenoient des eſcabellons de
marbre jaſpé qui regnoient autour du
ſalon. J'eus le loiſir de conſiderer toutes ces choſes ; car j'avois beau de
temps en temps preſter une oreille attentive , je n'entendois aucun bruit ;

ni ne voyôis paroiftre perfonne.

Il y avoit à l'un des coftez du falon une porte qui n'eftoit que pouffée : je l'entrouvris, & j'apperceus une enfilade de chambres dont la derniere feulement eftoit éclairée. Que dois je faire, di-je alors en moy-mefme ? M'en retournerai-je ? ou ferai-je affez hardi pour penetrer jufqu'à cette chambre ? Je penfois bien que le parti le plus judicieux, c'eftoit de retourner fur mes pas ; mais je ne pus refifter à ma curiofité, ou pour mieux dire, à la force de mon étoile qui m'entrainoit. Je m'avance, je traverfe les chambres, & j'arrive à celle où il y avoit de la lumiere, c'eft à dire une bougie qui brûloit fur une table de marbre dans un flambeau de vermeil. Je remarquay d'abord un ameublement d'efté trés-propre & trés-galant ; mais bientoft jettant les yeux fur un lit dont les rideaux eftoient à demi-ouverts à caufe de la chaleur, je vis un objet qui attira mon attention toute entiere. C'eftoit une jeune Dame qui malgré le bruit du tonnerre qui venoit de fe faire entendre, dormoit d'un profond fommeil. Je m'approchay d'elle tout doucement, & à la clarté que la bougie me preftoit, je dé-

meſſay un teint & des traits qui m'é-
bloüirent. Mes eſprits tout à coup ſe
troublerent à ſa veuë. Je me ſentis ſaiſir, tranſporter ; mais quelques mouvemens qui m'agitaſſent, l'opinion que j'a-
vois de la nobleſſe de ſon ſang m'empeſ-
cha de former une penſée temeraire, &
le reſpect l'emporta ſur le ſentiment.
Pendant que je m'enyvrois du plaiſir de
la contempler, elle ſe réveilla.

Imaginez-vous quelle fut ſa ſurpriſe
de voir dans ſa chambre & au milieu de
la nuit un homme qu'elle ne connoiſſoit
point. Elle fremit en m'appercevant &
fit un grand cri Je m'efforçai de la raſſurer, & metant un genou à terre : Madame, luy di-je, ne craignez rien. Je
ne viens point icy pour vous nuire. J'allois continuer ; mais elle eſtoit ſi effrayée, qu'elle ne m'écouta point. Elle
appelle ſes femmes à pluſieurs repriſes,
& comme perſonne ne luy répondoit,
elle prend une robe de chambre legere
qui eſtoit au pied de ſon lit, ſe leve bruſquement & paſſe dans les chambres que
j'avois traverſées, en appellant encore
les filles qui la ſervoient, auſſi bien qu'-
une ſœur cadette qu'elle avoit ſous ſa
conduite. Je m'attendois à voir arriver

tous les valets, & j'avois lieu d'apprehender que sans vouloir m'entendre, ils ne me fiffent un mauvais traitement ; mais par bonheur pour moy, elle eut beau crier, il ne vint à fes cris qu'un vieux domeſtique, qui ne luy auroit pas eſté d'un grand fecours, ſi elle euſt eu quelque chofe à craindre. Neanmoins devenuë un peu plus hardie par fa préfence, elle me demanda fierement qui j'eſtois ; par où & pourquoy j'avois eu l'audace d'entrer dans fa maifon. Je commençay alors à me juſtifier, & je ne luy eus pas fitoſt dit que j'avois trouvé la porte du cabinet du jardin ouverte, qu'elle s'écria dans le moment : Juſte Ciel, quel foupçon me vient dans l'efprit ?

En difant ces paroles, elle alla prendre la bougie fur fa table ; elle parcourut toutes les chambres l'une aprés l'autre, & elle n'y vit ni fes femmes ni fa fœur. Elle remarqua mefme qu'elles avoient emporté toutes leurs hardes. Ses foupçons ne luy paroiſſant alors que trop bien éclaircis, elle vint à moy avec beaucoup d'émotion, & me dit : Perfide, n'ajoute pas la feinte à la trahifon. Ce n'eſt point le hazard qui t'a fait entrer

icy. Tu es de la suite de Don Fernand
de Leyva, & tu as part à son crime.
Mais n'espere pas m'échapper. Il me
reste encore affez de monde pour t'arrê-
ter. Madame, luy di-je, ne me confon-
dez point avec vos ennemis. Je ne connois point Don Fernand de Leyva. J'i-
gnore mesme qui vous estes. Je suis un
malheureux qu'une affaire d'honneur
oblige à s'éloigner de Madrid ; & je jure
par tout ce qu'il y a de plus sacré, que
sans l'orage qui m'a surpris, je ne serois
point venu chez vous. Jugez donc de
moy plus favorablement. Au lieu de me
croire complice du crime qui vous of-
fense, croyez-moy plutost disposé à vous
venger. Ces derniers mots & le ton dont
je les prononçay appaiserent la Dame,
qui sembla ne me plus regarder comme
son ennemi ; mais si elle perdit sa colere,
ce ne fut que pour se livrer à sa douleur.
Elle se mit à pleurer amerement. Ses
larmes m'attendrirent, & je n'estois
guere moins affligé qu'elle, bien que je
ne sceusse pas encore le sujet de son affliction. Je ne me contentay pas de pleurer avec elle. Impatient de venger son
injure, je me sentis saisir d'un mouvement de fureur : Madame, m'écriai-je,

quel outrage avez-vous receu ? Parlez, J'épouse voſtre reſſentiment. Voulez-vous que je cours aprés Don Fernand & que je luy perce le cœur ? Nommez-moy tous ceux qu'il faut vous immoler, Commandez. Quelques perils, quelques malheurs qui ſoient attachez à voſtre vengeance, cet inconnu, que vous croyez d'accord avec vos ennemis, va s'y expoſer pour vous.

Ce tranſport ſurprit la Dame, & arreſta le cours de ſes pleurs. Ah, Seigneur, me dit-elle, pardonnez ce ſoup-çon à l'eſtat cruel où je me vois. Ces ſentimens genereux détrompent Sera-phine. Ils m'oſtent juſqu'à la honte d'a-voir un Etranger pour témoin d'un af-front fait à ma famille. Ouy, noble in-connu, je reconnois mon erreur, & je ne rejette pas voſtre ſecours. Mais je ne demande point la mort de Don Fernand. Hé bien, Madame, repris-je, quels ſervices pouvez-vous attendre de moy ? Seigneur, repartit Seraphine, voicy de quoy je me plains. Don Fernand de Leyva eſt amoureux de ma ſœur Julie qu'il a veuë par hazard à Tolede, où nous demeurons ordinairement. Il y a trois mois qu'il en fit la demande au Comte de

Polan mon pere qui luy refufa fon aveu,
à caufe d'une vieille inimitié qui regne
entre nos maifons. Ma fœur n'a pas encore quinze ans. Elle aura eu la foibleffe
de fuivre les mauvais confeils de mes femmes, que D. Fernand a fans doute gagnées;
& ce Cavalier averti que nous eftions
toutes feules en cette maifon de campagne, a pris ce temps pour enlever Julie.
Je voudrois du moins fçavoir quelle retraite il luy a choifie, afin que mon pere
& mon frere qui font à Madrid depuis
deux mois puiffent prendre des mefures
là-deffus. Au nom de Dieu, ajouta-t-elle, donnez-vous la peine de parcourir les
environs de Tolede. Faites une exacte
recherche de cet enlevement. Que ma
famille vous ait cette obligation-là.

La Dame ne fongeoit pas que l'employ dont elle me chargeoit ne convenoit guere à un homme qui ne pouvoit
trop toft fortir de Caftille ; mais comment y auroit-elle fait reflexion ? Je n'y
penfay pas moy-mefme. Charmé du
bonheur de me voir neceffaire à la plus
aimable perfonne du monde, j'acceptay
la commiffion avec tranfport, & promis
de m'en acquitter avec autant de zele
que de diligence. En effet, je n'attendis

pas qu'il fuft jour , pour aller accomplir
ma promeffe ; je quittay fur le champ
Seraphine , en la conjurant de me pardonner la frayeur que je luy avois cau-
fée , & l'affurant qu'elle auroit bientoft
de mes nouvelles. Je fortis par où j'eftois entré , mais fi occupé de la Dame,
qu'il ne me fut pas difficile de juger que
j'en étois déja fort épris. Je m'en apperceus encore mieux à l'empreffement
que j'avois de coûrir pour elle , & aux
amoureufes chimeres que je formay. Je
me repréfentois que Seraphine , quoyque poffedée de fa douleur , avoit remarqué mon amour naiffant , & qu'elle ne
l'avoit peut-eftre pas veu fans plaifir. Je
m'imaginois mefme que fi je pouvois luy
porter des nouvelles certaines de fa fœur,
& que l'affaire tournaft au gré de fes
fouhaits , j'en aurois tout l'honneur.

D. Alphonfe interrompit en cet endroit le fil de fon hiftoire , & dit au vieil
Hermite : Je vous demande pardon ,
mon Pere , fi trop plein de ma paffion je
m'étends fur des circonftances qui vous
ennuyent fans doute. Non , mon fils ,
répondit l'Anachorete , elles ne m'ennuyent pas. Je fuis mefme bien-aife de
fçavoir jufqu'à quel point vous eftes

épris de cette jeune Dame dont vous m'entretenez. Je regleray là-deſſus mes conſeils.

L'eſprit échauffé de ces flateuſes images, reprit le jeune homme, je cherchay pendant deux jours le raviſſeur de Julie ; mais j'eus beau faire toutes les perquiſitions imaginables, il ne me fut pas poſſible d'en découvrir les traces. Trés-mortifié de n'avoir recüeilli aucun fruit de mes recherches, je retournay chez Seraphine, que je me peignois dans une extreme inquietude. Cependant elle eſtoit plus tranquille que je ne penſois. Elle m'apprit qu'elle avoit eſté plus heureuſe que moy : qu'elle ſçavoit ce que ſa ſœur eſtoit devenuë : qu'elle avoit receu une lettre de Don Fernand meſme, qui luy mandoit qu'aprés avoir ſecretement épouſé Julie, il l'avoit conduite dans un Convent de Tolede. J'ay envoyé ſa lettre à mon pere, pourſuivit Seraphine. J'eſpere que la choſe pourra ſe terminer à l'amiable, & qu'un mariage ſolemnel éteindra bientoſt la haine qui ſepare depuis ſi long-temps nos maiſons.

Lorſque la Dame m'eut inſtruit du ſort de ſa ſœur, elle parla de la fatigue qu'elle m'avoit cauſée, & du peril où

elle pouvoit m'avoir imprudemment jetté
en m'engageant à pourſuivre un raviſſeur, ſans ſe reſſouvenir que je luy avois
dit qu'une affaire d'honneur me faiſoit
prendre la fuite. Elle m'en fit des excuſes dans les termes les plus obligeans.
Comme j'avois beſoin de repos, elle me
mena dans le ſalon où nous nous aſſimes
tous deux. Elle avoit une robe de chambre de taffetas blanc à rayes noires, avec
un petit chapeau de la meſme étoffe &
des plumes noires ; ce qui me fit juger
qu'elle pouvoit eſtre veuve. Mais elle
me paroiſſoit ſi jeune que je ne ſçavois
ce que j'en devois penſer.

Si j'avois envie de m'en éclaircir,
elle n'en avoit pas moins de ſçavoir qui
j'eſtois. Elle me pria de luy apprendre
mon nom, ne doutant pas, diſoit-elle,
à mon air noble, & encore plus à la
pitié genereuſe qui m'avoit fait entrer
ſi vivement dans ſes intereſts, que je ne
fuſſe d'une famille conſiderable. La queſtion m'embaraſſa. Je rougis, je me troublay, & j'avoueray que trouvant moins de
honte à mentir qu'à dire la verité, je répondis que j'eſtois fils du Baron de Steinbach Officier de la Garde Allemande.
Dites-moy encore, reprit la Dame, pourquoy

quoy vous eftes forti de Madrid? Je vous
offre par avance tout le credit de mon pere, auffi-bien que celuy de mon frere Don
Gafpard. C'eft la moindre marque de reconnoiffance que je puiffe donner à un Cavalier qui pour me fervir a negligé jufqu'au foin de fa propre vie. Je ne fis point
difficulté de luy raconter toutes les circonftances de mon combat. Elle donna le
tort au Cavalier que j'avois tué, & promit
d'intereffer pour moy toute fa maifon.

Quand j'eus fatisfait fa curiofité, je
la priay de contenter la mienne. Je
luy demanday fi fa foy eftoit libre ou en-
gagée. Il y a trois ans, répondit-elle,
que mon pere me fit époufer Don Diegue de Lara, & je fuis veuve depuis
quinze mois. Madame, luy di-je, quel
malheur vous a fitoft enlevé voftre époux?
Je vais vous l'apprendre, Seigneur, repartit la Dame, pour répondre à la confiance que vous venez de me marquer.

Don Diegue de Lara, pourfuivit-elle,
eftoit un Cavalier fort bien fait; mais quoy
qu'il euft pour moy une paffion violente,
& que chaque jour il mift en ufage pour
me plaire tout ce que l'amant le plus
tendre & le plus vif fait pour fe rendre
agreable à ce qu'il aime, quoy qu'il euft

Tome II.   O

mille bonnes qualitez, il ne pût toucher
mon cœur. L'amour n'eſt pas toûjours
l'effet des empreſſemens ni du merite connu ; helas, ajouta-t-elle, une perſonne
que nous ne connoiſſons point nous en-
chante ſouvent dés la premiere veuë. Je
ne pouvois donc l'aimer. Plus confuſe
que charmée des temoignages de ſa tendreſſe & forcée d'y répondre ſans penchant, ſi je m'accuſois en ſecret d'ingra-
titude, je me trouvois auſſi fort à plaindre. Pour ſon malheur & pour le mien,
il avoit encore plus de delicateſſe que
d'amour. Il demeſloit dans mes actions
& dans mes diſcours mes mouvemens les
plus cachez. Il liſoit au fonds de mon
ame. Il ſe plaignoit à tous momens de
mon indifference, & s'eſtimoit d'autant
plus malheureux de ne pouvoir me plaire, qu'il ſçavoit bien qu'aucun rival ne
l'en empeſchoit ; car j'avois à peine ſeize
ans, & avant que de m'offrir ſa foy, il
avoit gagné toutes mes femmes, qui l'a-
voient aſſuré que perſonne ne s'eſtoit encore attiré mon attention. Ouy, Seraphine, me diſoit-il ſouvent, je voudrois
que vous fuſſiez prévenuë pour un autre, & que cela ſeul fuſt la cauſe de voſtre inſenſibilité pour moy. Mes ſoins &

voftre vertu triompheroient de cet en-
teftement ; mais je defefpere de vaincre
voftre cœur, puis qu'il ne s'eft pas rendu à
tout l'amour que je vous ay temoigné. Fa-
tiguée de l'entendre repeter les mefmes
difcours, je luy difois qu'au lieu de troubler fon repos & le mien par trop de
delicateffe, il feroit mieux de s'en remettre au temps. Effectivement à l'âge que
j'avois je n'eftois guere propre à gouf-
ter les rafinemens d'une paffion fi delicate, & c'eftoit le parti que Don Diegue devoit prendre ; mais voyant qu'une
année entiere s'eftoit écoulée, fans qu'il
fuft plus avancé qu'au premier jour, il
perdit patience, ou plutoft il perdit la
raifon ; & feignant d'avoir à la Cour
une affaire importante, il partit pour
aller fervir dans les Pays Bas en qualité
de volontaire, & bientoft il trouva dans
les perils ce qu'il y cherchoit, c'eft à
dire la fin de fa vie & de fes tourmens.

Aprés que la Dame eut fait ce recit,
le caractere fingulier de fon mari devint
le fujet de noftre entretien. Nous fumes
interrompus par l'arrivée d'un courier
qui vint remettre à Seraphine une lettre
du Comte de Polan. Elle me demanda
permiffion de la lire, & je remarquay

O ij

qu'en la liſant, elle devenoit paſſe &
tremblante. Aprés l'avoir luë, elle leva
les yeux au Ciel, pouſſa un long ſoupir,
& ſon viſage en un moment fut couvert
de larmes. Je ne vis point tranquille-
ment ſa douleur. Je me troublay, &
comme ſi j'euſſe preſſenti le coup qui
m'alloit frapper, une crainte mortelle
vint glacer mes eſprits. Madame, luy
di-je d'une voix preſque éteinte, puis-je
vous demander quels malheurs vous annonce ce billet ? Tenez, Seigneur, me
répondit triſtement Seraphine en me
donnant la lettre ; liſez vous-meſme ce
que mon pere m'écrit. Helas, vous n'y
eſtes que trop intereſſé.

A ces mots, qui me firent fremir,
je pris la lettre en tremblant & j'y trouvay ces paroles : *Don Gaſpard voſtre*
frere ſe battit hier au Prado. Il receut
un coup d'épée dont il eſt mort aujour-
d'huy ; & il a declaré en mourant que
le Cavalier qui l'a tué eſt fils du Baron
de Steinbach Officier de la Garde Al-
lemande. Pour ſurcroiſt de malheur,
le meurtrier m'eſt échappé. Il a pris la
fuite ; mais en quelques lieux qu'il aille
ſe cacher, je n'épargneray rien pour le
découvrir. Je vais écrire à quelques

Gouverneurs qui ne manqueront pas de
le faire arrester s'il passe par les villes
de leur jurisdiction, & je vais par
d'autres lettres achever de luy fermer
tous les chemins.

Le Comte de Polan.

Figurez-vous dans quel desordre ce
billet jetta tous mes sens. Je demeuray
quelques momens immobile & sans avoir
la force de parler. Dans mon accablement, j'envisage ce que la mort de Don
Gaspard a de cruel pour mon amour.
J'entre tout à coup dans un vif desespoir.
Je me jette aux pieds de Seraphine, &
luy présentant mon épée nuë : Madame, luy di-je, épargnez au Comte de
Polan le soin de chercher un homme
qui pourroit se dérober à ses coups.
Vengez vous-mesme vostre frere. Im-
molez-luy son meurtrier de vostre propre main. Frappez. Que ce mesme fer
qui luy a osté la vie devienne funeste à
son malheureux ennemi. Seigneur, me
répondit Seraphine, un peu émeuë de
mon action, j'aimois Don Gaspard.
Quoyque vous l'ayez tué en brave homme & qu'il se soit attiré luy-mesme son
malheur, vous devez estre persuadé que
j'entre dans le ressentiment de mon pere.

Ouy, Don Alphonfe ; je fuis voftre ennemie, & je feray contre vous tout ce
que le fang & l'amitié peuvent exiger de
moy. Mais je n'abuferay point de voftre
mauvaife fortune. Elle a beau vous livrer à ma vengeance. Si l'honneur m'ar-
me contre vous, il me défend auffi de
me venger lafchement. Les droits de
l'hofpitalité doivent eftre inviolables, &
je ne veux point payer d'un affaffinat le
fervice que vous m'avez rendu. Fuyez.
Echappez, fi vous pouvez, à nos pourfuites & à la rigueur des loix, & fauvez
voftre tefte du peril qui la menace.

Hé quoy, Madame, repris-je, vous
pouvez vous-mefme vous venger, &
vous vous en remettez à des loix qui
tromperont peut-eftre voftre reffentiment ? Ah percez plutoft un miferable
qui ne merite pas que vous l'épargniez.
Non, Madame, ne gardez point avec
moy un procedé fi noble & fi genereux.
Sçavez-vous qui je fuis ? Tout Madrid
me croit fils du Baron de Steinbach, &
je ne fuis qu'un malheureux qu'il a élevé
chez luy par pitié. J'ignore mefme quels
font les auteurs de ma naiffance. N'importe, interrompit Seraphine avec precipitation, comme fi mes dernieres pa-

roles luy euffent fait une nouvelle peine,
quand vous feriez le dernier des hommes, je feray ce que l'honneur me pre-
fcrit. Hé bien, Madame, luy di-je,
puifque la mort d'un frere n'eft pas capable de vous exciter à répandre mon
fang, je veux irriter voftre haine par
un nouveau crime dont j'efpere que
vous n'excuferez point l'audace. Je vous
adore. Je n'ay pû voir vos charmes
fans en eftre ébloüi, & malgré l'obfcurité de mon fort, j'avois formé l'efperance d'eftre à vous. J'eftois affez amoureux, ou plutoft affez vain pour me flater que le Ciel, qui peut-eftre me fait
grace en me cachant mon origine, me
la découvriroit un jour, & que je pourrois fans rougir vous apprendre mon
nom. Aprés cet aveu qui vous outrage,
balancerez-vous encore à me punir?

Ce temeraire aveu, repliqua la Dame, m'offenferoit fans douté dans un
autre temps ; mais je le pardonne au
trouble qui vous agite. D'ailleurs, dans
la fituation où je fuis moy-mefme, je fais
peu d'attention aux difcours qui vous
échappent. Encore une fois, Don Alphonfe, ajouta-t-elle, en verfant quelques larmes, partez. Eloignez-vous d'u-

ne maifon que vous rempliffez de douleur ; chaque moment que vous y demeurez augmente mes peines. Je ne re-
fifte plus, Madame, repartis-je en me
relevant. Il faut m'éloigner de vous.
Mais ne penfez pas que foigneux de conferver une vie qui vous eft odieufe,
j'aille chercher un afile où je puiffe eftre
en feureté. Non non, je me devouë à
voftre reffentiment. Je vais attendre
avec impatience à Tolede le deftin que
vous me préparez, & me livrant à vos
pourfuites, j'avanceray moy-mefme la
fin de mes malheurs.

Je me retiray en achevant ces paroles. On me donna mon cheval & je me
rendis à Tolede, où je demeuray huit
jours, & où veritablement je pris fi peu
de foin de me cacher, que je ne fçay
comment je n'ay point efté arrefté ; car
je ne puis croire que le Comte de Polan
qui ne fonge qu'à me fermer tous les
paffages, n'ait pas jugé que je pouvois
paffer par Tolede. Enfin je fortis hier
de cette ville, où il fembloit que je m'en-
nuyaffe d'eftre en liberté, & fans tenir
de route affurée, je fuis venu jufqu'à cet
hermitage, comme un homme qui n'auroit rien à craindre. Voila, mon Pere,
ce

ce qui m'occuppe. Je vous prie de m'aider de vos conseils.

CHAPITRE XI.

Quel homme c'estoit que le vieil Her-
mite, & comment Gil Blas s'ap-
perceut qu'il estoit en pays de con-
noissance.

QUand Don Alphonse eut achevé
le triste recit de ses malheurs, le
vieil Hermite luy dit : Mon fils, vous
avez eu bien de l'imprudence de demeurer si long-temps à Tolede. Je regarde
d'un autre œil que vous tout ce que vous
m'avez raconté, & vostre amour pour
Seraphine me paroist une pure folie.
Croyez-moy, il faut oublier cette jeune
Dame, qui ne sçauroit estre à vous. Cedez
de bonne grace aux obstacles qui vous se-
parent d'elle, & vous livrez à vostre étoile, qui selon toutes les apparences vous
promet bien d'autres avantures. Vous
trouverez sans doute quelque jeune personne qui fera sur vous la mesme impression & dont vous n'aurez pas tüé le frere.

Il alloit ajouter à cela beaucoup d'au-

tres choſes pour exhorter Don Alphonſe
à prendre patience, lorſque nous vimes
entrer dans l'hermitage un autre Hermite
chargé d'une beſace fort enflée. Il revenoit de faire une copieuſe queſte dans la
ville de Cuença. Il paroiſſoit plus jeune
que ſon compagnon & il avoit une barbe
rouſſe & fort épaiſſe. Soyez le bien venu,
frere Antoine, luy dit le vieil Anachorete,
quelles nouvelles apportez-vous de la
ville? D'aſſez mauvaiſes, répondit le frere
rouſſeau, en luy mettant entre les mains
un papier plié en forme de lettre, ce billet
va vous en inſtruire. Le vieillard l'ouvrit,
& aprés l'avoir lû avec toute l'attention
qu'il meritoit, il s'écria : Dieu ſoit loüé !
puiſque la meſche eſt découverte, nous
n'avons qu'à prendre noſtre parti. Changeons de ſtile, pourſuivit-il, Seigneur D.
Alphonſe, en adreſſant la parole au jeune
Cavalier, vous voyez un homme en butte
comme vous aux caprices de la fortune.
On me mande de Cuença qui eſt une ville
à une lieuë d'icy, qu'on m'a noirci dans
l'eſprit de la juſtice, dont tous les ſupoſts
doivent dés demain ſe mettre en campagne pour venir dans cet hermitage s'aſſurer de ma perſonne. Mais ils ne trouve-
ront point le lievre au giſte. Ce n'eſt pas la

premiere fois que je me fuis veu dans de
pareils embarras. Graces à Dieu, je m'en
fuis prefque toujours tiré en homme d'efprit. Je vais me montrer fous une nouvelle forme ; car tel que vous me voyez,
je ne fuis rien moins qu'un Hermite &
qu'un vieillard.

En parlant de cette maniere, il fe dé-
poüilla de la longue robe qu'il portoit, &
l'on vit deffous un pourpoint de ferge
noire avec des manches tailladées. 'Puis il
ofta fon bonnet, detacha un cordon qui
tenoit fa barbe poftiche, & prit tout à
coup la figure d'un homme de vingt-huit
à trente ans. Le frere Antoine à fon
exemple quitta fon habit d'Hermite, fe
defit de la mefme maniere que fon compagnon de fa barbe rouffe, & tira d'un
vieux coffre de bois à demi pourry une
mechante foutanelle dont il fe reveftit.
Mais reprefentez-vous ma furprife, lorfque je reconnus dans le vieil Anachorete
le Seigneur D. Raphaël, & dans le frere
Antoine mon trés-cher & trés-fidelle valet Ambroife de Lamela. Vive Dieu, m'e-
criai-je auffitoft, je fuis icy, à ce que je
vois, en pays de connoiffance ! Cela eft
vray, Seigneur Gil Blas, me dit D. Raphaël en riant, vous retrouvez deux de

vos amis, lorsque vous vous y attendiez
le moins. Je conviens que vous avez quelque sujet de vous plaindre de nous ; mais
oublions le passé, & rendons graces au
Ciel qui nous rassemble. Ambroise &
moy nous vous offrons nos services : ils
ne font point à mepriser. Ne nous croyez
pas de méchantes gens. Nous n'atta-
quons, nous n'assassinons personne. Nous
ne cherchons seulement qu'à vivre aux
despens d'autruy ; & si voler est une action injuste, la necessité en corrige l'in-
justice. Associez-vous avec nous & vous
menerez une vie errante. C'est un genre
de vie fort agreable, quand on sçait se
conduire prudemment. Ce n'est pas que
malgré toute nôtre prudence l'enchaîne-
ment des causes secondes ne soit tel quelquefois qu'il nous arrive de mauvaises
avantures. N'importe ; nous en trouvons
les bonnes meilleures. Nous sommes ac-
couftumez à la varieté des temps, aux
alternatives de la fortune.

Seigneur Cavalier, poursuivit le faux
Hermite en parlant à Don Alphonse,
nous vous faisons la mesme proposition,
& je ne croy pas que vous deviez la rejetter dans la situation où vous paroissez
estre ; car sans parler de l'affaire qui vous

oblige à vous cacher, vous n'avez pas
sans doute beaucoup d'argent. Non
vrayement, dit Don Alphonse, & cela,
je l'avoüe, augmente mes chagrins. Hé
bien, reprit D. Raphaël, ne nous quittez
donc point. Vous ne sçauriez mieux faire
que de vous joindre à nous. Rien ne vous
manquera, & nous rendrons inutiles toutes les recherches de vos ennemis. Nous
connoissons presque toute l'Espagne pour
l'avoir parcouruë. Nous sçavons où
sont les bois, les montagnes, tous les endroits propres à servir d'asyle contre les
brutalitez de la justice. Don Alphonse les
remercia de leur bonne volonté, & se
trouyant effectivement sans argent, sans
ressource, il se resolut à les accompagner.
Je m'y determinay aussi, parce que je ne
voulus point quitter ce jeune homme,
pour qui je me sentis naître beaucoup
d'inclination.

Nous convinmes tous quatre d'aller
ensemble, & de ne nous point séparer. Il
fut mis en deliberation si nous partirions
à l'heure mesme, ou si nous donnerions
auparavant quelques atteintes à un outre
plein d'un excellent vin que le frere Antoine avoit apporté de la ville de Cuença
le jour précedent ; mais Raphaël, comme

celuy qui avoit le plus d'experience, re-
préfenta qu'il falloit avant toutes chofes
penfer à noftre feureté : qu'il eftoit d'avis
que nous marchaffions toute la nuit pour
gagner un bois fort épais, qui eftoit entre
Villardefa & Almodabar : que nous ferions halte en cet endroit, où nous voyant
fans inquietude, nous pafferions la journée à nous repofer. Cet avis fut approuvé. Alors les faux Hermites firent denx
paquets de toutes les hardes & les provifions qu'ils avoient, & les mirent en
équilibre fur le cheval de D. Alphonfe.
Cela fe fit avec une extréme diligence.
Aprés quoy nous nous éloignames de
l'hermitage, laiffant en proye à la juftice
les deux robes d'Hermite avec la barbe
blanche & la barbe rouffe, deux grabats,
une table, un mauvais coffre, deux vieilles
chaizes de paille & l'image de S. Pacôme.

Nous marchafmes toute la nuit, & nous
commencions à nous fentir fort fatiguez,
lorfqu'à la pointe du jour nous apperceumes le bois où tendoient nos pas. La veuë
du port donne une vigueur nouvelle aux
matelots laffez d'une longue navigation.
Nous primes courage, & nous arrivames
enfin au bout de noftre carriere avant le
lever du foleil. Nous nous enfonçames

dans le plus épais du bois, & nous nous
arreſtames dans un endroit fort agréable,
ſur un gazon entouré de pluſieurs gros
cheſnes dont les branches entremeſlées
formoient une voute que la chaleur du
jour ne pouvoit percer. Nous debridames
le cheval pour le laiſſer paiſtre, après l'a-
voir déchargé. Nous nous aſſimes. Nous
tiraſmes de la beſace du frere Antoine quelques groſſes pieces de pain avec pluſieurs
morceaux de viandes roſties, & nous nous
mimes à nous en eſcrimer comme à l'envy
l'un de l'autre. Neanmoins quelque appetit que nous euſſions, nous ceſſions ſouvent de manger pour donner des accola-
des à l'outre, qui ne faiſoit que paſſer des
bras de l'un entre les bras de l'autre,

Sur la fin du repas, Don Raphaël dit à
D. Alphonſe : Seigneur Cavalier, après la
confidence que vous m'avez faite, il eſt
juſte que je vous raconte auſſi l'hiſtoire
de ma vie avec la meſme ſincerité. Vous
me ferez plaiſir, répondit le jeune homme; & à moy particulierement, m'eſriai-
je ; j'ay une extreme curioſité d'entendre
vos avantures. Je ne doute pas qu'elles ne
ſoient dignes d'eſtre écoutées. Je vous en
réponds, repliqua Raphaël, & je prétens
bien les écrire un jour. Ce ſera l'amuſe-

ment de ma vieilleſſe, car je ſuis encore jeune & je veux groſſir le volume. Mais nous
ſommes fatiguez. Delaſſons-nous par quelques heures de ſommeil. Pendant que nous
dormirons tous trois, Ambroiſe veillera
de peur de ſurpriſe, & tantoſt à ſon tour il
dormira. Quoyque nous ſoyons, ce me
ſemble, icy fort en ſeureté, il eſt toûjours
bon de ſe tenir ſur ſes gardes. En achevant ces mots, il s'étendit ſur l'herbe. D.
Alphonſe fit la meſme choſe. Je ſuivis leur
exemple & Lamela ſe mit en ſentinelle.

D. Alphonſe, au lieu de prendre quelque repos, s'occupa de ſes malheurs, &
je ne pus fermer l'œil. Pour D. Raphaël,
il s'endormit bientoſt. Mais il ſe reveilla
une heure aprés, & nous voyant diſpoſez à l'écouter, il dit à Lamela : Mon ami
Ambroiſe, tu peux préſentement goûter
la douceur du ſommeil. Non, non, répondit Lamela ; je n'ay point envie de
dormir, & bien que je ſçache tous les
évenemens de voſtre vie, ils ſont ſi inſtru-
ctifs pour les perſonnes de noſtre profeſſion, que je ſeray bien-aiſe de les entendre encore raconter. Auſſitoſt Don Raphaël commença dans ces termes l'hiſtoire de ſa vie.

Fin du quatriéme Livre.

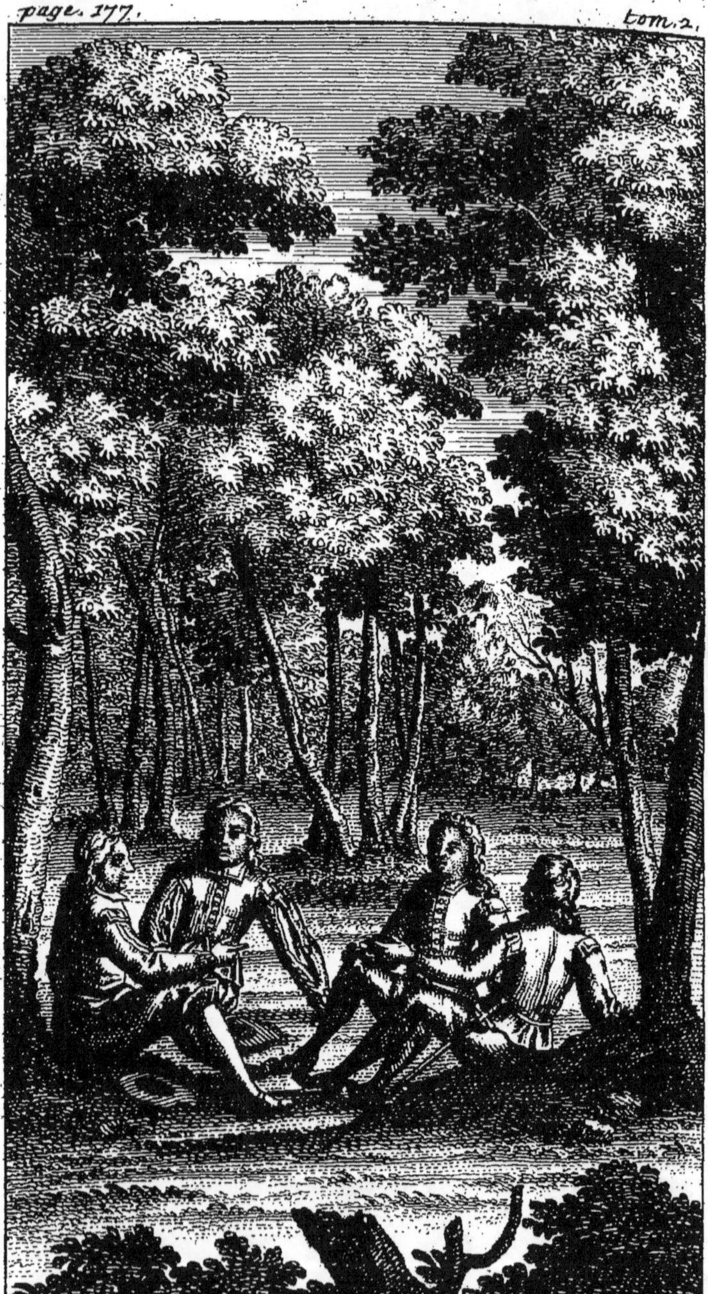

HISTOIRE

DE

GIL BLAS

DE SANTILLANE.

LIVRE CINQUIE'ME.

CHAPITRE PREMIER.

Histoire de Don Raphaël.

E fuis fils d'une Comedienne de Madrid fameufe par fa declamation & plus encore par fes galanteries. Elle fe nommoit Lucinde. Pour un pere, je ne puis, fans temerité, m'en donner un. Je dirois bien quel homme de qualité eftoit amoureux de ma mere,

lorsque je suis venu au monde ; mais cette
époque ne seroit pas une preuve con-
vainquante qu'il fust l'auteur de ma naiſſance ; une perſonne de la profeſſion de
ma mere eſt ſi ſujette à caution , que
dans le temps meſme qu'elle paroiſt le
plus attachée à un Seigneur, elle lui donne
preſque toujours quelque ſubſtitut pour
ſon argent.

Rien n'eſt tel que de ſe mettre au deſſus de la mediſance. Lucinde, au lieu de
me faire élever chez elle dans l'obſcu-
rité, me prenoit ſans façon par la main,
& me menoit au theatre fort honneſte-
ment, ſans ſe ſoucier des diſcours qu'on
tenoit ſur ſon compte, ni des ris malins
que ma veuë ne manquoit pas d'exciter.
Enfin, je faiſois ſes delices, & j'eſtois
careſſé de tous les hommes qui venoient
au logis. On euſt dit que le ſang parloit
en eux en ma faveur.

On me laiſſa paſſer les douze premie-
res années de ma vie dans toutes ſortes
d'amuſemens frivoles. A peine me mon-
tra-t-on à lire & à écrire. On s'attacha
moins encore à m'enſeigner les principes
de ma religion. J'appris ſeulement à dan-
ſer, à chanter, & à joüer de la guitarre.
C'eſt tout ce que je ſçavois faire, lorſ-

que le Marquis de Leganez me demanda
pour eftre auprés de fon fils unique, qui
avoit à peu prés mon âge. Lucinde y
confentit volontiers, & ce fut alors que
je commençay à m'occuper ferieufement.
Le jeune Leganez n'eftoit pas plus avancé que moy ; ce petit Seigneur ne paroiffoit pas né pour les fciences. Il ne connoif-
foit prefque pas une lettre de fon alphabet, bien qu'il euft un précepteur depuis
quinze mois. Ses autres maiftres n'en
tiroient pas meilleur parti. Il mettoit
leur patience à bout. Il eft vray qu'il ne
leur eftoit pas permis d'ufer de rigueur à
fon égard : ils avoient un ordre exprés
de l'inftruire fans le tourmenter, & cet
ordre joint à la mauvaife difpofition du
fujet rendoit les leçons affez inutiles.

Mais le précepteur imagina un bel expedient pour intimider le jeune Seigneur,
fans aller contre la deffenfe de fon pere :
il refolut de me foüetter, quand le petit
Leganez meriteroit d'eftre puni, & il
ne manqua pas d'executer fa réfolution.
Je ne trouvai point l'expedient de mon
gouft. Je m'échappay & m'allay plaindre à ma mere d'un traitement fi injufte.
Cependant quelque tendreffe qu'elle fe
fentift pour moy, elle eut la force de

reſiſter à mes larmes, & conſiderant que
c'eſtoit un grand avantage pour ſon fils
d'eſtre chez le Marquis de Leganez, elle
m'y fit remener ſur le champ. Me voila
donc livré au précepteur. Comme il s'eſtoit apperceu que ſon invention avoit
produit un bon effet, il continua de me
foüetter à la place du petit Seigneur, &
pour faire plus d'impreſſion ſur lui, il
m'étrilloit trés-rudement. J'eſtois ſeur de
payer tous les jours pour le jeune Leganez. Je puis dire qu'il n'a pas appris une
lettre de ſon alphabet qui ne m'ait couſté
cent coups de foüet ; jugez à combien
me revient ſon rudiment.

Le foüet n'eſtoit pas le ſeul deſagré-
ment que j'euſſe à eſſuyer dans cette
maiſon : comme tout le monde m'y connoiſſoit, les moindres domeſtiques, juſqu'aux marmitons, me reprochoient ma
naiſſance. Cela me deplut à un point,
que je m'enfuis un jour, aprés avoir
trouvé moyen de me ſaiſir de tout ce
que le précepteur avoit d'argent comptant. Ce qui pouvoit bien aller à cent
cinquante ducats. Telle fut la vengeance
que je tiray des coups de foüet qu'il m'a-
voit donnez ſi injuſtement. Je fis ce tour
de main avec beaucoup de ſubtilité, quoy

que ce fuſt mon coup d'eſſay , & j'eus
l'adreſſe de me derober aux perquiſitions
qu'on fit de moy pendant deux jours. Je
ſortis de Madrid , & me rendis à Tolede , ſans voir perſonne à mes trouſſes.

J'entrois alors dans ma quinziéme année. Quel plaiſir , à cet âge , d'eſtre in-
dependant & maiſtre de ſes volontez !
J'eus bientoſt fait connoiſſance avec de
jeunes gens qui me dégourdirent & m'ai-
derent à manger mes ducats. Je m'aſſo-
ciay enſuite avec des Chevaliers de l'in-
duſtrie , qui cultiverent ſi bien mes heu-
reuſes diſpoſitions , que je devins en peu
de temps un des plus forts de l'ordre. Au
bout de cinq années , l'envie de voyager
me prit ; je quittay mes confreres , &
voulant commencer mes voyages par
l'Eſtremadure , je gagnay Alcantara ;
mais avant que d'y arriver , je trouvay
une occaſion d'exercer mes talens , &
je ne la laiſſay point échapper. Comme
j'eſtois à pied & de plus chargé d'un ha-
vreſac aſſez peſant , je m'arreſtois de
temps en temps pour me repoſer ſous les
arbres qui m'offroient leur ombrage à
quelques pas du grand chemin. Je rencontray deux enfans de famille qui s'entretenoient avec gayeté ſur l'herbe en pre-

nant le frais. Je les ſaluay trés civilement,
& ce qui me parut ne leur pas deplaire,
j'entray dans leur converſation. Le plus
vieux n'avoit pas quinze ans. Ils eſtoient
tous deux bien ſinceres : Seigneur Cavalier, me dit le plus jeune, nous ſommes
fils de deux riches Bourgeois de Plazen-
cia. Nons avons une extreme envie de
voir le Royaume de Portugal, & pour
ſatisfaire noſtre curioſité, nous avons
pris chacun cent piſtoles à nos parens.
Bien que nous voyagions à pied, nous
ne laiſſerons pas d'aller loin avec cet argent. Qu'en penſez-vous ? Si j'en avois
autant, lui répondis-je, Dieu ſçait où
j'irois. Je voudrois parcourir les quatre
parties du monde. Comment diable, deux
cens piſtoles ? C'eſt une ſomme immenſe.
Vous n'en verrez jamais la fin. Si vous
l'avez pour agréable, Meſſieurs, ajoutai-je, j'auray l'honneur de vous accompagner juſqu'à la ville d'Almerin,
où je vais recüeillir la ſucceſſion d'un
oncle qui depuis vingt années ou environ
s'eſtoit eſtabli là.

Les jeunes Bourgeois me temoignerent que ma compagnie leur feroit plaiſir. Ainſi, lorſque nous nous fumes tous
trois un peu delaſſez, nous marchames

vers Alcantara, où nous arrivames long-
temps avant la nuit. Nous allames loger à une bonne hostellerie. Nous demandames une chambre, & l'on nous
en donna une où il y avoit une armoire
qui fermoit à clef. Nous ordonnames
d'abord le souper, & pendant qu'on nous
l'apprestoit, je proposay à mes compagnons de voyage de nous promener dans
la ville. Ils accepterent la proposition.
Nous ferrames nos havrefacs dans l'armoire, dont un des Bourgeois prit la
clef, & nous fortimes de l'hostellerie.
Nous allames visiter les Eglises, & dans
le temps que nous estions dans la princi-
pale, je feignis tout à coup d'avoir une
affaire importante : Messieurs, dis-je à
mes camarades, je viens de me souvenir
qu'une personne de Tolede m'a chargé
de dire de sa part deux mots à un Marchand qui demeure auprés de cette Egli-
se. Attendez-moy, de grace, icy. Je
feray de retour dans un moment. A ces
mots, je m'éloignay d'eux. Je cours à
l'hostellerie ; je vole à l'armoire ; j'en
force la serrure, & foüillant dans les
havrefacs de mes jeunes Bourgeois, j'y
trouve leurs pistoles. Les pauvres enfans ! je ne leur en laissay pas seulement

une pour payer leur giste. Je les empor-
tay toutes. Aprés cela, je sortis promptement de la ville, & pris la route de
Merida; sans m'embarasser de ce qu'ils
deviendroient.

Cette avanture me mit en estat de
voyager avec agrément. Quoyque jeune, je me sentois capable de me conduire
prudemment. Je puis dire que j'estois
bien avancé pour mon âge. Je resolus
d'acheter une mule, ce que je fis en effet
au premier bourg. Je convertis mesme
mon havresac en valise, & je commençay à faire un peu plus l'homme d'importance. La troisiéme journée, je rencontray un homme qui chantoit Vespres
à pleine teste sur le grand chemin. Je jugeay à son air que c'estoit un Chantre,
& je luy dis : Courage, Seigneur Bachelier. Cela va le mieux du monde.
Vous avez, à ce que je vois, le cœur au
métier. Seigneur, me répondit-il, je
suis Chantre, pour vous rendre mes
trés-humbles services, & je suis bien
aise de tenir ma voix en haleine.

Nous entrames de cette maniere en
conversation. Je m'apperceus que j'estois
avec un personnage des plus spirituels &
des plus agréables. Il avoit vingt-quatre ou
vingt-

vingt-cinq ans. Comme il eſtoit à pied,
je n'allois que le petit pas pour avoir le
plaiſir de l'entretenir. Nous parlames
entr'autres choſes de Tolede. Je connois parfaitement cette ville, me dit le
Chantre ; j'y ay fait un aſſez long ſejour. J'y ay meſme quelques amis. Hé
dans quel endroit, interrompis-je, de-
meuriez-vous à Tolede ? Dans la rüe
neuve, répondit il. J'y demeurois avec
Don Vincent de Buena Garra , Don
Mathias de Cordel, & deux ou trois autres honneſtes Cavaliers. Nous logions,
nous mangions enſemble ; nous paſſions
fort bien le temps. Ces paroles me ſur-
prirent, car il faut obſerver que les Gen-
tilshommes dont il me citoit les noms
eſtoient les aigrefins avec qui j'avois eſté
fauxfilé à Tolede. Seigneur Chantre,
m'écriai-je, ces Meſſieurs que vous venez de nommer ſont de ma connoiſſance,
& j'ay demeuré auſſi avec eux dans la
rüe neuve. Je vous entends, reprit-il en
ſouriant, c'eſt à dire que vous eſtes entré dans la compagnie depuis trois ans
que j'en ſuis ſorti. Je viens, luy repartis-je, de quitter ces Seigneurs, parce
que je me ſuis mis dans le gouſt des voyages. Je veux faire le tour de l'Eſpagne.

Tome II.   Q

J'en vaudray mieux quand j'auray plus
d'experience. Sans doute, me dit-il,
pour se perfectionner l'esprit, il faut
voyager. C'est aussi pour cette raison
que j'abandonnay Tolede, quoyque j'y
vecusse fort agréablement. Je rends graces au Ciel, poursuivit-il, qui m'a fait
rencontrer un Chevalier de mon ordre,
lorsque j'y pensois le moins. Unissons-
nous; voyageons ensemble; attentons
sur la bourse du prochain; profitons de
toutes les occasions qui se présenteront
d'exercer nostre sçavoir-faire.

Il me fit cette proposition si franchement & de si bonne grace, que je l'acceptay. Il gagna tout à coup ma confiance en me donnant la sienne. Nous
nous ouvrimes l'un à l'autre. Je luy
contay mon histoire & il ne me deguisa
point ses avantures. Il m'apprit qu'il venoit de Portalegre, d'où une fourberie
déconcertée par un contretemps l'avoit
obligé de se sauver avec precipitation &
sous l'habillement que je luy voyois.
Aprés qu'il m'eut fait une entiere confidence de ses affaires, nous resolumes
d'aller tous deux à Merida tenter la
fortune, d'y faire quelque bon coup si
nous pouvions, & d'en decamper aussi-

toſt pour nous rendre ailleurs. Dés ce
moment, nos biens devinrent communs
entre nous. Il eſt vray que Moralés,
ainſi ſe nommoit mon compagnon, ne
ſe trouvoit pas dans une ſituation fort
brillante. Tout ce qu'il avoit conſiſtoit en
cinq ou ſix ducats avec quelques hardes
qu'il portoit dans un biſſac ; mais ſi j'eſtois mieux que luy en argent comptant,
il eſtoit en recompenſe plus conſommé
que moy dans l'art de tromper les hommes. Nous montions ma mule alterna-
tivement, & nous arrivames de cette
maniere à Merida.

Nous nous arreſtames dans une hoſtellerie du fauxbourg, où mon camarade
tira de ſon biſſac un habit dont il ne fut
pas ſitoſt reveſtu, que nous allames faire
un tour dans la ville pour reconnoiſtre
le terrein, & voir s'il ne s'offriroit point
quelque occaſion de travailler. Nous
conſiderions fort attentivement tous les
objets qui ſe préſentoient à nos regards.
Nous reſſemblions, comme auroit dit
Homere, à deux milans qui cherchent
des yeux dans la campagne des oiſeaux
dont ils puiſſent faire leur proye. Nous
attendions enfin que le hazard nous four-
niſt quelque ſujet d'employer noſtre in-

duſtrie, lorſque nous apperceumes dans
la ruë un Cavalier, à cheveux gris, qui
avoit l'épée à la main & qui ſe battoit
contre trois hommes qui le pouſſoient
vigoureuſement. L'inégalité de ce combat me choqua, & comme je ſuis naturellement ferrailleur, je volay au ſecours
du vieillard. Moralès ſuivit mon exemple. Nous chargeames les trois ennemis
du Cavalier & nous les obligeames à
prendre la fuite.

Le vieillard nous fit de grands remer-
cimens. Nous ſommes ravis, luy di-je,
de nous eſtre trouvez icy ſi à propos
pour vous ſecourir ; mais que nous ſa-
chions du moins à qui nous avons eu le
bonheur de rendre ſervice, & dites-
nous, de grace, pourquoy ces trois
hommes vouloient vous aſſaſſiner ? Meſſieurs, nous répondit-il, je vous ay trop
d'obligation pour refuſer de ſatisfaire
voſtre curioſité. Je m'appelle Jerome de
Moyadas & je vis de mon bien dans cette
ville. L'un de ces aſſaſſins dont vous
m'avez delivré eſt un amant de ma fille.
Il me la fit demander en mariage ces
jours paſſez, & comme il ne put obtenir
mon aveu, il vient de me faire mettre
l'épée à la main pour s'en venger. Hé

peut-on, repris-je, vous demander encore pour quelle raison vous n'avez point
accordé vostre fille à ce Cavalier ? Je
vais vous l'apprendre, me dit-il ; j'avois
un frere marchand dans cette ville. Il
se nommoit Augustin. Il y a deux mois
qu'il estoit à Calatrava logé chez Juan
Velez de la Menbrilla son correspondant. Ils estoient tous deux amis intimes,
& mon frere pour fortifier encore davantage leur amitié, promit Florentine
ma fille unique au fils de son correspondant, ne doutant point qu'il n'eust assez
de credit sur moy pour m'obliger à dé-
gager la promesse. Effectivement mon
frere estant de retour à Merida, ne m'eut
pas plutost parlé de ce mariage, que j'y
consentis pour l'amour de luy. Il envoya le portrait de Florentine à Calatrava ; mais, helas, il n'a pas eu la sa-
tisfaction d'achever son ouvrage ; il est
mort depuis trois semaines. En mourant
il me conjura de ne disposer de ma fille
qu'en faveur du fils de son correspondant. Je le luy promis, & voila pourquoy j'ay refusé Florentine au Cavalier
qui vient de m'attaquer, quoyque ce
soit un parti fort avantageux. Je suis
esclave de ma parole, & j'attens à tout

moment le fils de Juan Velez de la Membrilla pour en faire mon gendre, bien
que je ne l'aye jamais veu, non plus
que son pere. Je vous demande pardon,
continua Jerome de Moyadas, si je vous
fais toute cette narration ; mais vous
l'avez exigée de moy.

J'écoutay ce recit avec beaucoup d'attention, & m'arreftant à une fupercherie qui me vint tout à coup dans l'efprit, j'affectay un grand étonnement.
Je levay mefme les yeux au Ciel. Enfuite je me tournay vers le vieillard &
luy dis d'un ton pathétique : Ah Seigneur de Moyadas, eft-il poffible qu'en
arrivant à Merida, je fois affez heureux
pour fauver la vie à mon beau-pere ?
Ces paroles cauférent une étrange furprife au vieux bourgeois & n'étonnerent
pas moins Moralés, qui me fit connoiftre par fa contenance que je luy paroif-
fois un grand fripon. Que m'apprenez-
vous, me répondit le vieillard ? Quoy
vous feriez le fils du correfpondant de
mon frere ? Ouy Seigneur Jerome de
Moyadas, luy repliquai-je en payant
d'audace & en luy jettant les bras au
cou, je fuis le fortuné mortel à qui l'a-
dorable Florentine eft deftinée. Mais

avant que je vous temoigne la joye que
j'ay d'entrer dans voſtre famille , permettez que je repande dans voſtre ſein
les larmes que renouvelle icy le ſouvenir
de voſtre frere Auguſtin. Je ſerois le
plus ingrat de tous les hommes , ſi je
n'eſtois vivement touché de la mort d'u-
ne perſonne à qui je dois le bonheur de
ma vie. En achevant ces mots , j'em-
braſſay encore le bon Jerome , & je paſſay enſuite la main ſur mes yeux comme
pour eſſuyer mes pleurs. Moralés qui
comprit tout d'un coup l'avantage que
nous pouvions tirer d'une pareille trom-
perie , ne manqua pas de me ſeconder.
Il voulut paſſer pour mon valet & il ſe
mit à rencherir ſur le regret que je mar-
quois de la mort du Seigneur Auguſtin.
Monſieur Jerome , s'ecria-t-il , quelle
perte vous avez faite en perdant voſtre
frere ? C'eſtoit un ſi honneſte homme !
le phœnix du commerce , un marchand
deſintereſſé , un marchand de bonne foy,
un marchand comme on n'en voit point.

Nous avions affaire à un homme ſim-
ple & credule ; bien loin d'avoir quelque
ſoupçon de noſtre fourberie , il s'y preſta
de luy-meſme. Hé pourquoy , me dit-
il , n'eſtes-vous pas venu tout droit chez

moy ? Il ne falloit point aller loger dans une hoſtellerie. Dans les termes où nous en ſommes, on ne doit point faire de façons, Monſieur, luy dit Moralés en prenant la parole pour moy, mon maiſtre eſt un peu cérémonieux. Ce n'eſt pas, ajouta-t-il, qu'il ne ſoit excuſable en quelque maniere de n'avoir pas voulu paroiſtre devant vous en l'eſtat où il eſt. Nous avons eſté volez ſur la route. On nous a pris toutes nos hardes. Ce garçon, interrompis-je, vous dit la verité, Seigneur de Moyadas. Ce malheur ne m'a point permis d'aller chez vous. Je n'oſois me préſenter ſous cet habit aux yeux d'une maitreſſe qui ne m'a point encore veu, & j'attendois pour cela le retour d'un valet que j'ay envoyé à Calatrava. Cet accident, reprit le vieillard, ne devoit point vous empeſcher de venir demeurer dans ma maiſon, & je prétends que vous y preniez tout à l'heure un logement.

En parlant de cette ſorte, il m'emmena chez luy ; mais avant que-d'y arriver, nous nous entretinmes du pretendu vol qu'on m'avoit fait, & je temoignay que mon plus grand chagrin eſtoit d'avoir perdu avec mes hardes le

portrait

portrait de Florentine. Le Bourgeois là-
deſſus me dit en riant qu'il falloit me
conſoler de cette perte, & que l'original
valoit mieux que la copie. En effet dés
que nous fumes dans ſa maiſon, il appella ſa fille, qui n'avoit pas plus de ſeize
ans, & qui pouvoit paſſer pour une perſonne accomplie. Vous voyez, me dit-il,
l'objet que feu mon frere vous a promis.
Ah Seigneur, m'écriai-je d'un air paſ-
ſionné, il n'eſt pas beſoin de me dire que
c'eſt l'aimable Florentine. Ces traits charmans ſont gravez dans ma memoire &
encore plus dans mon cœur. Si le portrait que j'ay perdu & qui n'eſtoit qu'une
foible ébauche de tant d'attraits, a pû
m'embraſer de mille feux, jugez quels
tranſports doivent m'agiter en ce moment. Ce diſcours eſt trop flateur, me
dit Florentine, & je ne ſuis point aſſez
vaine pour m'imaginer que je le juſtifie.
Continuez vos complimens, interrompit
alors le pere. En meſme temps, il me
laiſſa ſeul avec ſa fille, & prenant Moralés en particulier : Mon ami, lui dit-
il, on vous a donc emporté toutes vos
hardes, & ſans doute vôtre argent ? Ouy,
Monſieur, répondit mon camarade, une
nombreuſe troupe de bandits eſt venu

fondre fur nous auprés de Caftil-Blazo,
& ne nous a laiffé que les habits que
nous avons fur le corps ; mais nous re-
cevrons inceffamment des lettres de
change, & nous allons nous remettre
fur pied.

En attendant vos lettres de change,
repliqua le vieillard en tirant de fa poche
une bourfe, voici cent piftoles dont vous
pouvez difpofer. Oh Monfieur, repartit Moralés, mon maiftre ne voudra
point les accepter. Vous ne le connoif-
fez pas. Tudieu ! c'eft un homme fort
delicat fur cette matiere. Ce n'eft point
un de ces enfans de famille qui font prefts
à prendre de toutes mains. Il n'aime pas
à s'endetter. Il demanderoit plutoft l'au-
mofne que d'emprunter un maravedi.
Tant mieux, dit le bon Bourgeois ; je
l'en eftime davantage. Je ne puis fouffrir
que l'on contracte des dettes. Je pardonne cela aux perfonnes de qualité,
parce que c'eft une chofe dont ils font
en poffeffion. Je ne veux pas, continua-
t-il, contraindre ton maiftre ; & fi c'eft
luy faire de la peine que de luy offrir de
l'argent, il n'en faut plus parler. En
difant ces paroles, il voulut remettre la
bourfe dans fa poche ; mais mon com-

pagnon luy retint le bras : Attendez,
Seigneur de Moyadas, luy dit-il ; quelque averſion que mon maiſtre ait pour
les emprunts , je ne deſeſpere pas de luy
faire agréer vos cent piſtoles. Ce n'eſt
que des étrangers qu'il n'aime point à
emprunter. Il n'eſt pas ſi façonnier avec
ſa famille. Il demande meſme fort bien
à ſon pere tout l'argent dont il a beſoin.
Ce garçon, comme vous voyez, ſçait diſtinguer les perſonnes, & il doit vous regarder, Monſieur , comme un ſecond pere.

Moralés par de ſemblables diſcours
s'empara de la bourſe du vieillard , qui
vint nous rejoindre & qui nous trouva
ſa fille & moy engagez dans les complimens. Il rompit noſtre entretien. Il apprit à Florentine l'obligation qu'il m'a-
voit, & ſur cela il me tint des propos
qui me firent connoiſtre combien il en
avoit de reſſentiment. Je profitay d'une
ſi favorable diſpoſition. Je dis au Bourgeois que la plus touchante marque de
reconnoiſſance qu'il puſt me donner, eſtoit de haſter mon mariage avec ſa fille.
Il ceda de bonne grace à mon impatience. Il m'aſſura que dans trois jours, au
plus tard, je ſerois l'époux de Florentine, & qu'au lieu de ſix mille ducats

qu'il avoit promis pour ſa dot, il en
donneroit dix mille, pour me témoigner
juſqu'à quel point il eſtoit penetré du
ſervice que je luy avois rendu.

Nous eſtions donc Moralés & moy
chez le bon-homme Jerome de Moyadas
bien traitez, & dans l'agreable attente
de toucher dix mille ducats, avec quoy
nous nous propoſions de partir promptement de Merida. Une crainte pourtant
troubloit noſtre joye : nous apprehendions qu'avant trois jours le veritable
fils de Juan Velez de la Menbrilla ne
vinſt traverſer noſtre bonheur. Cette
crainte n'eſtoit pas mal fondée. Dés le
lendemain, une eſpece de payſan chargé
d'une valiſe, arriva chez le pere de Florentine. Je ne m'y trouvay point alors;
mais mon camarade y eſtoit. Seigneur,
dit le payſan au vieillard, j'appartiens au
Cavalier de Calatrava qui doit eſtre voſtre gendre, au Seigneur Pedro de la Menbrilla. Nous venons tous deux d'arriver.
Il ſera icy dans un inſtant. J'ay pris les
devants pour vous en avertir. A peine il
eut achevé ces mots, que ſon maiſtre
parut. Ce qui ſurprit fort le vieillard &
deconcerta un peu Moralés.

Le jeune Pedro eſtoit un garçon des

mieux faits. Il adreſſa la paroſe au pere
de Florentine; mais le bon-homme ne luy
donna pas le temps de finir ſon diſcours,
& ſe tournant vers mon compagnon, il
luy demanda ce que cela ſignifioit. Alors
Moralés qui ne cedoit en effronterie à
perſonne du monde, prit un air d'aſſurance & dit au vieillard : Monſieur, ces
deux hommes que vous voyez ſont de
la troupe des voleurs qui nous ont de-
trouſſez ſur le grand chemin. Je les reconnois, & particulierement celuy qui
a l'audace de ſe dire fils du Seigneur
Juan Velez de la Menbrilla. Le vieux
Bourgeois crut Moralés, & perſuadé
que les nouveaux venus eſtoient des fripons, il leur dit : Meſſieurs, vous arrivez trop tard. On vous a prevenus.
Pedro de la Menbrilla eſt chez moy depuis hier. Prenez garde à ce que vous
dites, luy répondit le jeune homme de
Calatrava. Vous avez dans voſtre maiſon un impoſteur. Sachez que Juan Velez de la Menbrilla n'a point d'autre fils
que moy. A d'autres, repliqua le vieillard; je n'ignore pas qui vous eſtes. Ne
remettez-vous pas ce garçon, & ne
vous reſſouvenez vous plus de ſon maiſtre que vous avez volé ? Si je n'eſtois

pas chez vous, repartit Pedro, je punirois l'infolence de ce fourbe qui m'ofe traitter de voleur. Qu'il rende grace à voftre préfence qui retient ma colere. Seigneur, pourfuivit-il, on vous trompe. Je fuis le jeune homme à qui voftre frere Auguftin a promis voftre fille. Voulez-vous que je vous montre toutes les lettres qu'il a écrites à mon pere au fujet de ce mariage ? En croirez-vous le portrait de Florentine qu'il m'envoya quelque temps avant fa mort ?

Non, interrompit le vieux Bourgeois, le portrait ne me perfuadera pas plus que les lettres. Je fçay bien de quelle maniere il eft tombé entre vos mains, & je vous confeille charitablement de fortir au plutoft de Merida. C'en eft trop, interrompit à fon tour le jeune Cavalier. Je ne fouffriray point qu'on me vole impunement mon nom, ni qu'on me faffe paffer pour un brigand. Je connois quelques perfonnes dans cette ville. Je vais les chercher, & je reviendray confondre l'impofture qui vous prévient contre moy. A ces mots, il fe retira fuivi de fon valet, & Moralés demeura triomphant. Cette avanture mefme fut caufe que Jerome de

Moyadas refolut de faire le mariage ce jour-là. Il fortit & alla fur le champ donner les ordres neceffaires pour cet effet.

Quoyque mon camarade fuft bien aifé de voir le pere de Florentine dans des difpofitions fi favorables pour nous, il n'eftoit pas fans inquietude. Il craignoit la fuite des demarches qu'il jugeoit bien que Pedro ne manqueroit pas de faire, & il m'attendoit avec impatience pour m'informer de ce qui fe paffoit. Je le trouvay plongé dans une profonde refverie. Qu'y a-t-il, mon ami, luy di-je ? tu me parois bien occuppé. Ce n'eft pas fans raifon, me répondit-il. En mefme temps, il me mit au fait. Tu vois, ajouta-t-il enfuite, fi j'ay tort de refver. C'eft toy, temeraire, qui nous jettes dans cet embarras. L'entreprife, je l'avouë, eftoit brillante, & t'auroit comblé de gloire, fi elle euft reüffi ; mais, felon toutes les apparences, elle finira mal, & je ferois d'avis, pour prévenir les éclairciffemens, que nous priffions la fuite avec la plume que nous avions tirée de l'aifle du bon-homme.

Monfieur Moralés, repris-je à ce difcours, vous cedez bien promptement

aux difficultez. Vous ne faites guere
d'honneur à Don Mathias de Cordel ni
aux autres Cavaliers avec qui vous avez
demeuré à Tolede. Quand on a fait son
apprentissage sous de si grands maistres,
on ne doit pas si facilement s'alarmer.
Pour moy , qui veux marcher sur les
traces de ces heros , & prouver que j'en
suis un digne eleve , je me roidis contre
l'obstacle qui vous épouvante & je me
fais fort de le lever. Si vous en venez
à bout, me dit mon compagnon, je vous
mettray au dessus de tous les grands
hommes de Plutarque.

Comme Moralés achevoit de parler,
Jerome de Moyadas entra. Vous serez,
me dit-il, mon gendre dés ce soir. Vostre
valet, ajouta-t-il, doit vous avoir conté ce
qui vient d'arriver. Que dites-vous de
l'effronterie du fripon qui m'a voulu persuader qu'il estoit fils du correspondant
de mon frere ? Seigneur, luy répondis-
je tristement & de l'air le plus ingenu
qu'il me fut possible d'affecter, je sens
que je ne suis pas né pour soutenir une
trahison. Il faut vous faire un aveu sin-
cere. Je ne suis point fils de Juan Velez
de la Menbrilla. Qu'entens-je, interrompit le vieillard avec autant de préci-

pitation que de furprife ? Hé quoy vous
n'eftes pas le jeune homme à qui mon
frere. . . De grace , Seigneur, interrompis je auffi , daignez m'écouter jufqu'au bout. Il y a huit jours que j'aime voftre fille & que l'amour m'arrefte
à Merida. Hier , aprés vous avoir fe-
couru , je me préparois à vous la demander en mariage ; mais vous me fer-
mates la bouche , en m'apprenant que
vous la deftiniez à un autre. Vous me
dites que voftre frere en mourant vous
conjura de la donner à Pedro de la Menbrilla , que vous le luy promites & qu'
enfin vous eftiez efclave de voftre parole. Ce difcours, je l'avouë , m'accabla , & mon amour reduit au defefpoir
m'infpira le ftratagefme dont je me fuis
fervi. Je vous diray pourtant que je me
fuis fecretement reproché la fupercher-
rie que je vous ay faite ; mais j'ay crû
que vous me la pardonneriez , quand je
vous la découvrirois , & quand vous
fçauriez que je fuis un Prince Italien
qui voyage *incognito.* Mon pere eft fou-
verain de certaines valées qui font entre
les Suiffes, le Milanois & la Savoye. Je
m'imaginois que vous feriez agréablement furpris lorfque je vous revelerois

ma naiſſance , & je me faiſois un plaifir d'époux delicat & charmé de la declarer à Florentine aprés l'avoir épou-
ſée. Le Ciel, pourſuivis-je en changeant
de ton , n'a pas voulu permettre que
j'euſſe tant de joye. Pedro de la Menbrilla paroiſt. Il faut luy reſtituer ſon
nom, quelque choſe qu'il m'en couſte à
le luy rendre. Voſtre promeſſe vous en-
gage à le choiſir pour voſtre gendre ;
vous devez me le préferer, ſans avoir
égard à mon rang, ſans avoir pitié de
la ſituation cruelle où vous m'allez reduire. Je ne vous repréſenteray point
que voſtre frere n'eſtoit que l'oncle de
voſtre fille , que vous en eſtes le pere,
& qu'il eſt plus juſte de vous acquitter
envers moy de l'obligation que vous m'a-
vez, que de vous piquer de l'honneur
de tenir une parole qui ne vous lie que
foiblement.

Ouy ſans doute cela eſt bien plus juſte,
s'écria Jerome de Moyadas. Auſſi je ne
pretens point balancer entre vous & Pedro de la Menbrilla. Si mon fere Auguſtin vivoit encore , il ne trouveroit
pas mauvais que je donnaſſe la préfe-
rence à un homme qui m'a ſauvé la vie,
& qui plus eſt à un Prince qui ne dedai-

gne pas de rechercher mon alliance. Il
faudroit que je fuſſe ennemi de mon bonheur, & que j'euſſe entierement perdu l'eſprit, ſi je ne vous donnois ma
fille, & ſi je ne preſſois pas meſme ce
mariage. Cependant, Seigneur, repris-
je, ne faites rien par impetuoſité. Ne
conſultez que vos ſeuls intereſts, & malgré la nobleſſe de mon ſang... Vous
vous moquez de moy, interrompit-il,
dois-je heſiter un moment ? Non, mon
Prince ; & je vous ſupplie de vouloir
bien dés ce ſoir honorer de voſtre main
l'heureuſe Florentine. Hé bien, luy di-
je, ſoit. Allez vous-meſme luy porter
cette nouvelle, & l'inſtruire de ſon deſtin glorieux.

Tandis que le bon Bourgeois s'empreſſoit d'aller dire à ſa fille qu'elle avoit
fait la conqueſte d'un Prince, Moralés
qui avoit entendu toute la converſation,
ſe mit à genoux devant moy & me dit :
Monſieur le Prince Italien, fils du ſou-
verain des valées qui ſont entre les Suiſ-
ſes, le Milanois & la Savoye, ſouffrez
que je me jette aux pieds de voſtre Alteſſe pour luy temoigner le raviſſement
où je ſuis. Foy de fripon, je vous regarde comme un prodige. Je me croyois

le premier homme du monde ; mais franchement je mets pavillon bas devant
vous, quoyque vous ayez moins d'experience que moy. Tu n'as plus, luy
di-je, d'inquietude ? Oh pour cela non,
répondit-il. Je ne crains plus le Seigneur
Pedro. Qu'il vienne préfentement icy
tant qu'il luy plaira. Nous voila, Moralés & moy, fermes fur nos étriers.
Nous commençames à regler la route
que nous prendrions avec la dot fur laquelle nous comptions fi bien, que fi
nous l'euffions deja touchée, nous n'aurions pas crû eftre plus feurs de l'avoir.
Nous ne la tenions pas toutefois encore, & le denoüëment de l'avanture
ne répondit pas à noftre confiance.

Nous vimes bien-toft revenir le jeune
homme de Calatrava. Il eftoit accom-
pagné de deux Bourgeois & d'un Alguazil, auffi refpectable par fa mouf-
tache & fa mine brune que par fa charge. Le pere de Florentine eftoit avec
nous. Seigneur de Moyadas, luy dit Pedro, voicy trois honneftes gens que je
vous amene. Ils me connoiffent, & peuvent vous dire qui je fuis. Ouy, certés,
s'écria l'Alguazil, je puis le dire. Je le
certifie à tous ceux qu'il appartiendra ;

je vous connois. Vous vous appellez Pedro, & vous eftes fils unique de Juan
Velez de la Menbrilla. Quiconque ofe
foutenir le contraire eft un impofteur.
Je vous crois, Monfieur l'Alguazil, dit
alors le bon-homme Jerome de Moyadas. Voftre temoignage eft facré pour
moy auffi bien que celuy des Seigneurs
Marchands qui font avec vous. Je fuis
pleinement convaincu que le jeune Cavalier qui vous a conduit icy eft le fils
unique du correfpondant de mon frere.
Mais que m'importe ? Je ne fuis plus
dans la refolution de luy donner ma fille.

Oh c'eft une autre affaire, dit l'Alguazil. Je ne viens dans voftre maifon
que pour vous affurer que ce jeune homme m'eft connu. Vous eftes maiftre de
voftre fille, & l'on ne fçauroit vous contraindre à la marier malgré vous. Je ne
pretends pas non plus, interrompit Pedro, faire violence aux volontez du Seigneur de Moyadas ; mais il me permettra de luy demander pourquoy il a changé de fentiment. A-t-il quelque fujet
de fe plaindre de moy ? Ah du moins
qu'en perdant la douce efperance d'eftre fon gendre, j'apprenne que je ne
l'ay point perduë par ma faute. Je ne me

plains pas de vous, répondit le vieillard ; je vous le diray meſme, c'eſt à
regret que je me vois dans la neceſſité
de vous manquer de parole & je vous
conjure de me le pardonner. Je ſuis perſuadé que vous êtes trop genéreux pour
me ſçavoir mauvais gré de vous préferer un rival qui m'a ſauvé la vie. Vous
le voyez, pourſuivit-il en me montrant,
c'eſt ce Seigneur qui m'a tiré d'un grand
peril ; & pour m'excuſer encore mieux
auprés de vous, je vous apprends que
c'eſt un Prince Italien.

A ces dernieres paroles, Pedro demeura muet & confus. Les deux Marchands ouvrirent de grands yeux & parurent fort ſurpris. Mais l'Alguazil ac-
coutumé à regarder les choſes du mauvais coſté, ſoupçonna cette merveilleuſe avanture d'eſtre une fourberie où
il y avoit à gagner pour luy. Il m'envi-
ſagea fort attentivement, & comme mes
traits qui luy eſtoient inconnus mettoient
en defaut ſa bonne volonté, il examina
mon camarade avec la meſme attention.
Malheureuſement pour mon Alteſſe, il
reconnut Moralés, & ſe reſſouvenant
de l'avoir veu dans les priſons de Ciu-
dad-Real : Ah ah s'écria-t-il, voicy

une de mes pratiques. Je remets ce Gentilhomme & je vous le donne pour un
un des plus parfaits fripons qui foient
dans les Royaumes & Principautez d'Efpagne. Allons bride en main, Monfieur
l'Alguazil, dit Jerome de Moyadas ; ce
garçon dont vous nous faites un fi mauvais portrait eft un domeftique du Prince. Fort bien, repartit l'Alguazil. Je
n'en veux pas davantage pour fçavoir à
quoy m'en tenir. Je juge du maiftre par
le valet. Je ne doute point que ces galans ne foient deux fourbes qui s'accordent pour vous tromper. Je me connois
en pareil gibier, & pour vous faire voir
que ces drofles font des avanturiers, je
vais les mener en prifon tout à l'heure.
Je pretends leur menager un tefte à tefte
avec Monfieur le Corregidor ; aprés
quoy, ils fentiront que tous les coups
de foüet n'ont point encore efté donnez.
Halte là, Monfieur l'Officier, reprit le
vieillard. Ne pouffons pas l'affaire fi
loin. Vous ne craignez pas vous autres
de faire de la peine à un honnefte homme. Ce valet ne fçauroit-il eftre un fourbe, fans que fon maiftre le foit ? Eft-il
nouveau de voir des fripons au fervice
des Princes ? Vous moquez-vous avec

vos Princes, interrompit l'Alguazil ?
Ce jeune homme eſt un intriguant ſur
ma parole, & je l'arreſte *de par le
Roy*, de meſme que ſon camarade.
J'ay vingt archers à la porte qui les
traineront à la priſon, s'ils ne s'y laiſ-
ſent pas conduire de bonne grace. Allons, mon Prince, me dit-il enſuite,
marchons.

Je fus étourdi de ces paroles, ainſi
que Moralés, & noſtre trouble nous
rendit ſuſpects à Jerome de Moyadas,
ou plutoſt nous perdit dans ſon eſprit.
Il jugea bien que nous l'avions voulu
tromper. Il prit pourtant dans cette occaſion le parti que devoit prendre un
galant homme : Monſieur l'Officier,
dit-il à l'Alguazil, vos ſoupçons peuvent
eſtre faux ; peut-eſtre auſſi ne ſont-ils
que trop veritables. Quoy qu'il en ſoit,
n'approfondiſſons point cela. Que ces
deux jeunes Cavaliers ſortent & ſe re-
tirent où bon leur ſemblera. Ne vous
oppoſez point, je vous prie, à leur retraite. C'eſt une grace que je vous demande pour m'acquitter envers eux de
l'obligation que je leur ay. Si je faiſois
ce que je dois, répondit l'Alguazil, j'em-
priſonnerois ces Meſſieurs ſans avoir
égard

égard à vos prieres ; mais je veux bien relafcher de mon devoir pour l'amour de vous, à condition que dés ce moment ils fortiront de cette ville, car fi je les rencontre demain, vive Dieu, ils verront ce qui leur arrivera.

Lorfque nous entendimes dire, **Moralés & moy**, qu'on nous laiffoit libres, nous nous remimes un peu. Nous voulumes parler avec fermeté, & foutenir que nous eftions des perfonnes d'honneur ; mais l'Alguazil nous regarda de travers, & nous impofa filence. Je ne fçay pourquoy ces gens-là ont un afcendant fur nous. Il fallut donc abandonner Florentine & la dot à Pedro de la Membrilla, qui fans doute devint gendre de Jerome de Moyadas. Je me retiray avec mon camarade. Nous primes le chemin de Truxillo, avec la confolation d'avoir du moins gagné cent piftoles à cette avanture. Une heure avant la nuit, nous paffames par un petit village, refolus d'aller coucher plus loin. Nous apperceumes une hoftellerie d'affez belle apparence pour ce lieu-là. L'hofte & l'hoftefle eftoient à la porte affis fur de longues pierres. L'hofte grand homme fec & deja furanné racloit une mauvaife

Tome II. S

guitarre pour divertir sa femme, qui
paroissoit l'ecouter avec plaisir. Messieurs, nous cria l'hoste, lors qu'il vit
que nous ne nous arrestions point, je
vous conseille de faire halte en cet endroit. Il y a trois mortelles lieuës d'icy
au premier village que vous trouverez,
& vous n'y serez pas si bien que dans
celuy-cy, je vous en avertis. Croyez-
moy, entrez dans ma maison. Je vous y
feray bonne chere & à juste prix. Nous
nous laissames persuader. Nous nous
approchames de l'hoste & de l'hostesse;
nous les saluames, & nous estant assis
auprés d'eux, nous commençames à
nous entretenir tous quatre de choses in-
differentes. L'hoste se disoit Officier de
la sainte Hermandad, & l'hostesse estoit
une grosse rejoüie qui avoit l'air de sçavoir bien vendre ses denrées.

Nostre conversation fut interrompuë
par l'arrivée de douze à quinze Cavaliers montez les uns sur des mules, les
autres sur des chevaux, & suivis d'une
trentaine de mulets chargez de balots.
Ah que de Princes, s'ecria l'hoste à la
veuë de tant de monde! où pourrai-je
les loger tous? Dans un instant le village se trouva rempli d'hommes & d'a-

nimaux. Il y avoit par bonheur auprés
de l'hoſtellerie une vaſte grange où l'on
mit les mulets & les balots. Les mules
& les chevaux des Cavaliers furent pla-
cez dans d'autres endroits. Pour les hommes, ils ſongerent moins à chercher
des lits, qu'à ſe faire appreſter un bon
repas. L'hoſte, l'hoſteſſe & une jeune
ſervante qu'ils avoient ne s'y épargnerent point. Ils firent main baſſe ſur toute
la volaille de leur baſſecour. Cela joint à
quelques civez de lapins & de matoux,
& à une copieuſe ſoupe aux choux faite
avec du mouton, il y en eut pour tout
l'équipage.

Nous regardions Moralés & moy
ces Cavaliers, qui de temps en temps
nous enviſageoient auſſi. Enfin, nous
liames converſation, & nous leur dimes
que s'ils le vouloient bien, nous ſoupe-
rions avec eux. Ils nous temoignerent
que cela leur feroit plaiſir. Nous voila
donc tous à table enſemble. Il y en avoit
un parmi eux qui ordonnoit, & pour qui
les autres, quoyque d'ailleurs ils en uſaſ-
ſent aſſez familierement avec luy, ne
laiſſoient pas de marquer des déferences.
Il eſt vray que celuy-là tenoit le haut
bout. Il parloit d'un ton de voix élevé.

Il contrarioit mefme quelquefois d'un air
cavalier le fentiment des autres, qui bien
loin de luy rendre la pareille, fembloient
refpecter fes opinions. L'entretien tomba par hazard fur l'Andaloufie, & comme Moralés s'avifa de loüer Seville,
l'homme dont je viens de parler luy dit:
Seigneur Cavalier, vous faites l'eloge de
la ville où j'ay pris naiffance, ou du
moins je fuis né aux environs, puifque
le bourg de Mayrena m'a veu naiftre.
Je vous diray la mefme chofe, luy répondit mon compagnon. Je fuis auffi de
Mayrena, & il n'eft pas poffible que je
ne connoiffe point vos parens. De qui
eftes-vous fils? D'un honnefte Notaire,
repartit le Cavalier, de Martin Moralés. Par ma foy, s'ecria mon camarade
avec emotion, l'avanture eft fort fingu-
liere! vous eftes donc mon frere aifné
Manuel Moralés? Juftement, dit l'autre, & vous eftes apparemment, vous,
mon petit frere Luis, que je laiffay au
berceau, quand j'abandonnay la maifon
paternelle? Vous m'avez nommé, répondit mon camarade. A ces mots, ils
fe leverent de table tous deux & s'embrafferent à plufieurs reprifes. Enfuite
le Seigneur Manuel dit à la compagnie:

Meſſieurs, cet evenement eſt tout à fait merveilleux ! Le hazard veut que je rencontre & reconnoiſſe un frere que je n'ay point veu depuis plus de vingt années. Permettez que je vous le pré-ſente. Alors tous les Cavaliers, qui par bienſeance ſe tenoient debout, ſaluerent le cadet Moralés, & l'accablerent d'em-braſſades. Aprés cela, on ſe remit à ta-ble & l'on y demeura toute la nuit. On ne ſe coucha point. Les deux freres s'aſ-ſirent l'un auprés de l'autre, & s'entre-tinrent tout bas de leur famille, pendant que les autres convives beuvoient & ſe rejoüiſſoient.

Luis eut une longue converſation avec Manuel, & me prenant enſuite en par-ticulier, il me dit : Tous ces Cavaliers ſont des domeſtiques du Comte de Mon-tanos que le Roy a nommé depuis peu à la Viceroyauté de Mayorque. Ils con-duiſent l'équipage du Viceroy à Alican-te, où ils doivent s'embarquer. Mon frere, qui eſt devenu Intendant de ce Seigneur, m'a propoſé de m'emmener avez luy, & ſur la repugnance que je luy ay temoigné que j'avois à vous quit-ter, il m'a dit que ſi vous voulez eſtre du voyage, il vous fera donner un bon

employ. Cher ami, pourſuivit-il, je te
conſeille de ne pas dedaigner ce parti.
Allons enſemble à l'Iſle de Mayorque.
Si nous y avons de l'agrément, nous y
demeurerons, & ſi nous ne nous y plai-
ſons point, nous reviendrons en Eſpagne.

J'acceptay volontiers la propoſition.
Nous nous joignimes le jeune Moralés
& moy aux Officiers du Comte, & nous
partimes avec eux de l'hoſtellerie avant le
lever de l'aurore. Nous nous rendimes à
grandes journées à la ville d'Alicante,
où j'achetay une guitarre & me fis faire
un habit fort propre avant l'embarquement. Je ne penſois à rien qu'à l'Iſle de
Mayorque & Luis Moralés eſtoit dans
la meſme diſpoſition. Il ſembloit que
nous euſſions renoncé aux friponneries.
Il faut dire la verité. Nous voulions paſſer pour honneſtes gens parmi les Cavaliers avec qui nous eſtions, & cela
tenoit nos genies en reſpect. Enfin, nous
nous embarquames gayement & nous
nous flations d'eſtre bientoſt à Mayorque ; mais à peine fumes-nous hors du
Golfe d'Alicante, qu'il ſurvint une bou-
raſque effroyable. J'aurois dans cet endroit de mon recit une occaſion de vous

faire une belle defcription de tempefte,
de peindre l'air tout en feu, de faire
gronder la foudre, fifler les vents, fou-
lever les flots, *& cætera*. Mais laiffant
à part toutes ces fleurs de Rethorique,
je vous diray que l'orage fut violent &
nous obligea de relafcher à la pointe de
l'Ifle de la Cabrera. C'eft une Ifle de-
ferte où il y a un petit fort, qui eftoit
alors gardé par cinq ou fix foldats &
un Officier, qui nous receut fort hon-
neftement.

Comme il nous falloit paffer là plufieurs jours à raccommoder nos voiles
& nos cordages, nous cherchames di-
verfes fortes d'amufemens pour éviter
l'ennuy. Chacun fuivoit fes inclinations :
les uns joüoient à la prime, les autres
s'amufoient autrement, & moy, j'allois
me promener dans l'Ifle avec ceux de
nos Cavaliers qui aimoient la promenade. Nous fautions de rocher en rocher, car le terrein eft inegal, plein de
pierres par tout, & l'on y voit fort peu
de terre. Un jour, tandis que nous confiderions ces lieux fecs & arides, & que
nous admirions le caprice de la nature
qui fe montre feconde & fterile quand
il luy plaift, noftre odorat fut faifi tous

à coup d'une senteur agréable. Nous
nous tournames aussitost du costé de l'o-
rient, d'où venoit cette odeur, & nous
apperceumes avec étonnement entre des
rochers un grand rond de verdure de
chevrefeüilles plus beaux & plus odo-
rans que ceux mesme qui croissent dans
l'Andalousie. Nous nous approchames
volontiers de ces arbrisseaux charmans
qui parfumoient l'air aux environs, & il
se trouva qu'ils bordoient l'entrée d'une
caverne trés- profonde. Cette caverne estoit large, peu sombre, & nous descendimes au fond en tournant par des degrez
de pierres dont les extremitez estoient pa-
rées de fleurs, & qui formoient naturellement un escalier en limaçon. Lorsque
nous fumes en bas nous vimes serpenter
sur un sable plus jaune que l'or plusieurs
petits ruisseaux qui tiroient leurs sources
des gouttes d'eau que les rochers distil-
loient sans cesse en dedans, & qui se
perdoient sous la terre. L'eau nous parut si belle, que nous en voulumes boire,
& elle estoit si fraische, que nous resolumes de revenir le jour suivant dans
cet endroit, & d'y apporter quelques
bouteilles de vin, persuadez qu'on ne les
boiroit point là sans plaisir.

Nous

Nous ne quittames qu'à regret un lieu
si agréable, & lors que nous fumes de
retour au fort, nous ne manquames pas
de vanter à nos camarades une si belle
decouverte ; mais le Commandant de la
forteresse nous dit qu'il nous avertissoit
en ami de ne plus aller à la caverne dont
nous estions si charmez. Hé pourquoy
cela, luy di-je ? y a-t-il quelque chose
à craindre ? Sans doute, me répondit-il.
Les Corsaires d'Alger & de Tripoli des-
cendent quelquefois dans cette Isle, &
viennent faire provision d'eau à cette
fontaine. Ils y surprirent un jour deux
soldats de ma garnison qu'ils firent esclaves. L'Officier eut beau parler d'un air
trés-serieux, il ne put nous persuader.
Nous crumes qu'il plaisantoit, & dés le
lendemain je retournay à la caverne avec
trois cavaliers de l'équipage. Nous y
allames mesme sans armes à feu, pour
faire voir que nous n'apprehendions rien.
Le jeune Moralés ne veulut point estre
de la partie. Il aima mieux, aussi bien que
son frere, demeurer à joüer dans le fort.

Nous descendimes au fonds de l'antre
comme le jour précedent, & nous fimes
rafraischir dans les ruisseaux quelques
bouteilles de vin que nous avions appor-

Tome II. T

tées. Pendant que nous les beuvions de-
licieusement, en joüant de la guitarre,
& en nous entretenant avec gayeté,
nous vimes paroistre au haut de la caverne plusieurs hommes qui avoient des
moustaches épaisses, des turbans & des
habits à la Turque. Nous nous imagi-
nâmes que c'estoit une partie de l'équipage & le Commandant du fort qui s'estoient ainsi deguisez pour nous faire peur.
Prévenus de cette pensée, nous nous
mimes à rire, & nous en laissames descendre jusqu'à dix sans songer à nostre
deffense. Nous fumes bien-tost tristement desabusez, & nous connumes que
c'estoit un Corsaire qui venoit avec ses
gens nous enlever: *Rendez-vous, chiens,*
nous cria t-il en langue Castillane, *ou*
bien vous allez tous mourir. En mesme
temps, les hommes qui l'accompagnoient
nous coucherent en joüe avec des cara-
bines qu'ils portoient, & nous aurions
essuyé une belle décharge, si nous eus-
sions fait la moindre resistance. Nous
préferames l'esclavage à la mort. Nous
donnames nos épées au Pirate. Il nous
fit charger de chaisnes & conduire à son
vaisseau qui n'estoit pas loin de là. Puis
mettant à la voile, il cingla vers Alger.

C'eſt de cette maniere que nous fumes punis d'avoir negligé l'avertiſſement
de l'Officier de la garniſon. La premiere choſe que fit le Corſaire, fut de
nous foüiller & de prendre ce que nous
avions d'argent. La bonne aubeine pour
luy. Les deux cens piſtoles des Bourgeois
de Placencia, les cent que Moralés avoit
receuës de Jerome de Moyadas, & dont
par malheur j'eſtois chargé, tout cela
me fut raflé ſans miſericorde. Mes compagnons avoient auſſi la bourſe bien garnie. Enfin c'eſtoit un excellent coup de
filet. Le Pirate en paroiſſoit tout rejoüi,
& le bourreau ne ſe contentoit pas de
nous enlever nos eſpeces, il nous inſul-
toit par des railleries que nous ſentions
beaucoup moins que la neceſſité de les
ſouffrir. Aprés mille plaiſanteries, il ſe
fit apporter les bouteilles de vin que nous
avions fait rafraiſchir à la fontaine & que
ſes gens avoient eû ſoin de prendre. Il
ſe mit à les vuider avec eux, & à boire
à noſtre ſanté par deriſion.

Pendant ce temps-là mes camarades
avoient une contenance qui rendoit temoignage de ce qui ſe paſſoit en eux. Ils
eſtoient d'autant plus mortifiez de leur
eſclavage, qu'ils s'eſtoient fait une idée

plus douce d'aller dans l'Isle de Mayorque où ils avoient compté qu'ils mene-
roient une vie delicieuse. Pour moy,
j'eus la fermeté de prendre mon parti,
& moins consterné que les autres, je
liay conversation avec le railleur. J'entray mesme de bonne grace dans ses plai-
santeries. Ce qui luy plut. Jeune homme, me dit-il, j'aime le caractere de ton
esprit. Et dans le fonds, au lieu de gemir & de soupirer, il vaut mieux s'armer
de patience & s'accommoder au temps.
Joüé-nous un petit air, continua-t-il en
voyant que je portois une guitarre.
Voyons ce que tu sçais faire. Je luy obeïs,
dés qu'il m'eut fait délier les bras, & je
commençay à racler ma guitarre d'une
maniere qui m'attira ses applaudissemens.
Il est vray que j'avois appris du meilleur
maistre de Madrid, & que je joüois de
cet instrument assez bien. Je chantay
aussi & l'on ne fut pas moins satisfait de
ma voix. Tous les Turcs qui estoient
dans le vaisseau temoignerent par des
gestes admiratifs le plaisir qu'ils avoient
eu à m'entendre ; ce qui me fit juger
qu'en matiere de musique ils n'avoient
pas le goust fort delicat. Le Pirate me
dit à l'oreille que je ne serois pas un escla-

ve malheureux , & qu'avec mes talens
je pouvois compter fur un employ qui
rendroit ma captivité trés-fupportable.

Je fentis quelque joye à ces paroles ;
mais toutes flateufes qu'elles eftoient , je
ne laiffois pas d'avoir de l'inquietude fur
l'occupation dont le Corfaire me faifoit
fefte. Quand nous arrivames au port
d'Alger , nous vimes un grand nombre
de perfonnes affemblées pour nous recevoir ; & nous n'avions point encore de-
barqué , qu'ils pousferent mille cris de
joye. Ajoutez à cela que l'air retentiffoit
du fon confus des trompettes , des flutes
morifques & d'autres inftrumens dont on
fe fert en ce pays-là. Ce qui formoit une
fymphonie plus bruyante qu'agréable.
La caufe de ces réjoüiffances venoit d'un
faux bruit qui s'eftoit repandu dans la
ville. On y avoit oüi dire que le renegat
Mehemet , ainfi fe nommoit noftre Pirate , avoit peri en attaquant un gros vaiffeau Genois ; de forte que tous fes amis
informez de fon retour , s'empreffoient
de luy en temoigner leur joye.

Nous n'eumes pas mis pied à terre ,
qu'on me conduifit avec tous mes compagnons au Palais du Bacha Soliman , où
un Ecrivain Chreftien , nous interrogeant

T iij

chacun en particulier, nous demanda
nos noms, nos âges, noftre patrie, noftre Religion & nos talens. Alors Mehemet me montrant au Bacha, luy vanta
ma voix, & luy dit que je joüois de la
guitarre à ravir. Il n'en fallut pas davantage pour determiner Soliman à me choi-
fir pour fon fervice. Je demeuray donc
dans fon Serail. Les autres captifs furent
menez dans une place publique & vendus
fuivant la couftume. Ce que Mehemet
m'avoit prédit dans le vaiffeau m'arriva.
J'eprouvay un heureux fort. Je ne fus
point livré aux gardes des prifons, ni
employé aux ouvrages penibles. Soliman
Bacha me fit mettre dans un lieu particulier avec cinq ou fix efclaves de qualité, qui devoient inceffamment eftre rachetez, & à qui l'on ne donnoit que de
legers travaux. On me chargea du foin
d'arrofer dans les jardins les orangers &
les fleurs. Je ne pouvois avoir une plus
douce occupation.

Soliman eftoit un homme de quarante
ans, bien fait de fa perfonne, fort poli &
fort galant pour un Turc. Il avoit pour
favorite une Cachemirienne qui par fon
efprit & par fa beauté s'eftoit acquis un
empire abfolu fur luy. Il l'aimoit juf-

qu'à l'idolatrie. Il la regaloit tous les
jours de quelque feste : tantoſt d'un concert de voix & d'inſtrumens, & tantoſt
d'une comedie à la maniere des Turcs.Ce
qui ſuppoſe des poëmes dramatiques où
la pudeur & la bienſeance n'eſtoient pas
plus reſpectées que les regles d'Ariſtote.
La favorite qui s'appelloit Farrukhnaz
aimoit paſſionnement ces ſpectacles. Elle
faiſoit meſme quelquefois repreſenter par
ſes femmes des pieces Arabes devant le
Bacha. Elle y joüoit des rolles elle-meſme & charmoit tous les ſpectateurs par
la grace & la vivacité qu'il y avoit dans
ſon action. Un jour que j'eſtois parmi
les Muſiciens à une de ces repreſenta-
tions, Soliman m'ordonna de joüer de la
guitarre & de chanter tout ſeul dans un
entre-acte. J'eus le bonheur de plaire. On
m'applaudit, & la favorite, à ce qu'il me
parut, me regarda d'un œil favorable.

Le lendemain de ce jour-là, comme
j'arroſois des orangers dans les jardins,
il paſſa prés de moy un Eunuque qui ſans
s'arreſter ni me rien dire, jetta un billet
à mes pieds. Je le ramaſſay avec un
trouble meſlé de plaiſir & de crainte. Je
me couchay par terre, de peur d'eſtre
apperceu des feneſtres du Serail & me

cachant derriere des caisses d'orangers, j'ouvris ce billet. J'y trouvay un dia-mant d'un assez grand prix & ces paroles en bon Castillan : *jeune Chrestien, rends, graces au Ciel de ta captivité. L'a-mour & la fortune la rendront heu-reuse, l'amour, si tu es sensible aux charmes d'une belle personne, & la fortune, si tu as le courage de mépriser toutes sortes de perils.*

Je ne doutay pas un moment que la lettre ne fust de la Sultane favorite ; le stile & le diamant me le persuaderent. Outre que je ne suis pas naturellement timide, la vanité d'estre bien avec la maitresse d'un Grand Seigneur, & plus que cela l'esperance de tirer d'elle qua-tre fois plus d'argent qu'il ne m'en falloit pour ma rançon, me fit former le des-sein d'eprouver cette avanture, quel-ques dangers qu'il y eust à courir. Je continuay mon travail en resvant aux moyens d'entrer dans l'appartement de Farrukhnaz, ou plustost en attendant qu'elle m'en ouvrist les chemins, car je jugeois bien qu'elle n'en demeureroit point là, & qu'elle feroit plus de la moi-tié des frais. Je ne me trompois pas. Le mesme Eunuque qui avoit passé prés de

moy repaſſa une heure aprés & me dît :
Chreſtien, as-tu fait tes reflexions, &
auras-tu la hardieſſe de me ſuivre ? Je
répondis qu'ouy. Hé bien, reprit-il, le
Ciel te conſerve. Tu me reverras demain dans la matinée. En parlant de
cette ſorte, il ſe retira. Le jour ſuivant
je le vis en effet paroiſtre ſur les huit
heures du matin. Il me fit ſigne d'aller
à luy. Je le joignis, & il me conduiſit
dans une ſalle où il y avoit un grand rou-
leau de toile qu'un autre Eunuque & luy
venoient d'apporter là, & qu'ils devoient
porter chez la Sultane, pour ſervir à la
décoration d'une piece Arabe, qu'elle
préparoit pour le Bacha.

Les deux Eunuques deroulerent la
toile, me firent mettre dedans tout de
mon long ; puis au hazard de m'étouffer,
ils la roulerent de nouveau & m'enve-
lopperent dedans. Enſuite la prenant chacun par un bout, ils me porterent ainſi
impunement juſques dans la chambre où
couchoit la belle Cachemirienne. Elle
eſtoit ſeule avec une vieille Eſclave de-
voüée à ſes volontez. Elles deroulerent
toutes deux la toile, & Farrukhnaz à
ma veuë fit éclater des tranſports de
joye qui découvroient bien le genie des

femmes de ſon pays. Tout hardi que
j'eſtois naturellement, je ne pus me voir
tout à coup tranſporté dans l'appartement ſecret des femmes, ſans ſentir un
peu de frayeur. La Dame s'en apperceut
bien & pour diſſiper ma crainte, Jeune
homme me dit-elle, n'apprehende rien.
Soliman vient de partir pour ſa maiſon
de campagne. Il y ſera toute la journée. Nous pouvons nous entretenir icy
librement.

Ces paroles me raſſurerent & me firent prendre une contenance qui redoubla la joye de la favorite. Vous m'avez
plû, pourſuivit-elle, & je prétens adou-
cir la rigueur de voſtre eſclavage. Je
vous crois digne des ſentimens que j'ay
conceus pour vous. Quoyque ſous les
habits d'un Eſclave, vous ayez un air
noble & galant qui fait connoiſtre que
vous n'eſtes point une perſonne du commun. Parlez-moy confidemment. Dites-moy qui vous eſtes. Je ſçay bien que
les captifs qui ont de la naiſſance degui-
ſent leur condition pour eſtre rachetez
à meilleur marché. Mais vous eſtes diſ-
penſé d'en uſer de la ſorte avec moy,
& meſme ce ſeroit une précaution qui
m'offenſeroit, puiſque je vous promets

voftre liberté. Soyez donc fincere, &
m'avoüez que vous eftes un jeune homme de bonne maifon. Effectivement,
Madame, lay répondis-je, il me fieroit
mal de payer vos bontez de diffimula-
tion. Vous voulez abfolument que je
vous découvre ma qualité. Il faut vous
fatisfaire. Je fuis fils d'un Grand d'Efpagne. Je difois peut-eftre la verité. Du
moins la Sultane le crut, & s'applau-
diffant d'avoir jetté les yeux fur un Cavalier d'importance, elle m'affura qu'il
ne tiendroit pas à elle que nous ne nous
viffions fouvent en particulier. Nous
eûmes enfemble un fort long entretien.
Je n'ay jamais veu de femme plus amu-
fante. Elle fçavoit plufieurs langues &
furtout la Caftillane qu'elle parloit affez
bien. Lorfqu'elle jugea qu'il eftoit temps
de nous feparer, je me mis par fon ordre dans une grande corbeille d'ozier
couverte d'un ouvrage de foye fait de
fa main. Puis les deux Efclaves qui m'a-
voient apporté furent appellez, & ils
me remporterent comme un préfent que
la favorite envoyoit au Bacha. Ce qui
eft facré pour tous les hommes commis
à la garde des femmes.

Nous trouvames Farruknaz & moy

d'autres moyens encore de nous parler ;
& cette aimable captive m'infpira peu à
peu autant d'amour qu'elle en avoit pour
moy. Noftre intelligence fut fecrette
pendant deux mois, quoy qu'il foit fort
difficile que dans un Serail les myfteres
amoureux échappent long-temps aux
argus. Mais un contretemps dérangea
nos petites affaires & ma fortune changea de face entierement. Un jour que
dans le corps d'un dragon artificiel qu'on
avoit fait pour un fpectacle, j'avois efté
introduit chez la Sultane, & que je m'en-
tretenois avec elle, Soliman, que je
croyois occuppé hors de la ville, fur-
vint. Il entra fi brufquement dans l'appartement de fa favorite, que la vieille
Efclave eut à peine le temps de nous
avertir de fon arrivée. J'eus encore
moins le loifir de me cacher. Ainfi je
fus le premier objet qui s'offrit à la veuë
du Bacha.

Il parut fort étonné de me voir, &
fes yeux tout à coup s'allumerent de fureur. Je me regarday comme un homme qui touchoit à fon dernier moment,
& je m'imaginois déja eftre dans les fup-
plices. Pour Farrukhnaz, je m'apperceus, à la verité, qu'elle eftoit effrayée ;

mais au lieu d'avoüer son crime & d'en
demander pardon, elle dit à Soliman :
Seigneur, avant que vous prononciez
mon arrest, daignez m'écouter. Les apparences sans doute me condamnent &
je semble vous faire une trahison digne
des plus horribles châtimens. J'ay fait
venir icy ce jeune captif, & pour l'introduire dans mon appartement, j'ay
employé les mesmes artifices dont je me
serois servie, si j'eusse eu pour luy un
amour violent. Cependant, & j'en atteste nostre grand Prophete, malgré
ces demarches, je ne vous suis point infidelle. J'ay voulu entretenir cet Esclave
Chrestien pour le détacher de sa secte &
l'engager à suivre celle des croyans. J'ay
trouvé en luy une resistance à laquelle
je m'estois bien attenduë. J'ay toutefois
vaincu ses préjugez, & il vient de me
promettre qu'il embrassera le Mahome-
tisme.

Je conviens que je devois démentir la
favorite sans avoir égard à la conjonc-
ture dangereuse où je me trouvois :
mais dans l'accablement où j'avois l'esprit, touché du peril où je voyois une
femme que j'aimois, & tremblant pour
moy-mesme, je demeuray interdit &

confus. Je ne pus proferer une parole,
& le Bacha perſuadé par mon ſilence que
ſa maitreſſe ne diſoit rien qui ne fuſt veritable ſe laiſſa deſarmer. Madame, répondit-il, je veux croire que vous ne
m'avez point offenſé, & que l'envie de
faire une choſe agréable au Prophete a
pû vous engager à hazarder une action
ſi delicate. J'excuſe donc voſtre imprudence, pourveu que ce captif prenne
tout à l'heure le turban. Auſſitoſt il fit
venir un Marabou. On me reveſtit d'un
habit à la Turque. Je fis tout ce qu'on
voulut ſans que j'euſſe la force de m'en
deffendre. Ou pour mieux dire, je ne
ſçavois ce que je faiſois dans le deſordre
où eſtoient mes ſens. Que de Chreſtiens
auroient eſté auſſi laſches que moy dans
cette occaſion.

Aprés la ceremonie, je ſortis du Serail pour aller ſous le nom de Sidy Hally
exercer un petit employ que Soliman
me donna. Je ne revis plus la Sultane;
mais un de ſes Eunuques vint un jour
me trouver. Il m'apporta de ſa part des
pierreries pour deux mille ſultanins d'or,
avec un billet par lequel la Dame m'aſ-
ſuroit qu'elle n'oublieroit jamais la genereuſe complaiſance que j'avois euë de

me faire Mahometan pour luy fauver la
vie. Veritablement, outre les préfens
que j'avois receus de Farrukhnaz, j'ob-
tins par fon canal un employ plus confi-
derable que le premier, & je devins en
moins de fix à fept années un des plus riches renegats de la ville d'Alger.

Vous vous imaginez bien que fi j'af-
fiftois aux prieres que les Mufulmans
font dans leurs Mofquées, & remplif-
fois les autres devoirs de leur Religion,
ce n'eftoit que par pure grimace. Je
confervois une volonté determinée de
rentrer dans le fein de l'Eglife ; & pour
cet effet je me propofois de me retirer
un jour en Efpagne ou en Italie avec
les richeffes que j'aurois amaffées. En attendant je vivois fort agréablement. J'eftois logé dans une belle maifon ; j'avois
des jardins fuperbes, un grand nombre
d'efclaves, & de fort jolies femmes dans
mon Serail. Quoyque l'ufage du vin foit
deffendu en ce pays-là aux Mahometans,
ils ne laiffent pas, pour la plufpart, d'en
boire en fecret. Pour moy, j'en beuvois
fans façon, comme font tous les renegats. Je me fouviens que j'avois deux
compagnons de débauche avec qui je
paffois fouvent la nuit à table. L'un ef-

toit Juif & l'autre Arabe. Je les croyois
honneſtes gens, & dans cette opinion,
je vivois avec eux ſans contrainte. Un
ſoir, je les invitay à ſouper chez moy.
Il m'eſtoit mort ce jour-là un chien que
j'aimois paſſionnement ; nous lavames
ſon corps & l'enterrames avec toute la
cerémonie qui s'obſerve aux funerailles
des Mahometans. Ce que nous en fai-
ſions n'eſtoit pas pour tourner en ridicule la Religion Muſulmane ; c'eſtoit
ſeulement pour nous rejoüir & ſatisfaire une folle envie qui nous prit dans
la debauche de rendre les derniers devoirs à mon chien.

Cette action pourtant me penſa perdre. Le lendemain, il vint chez moy un
homme qui me dit : Seigneur Sidy Hally,
une affaire importante m'amene chez
vous. Monſieur le Cady veut vous parler. Prenez, s'il vous plaiſt, la peine de
vous rendre chez luy tout à l'heure. Un
Marchand Arabe qui ſoupa hier avec
vous, luy a donné avis de certaine im-
pieté par vous commiſe à l'occaſion d'un
chien que vous avez enterré. C'eſt pour
cela que je vous ſomme de comparoiſtre
aujourd'huy devant ce Juge. Faute de
quoy, je vous avertis qu'il ſera procedé
crimi-

criminellement contre vous. Il fortit en
achevant ces paroles, & me laiſſa foit
étourdi de ſa ſommation. L'Arabe n'a-
voit aucun ſujet de ſe plaindre de moy,
& je ne pouvois comprendre pourquoy
le traiſtre m'avoit joüé ce tour-là. La
choſe neanmoins meritoit quelque attention. Je connoiſſois le Cady pour un
homme ſevere en apparence, mais au
fond peu ſcrupuleux. Je mis deux cens
ſultanins d'ôr dans ma bourſe, & j'allay
trouver ce Juge. Il me fit entrer dans
ſon cabinet, & me dit d'un air rebarba-
tif : Vous eſtes un impie, un ſacrilege,
un homme abominable. Vous avez enterré un chien comme un Muſulman !
quelle profanation ! Eſt - ce donc ainſi
que vous reſpectez nos ceremonies les
plus ſaintes ? Et ne vous eſtes-vous fait
Mahometan que pour vous moquer de
nos pratiques de devotion ? Monſieur le
Cady, luy répondis - je, l'Arabe qui
vous a fait un ſi mauvais rapport, ce
faux ami eſt complice de mon crime, ſi
c'en eſt un d'accorder les honneurs de
la ſepulture à un fidelle domeſtique, à
un animal qui poſſedoit mille bonnes qualitez. Il aimoit tant les perſonnes de merite & de diſtinction, qu'en mourant

Tome II. V

mesme il a voulu leur donner des marques de son amitié. Il leur laisse tous ses
biens par un testament qu'il a fait, &
dont je suis l'executeur. Il legue à l'un
vingt écus, trente à l'autre ; & il ne
vous a point oublié, Monseigneur, pour-
suivis-je, en tirant ma bourse : Voila
deux cens sultanins d'or qu'il m'a chargé de vous remettre. Le Cady, à ce
discours, perdit sa gravité. Il ne put
s'empescher de rire, & comme nous estions seuls, il prit sans façon la bourse,
& me dit en me renvoyant : Allez, Seigneur Sidy Hally, vous avez fort bien
fait d'inhumer avec pompe & avec honneur un chien qui avoit tant de consi-
deration pour les honnestes gens.

Je me tiray d'affaire par ce moyen,
& si cela ne me rendit pas plus sage, j'en
devins du moins plus circonspect. Je ne
fis plus de débauche avec l'Arabe, ni
mesme avec le Juif. Je choisis pour boire
avec moy un jeune Gentilhomme de Livourne qui estoit mon Esclave. Il s'appelloit Azarini. Je ne ressemblois point
aux autres renegats qui font plus souffrir
de maux aux Esclaves Chrestiens que les
Turcs mesmes. Tous mes captifs attendoient assez patiemment qu'on les ra-

chetaſt. Je les traittois, à la verité, ſi
doucement, que quelquefois ils me diſoient qu'ils apprehendoient plus de changer de patron, qu'ils ne ſoupiroient aprés
la liberté, quelques charmes qu'elle ait
pour les perſonnes qui ſont dans l'eſclavage.

Un jour les vaiſſeaux du Bacha revinrent avec des priſes conſiderables. Ils
amenoient plus de cent eſclaves de l'un
& de l'autre ſexe qu'ils avoient enlevez
ſur les coſtes d'Eſpagne. Soliman n'en
garda qu'un trés-petit nombre, & tout
le reſte fut vendu. J'arrivay dans la
place où la vente s'en faiſoit, & j'achetay une fille Eſpagnole de dix à douze
ans. Elle pleuroit à chaudes larmes & ſe
deſeſperoit. J'eſtois ſurpris de la voir à
ſon âge ſi ſenſible à ſa captivité. Je luy
dis en Caſtillan de moderer ſon affliction, & je l'aſſuray qu'elle eſtoit tombée
entre les mains d'un maiſtre qui ne manquoit pas d'humanité, quoyqu'il euſt un
turban. La petite perſonne toûjours oc-
cuppée du ſujet de ſa douleur, ne m'é-
coutoit pas. Elle ne faiſoit que gemir,
que ſe plaindre du ſort, & de temps en
temps elle s'écrioit d'un air attendri : O
ma mere, pourquoy ſommes-nous ſepa-

rées ? Je prendrois patience, si nous estions toutes deux ensemble. En pronon-
çant ces mots, elle tournoit la veuë vers
une femme de quarante-cinq à cinquante
ans que l'on voyoit à quelques pas d'elle,
& qui les yeux baissez attendoit dans un
morne silence que quelqu'un l'achetast.
Je demanday à la jeune fille si la personne qu'elle regardoit estoit sa mere.
Helas, ouy, Seigneur, me répondit-elle;
au nom de Dieu, faites que je ne la quitte
point. Hé bien, mon enfant, luy di-je,
si pour vous consoler, il ne faut que vous
reünir l'une & l'autre, vous serez bientost satisfaite. En mesme temps, je m'approchay de la mere, pour la marchan-
der; mais je ne l'eus pas sitost envisa-
gée, que je reconnus avec toute l'émotion que vous pouvez penser, les traits,
les propres traits de Lucinde. Juste Ciel,
di-je en moy-mesme, c'est ma mere!
je n'en sçaurois douter. Pour elle, soit
qu'un vif ressentiment de ses malheurs
ne luy fist voir que des ennemis dans les
objets qui l'environnoient, soit que mon
habit me deguisast, ou bien que je fusse
changé depuis douze années que je
ne l'avois veuë, elle ne me remit point.
Aprés l'avoir aussi achetée, je la menay

avec fa fille à ma maifon.

Là je voulus leur donner le plaifir
d'apprendre qui j'eftois : Madame, di-je
à Lucinde, eft-il poffible que mon vifage ne vous frappe point ? Ma mouftà-
che & mon turban vous font-ils mécon-
noiftre Raphaël voftre fils ? Ma mere
treffaillit à ces paroles, me confidera,
me reconnut, & nous nous embraffames
tendrement. J'embraffay enfuite fa fille,
qui ne fçavoit peut-eftre pas plus qu'elle
euft un frere que je fçavois que j'avois
une fœur. Avoüez, di-je à ma mere,
que dans toutes vos pieces de theatre
vous n'avez pas une reconnoiffance auffi
originale que celle-cy. Mon fils, me répondit-elle en foupirant, j'ay d'abord eu
de la joye de vous revoir ; mais ma joye
fe convertit en douleur. Dans quel eftat, helas, vous retrouvai-je ? Mon ef-
clavage me fait mille fois moins de peine
que l'habillement odieux... Ah parbleu,
Madame, interrompis-je en riant, j'ad-
mire voftre delicateffe. J'aime cela dans
une Comedienne. Hé, bon Dieu, ma
mere, vous eftes donc bien changée, fi
ma metamorphofe vous bleffe fi fort la
veuë. Au lieu de vous revolter contre
mon turban, regardez-moy plutoft com-

me un Acteur qui représente sur la scene
un role Turc. Quoyque renegat, je ne
suis pas plus Musulman que je l'estois en
Espagne ; & dans le fonds, je me sens
toujours attaché à ma Religion. Quand
vous sçaurez toutes les avantures qui me
sont arrivées en ce pays-ci, vous m'ex-
cuserez. L'Amour a fait mon crime. Je
sacrifie à ce Dieu. Je tiens un peu de
vous, je vous en avertis. Une autre raison encore, ajoutai-je, doit moderer en
vous le deplaisir de me voir dans la situation où je suis. Vous vous attendiez à
n'eprouver dans Alger qu'une captivité
rigoureuse, & vous trouvez dans vostre
patron un fils tendre, respectueux, &
assez riche pour vous faire vivre icy dans
l'abondance, jusqu'à ce que nous saisis-
sions l'occasion de retourner seurement
en Espagne. Demeurez d'accord de la
verité du proverbe qui dit qu'à quelque
chose le malheur est bon.

Mon fils, me dit Lucinde, puis-que
vous avez dessein de repasser un jour
dans vostre pays & d'y abjurer le Ma-
hometisme, je suis toute consolée. Graces au Ciel, continua-t-elle, je pourray
remener saine & sauve en Castille vostre
sœur Beatrix. Ouy, Madame, m'écriai-

je, vous le pourrez. Nous irons tous
trois, le plus toſt qu'il nous ſera poſſible, rejoindre le reſte de noſtre famille,
car vous avez apparemment encore en
Eſpagne d'autres marques de voſtre fé-
condité ? Non, dit ma mere, je n'ay
que vous deux d'enfans, & vous ſçaurez
que Beatrix eſt le fruit d'un mariage des
plus legitimes. Hé pourquoy, repris-
je, avez-vous donné à ma petite ſœur
cet avantage-là ſur moy ? Comment
avez-vous pû vous reſoudre à vous marier ? Je vous ay cent fois entendu dire
dans mon enfance que vous ne pardon-
niez point à une jolie femme de prendre
un mari. D'autres temps, d'autres ſoins,
mon fils, repartit-elle ; les hommes les
plus fermes dans leurs reſolutions ſont
ſujets à changer, & vous voulez qu'une
femme ſoit inébranlable dans les ſiennes ?
Je vais, pourſuivit-elle, vous conter
mon hiſtoire depuis voſtre ſortie de Madrid. Alors, elle me fit le recit ſuivant
que je n'oublieray jamais. Je ne veux
pas vous priver d'une narration ſi cu-
rieuſe.

Il y a, dit ma mere, s'il vous en ſou-
vient, prés de treize ans que vous quit-
tates le jeune Leganez. Dans ce temps-là

le Duc de Medina Celi me dit qu'il vouloit un foir fouper en particulier avec
moy. Il me marqua le jour. J'attendis
ce Seigneur. Il vint & je luy plus. Il me
demanda le facrifice de tous les rivaux
qu'il pouvoit avoir. Je le luy accorday
dans l'efperance qu'il me le payeroit bien.
Il n'y manqua pas. Dés le lendemain,
je receus de luy des préfens qui furent
fuivis de plufieurs autres qu'il me fit
dans la fuite. Je craignois de ne pouvoir
retenir long-temps dans mes chaînes un
homme d'un fi haut rang ; & j'appre-
hendois celá d'autant plus que je n'igno-
rois pas qu'il eftoit échappé à des beautez fameufes dont il avoit auffitoft rompu que porté les fers. Cependant loin de
prendre de jour en jour moins de gouft
à mes complaifances, il fembloit plutoft
y trouver un plaifir nouveau. Enfin,
j'avois l'art de l'amufer & d'empefcher
fon cœur naturellement volage de fe laiffer aller à fon penchant.

Il y avoit déja trois mois qu'il m'aimoit, & j'avois lieu de me flater que
fon amour feroit de longue durée, lorsqu'une femme de mes amies & moy nous
nous rendimes à une affemblée où il eftoit avec la Duchelfe fon époufe. Nous
y

y allions pour entendre un concert de
voix & d'inſtrumens qu'on y faiſoit.
Nous nous plaçames par hazard aſſez
prés de la Ducheſſe, qui s'aviſa de trouver mauvais que j'oſaſſe paroiſtre dans
un lieu où elle eſtoit. Elle m'envoya dire
par une de ſes femmes qu'elle me prioit
de ſortir promptement. Je fis une ré-
ponſe brutale à la meſſagere. La Ducheſſe irritée s'en plaignit à ſon époux,
qui vint à moy luy-meſme, & me dit :
Sortez, Lucinde. Quand de grands Seigneurs s'attachent à de petites creatures
comme vous, elles ne doivent point pour
cela s'oublier. Si nous vous aimons plus
que nos femmes, nous honorons nos
femmes plus que vous ; & toutes les fois
que vous ſerez aſſez inſolentes pour vouloir vous mettre en comparaiſon avec
elles, vous aurez toûjours la honte d'eſtre traitées avec indignité.

Heureuſement le Duc me tint ce
cruel diſcours d'un ton de voix ſi bas,
qu'il ne fut point entendu des perſonnes
qui eſtoient autour de nous. Je me retiray toute honteuſe, & je pleuray de
dépit d'avoir eſſuyé cet affront. Pour
ſurcroiſt de chagrin, les Comediens &
des Comediennes apprirent cette avan-

ture dés le soir mesme. On diroit qu'il y
a chez ces gens-là un demon qui se plaist
à rapporter aux uns tout ce qui arrive
aux autres. Un Comedien, par exemple, a-t-il fait dans une debauche quelque action extravagante : une Comedienne vient-elle de passer bail avec un
riche galant ? la troupe en est aussitost
informée.　Tous mes camarades sceu-
rent donc ce qui s'estoit passé au concert, & Dieu sçait s'ils se réjoüirent bien
à mes despens. Il regne parmi eux un
esprit de charité qui se manifeste dans ces
sortes d'occasions.　Je me mis pourtant
audessus de leurs caquets, & je me con-
solay de la perte du Duc de Medina Celi ; car je ne le revis plus chez moy, &
j'appris mesme peu de jours aprés qu'une
Chanteuse en avoit fait la conqueste.

Lors qu'une Dame de Theatre a le
bonheur d'estre en vogue, les amans ne
sçauroient luy manquer ; & l'amour d'un
grand Seigneur, ne durast-il que trois
jours, luy donne un nouveau prix. Je
me vis obsedée d'adorateurs, sitost qu'il
fut notoire à Madrid que le Duc avoit
cessé de me voir. Les rivaux que je luy
avois sacrifiez, plus épris de mes charmes qu'auparavant, revinrent en foulé

fur les rangs ; je receus encore l'hom-
mage de mille autres cœurs. Je n'avois
jamais efté tant à la mode. De tous les
hommes qui briguoient mes bonnes graces, un gros Allemand Gentilhomme du
Duc d'Offune me parut un des plus em-
preffez. Ce n'eftoit pas une figure fort
aimable ; mais il s'attira mon attention
par un millier de piftoles qu'il avoit amaffées au fervice de fon maiftre, & qu'il
prodigua pour meriter d'eftre fur la lifte
de mes amans fortunez. Ce bon fujet fe
nommoit Brutandorf. Tant qu'il fit de
la depenfe, je le receus favorablement,
dés qu'il fut ruiné, il trouva ma porte
fermée. Mon procedé luy deplut. Il vint
me chercher à la Comedie pendant le
fpectacle. J'eftois derriere le theatre. Il
voulut me faire des reproches. Je luy ris
au nez. Il fe mit en colere & me donna
un foufflet en franc Allemand. Je pouf-
fay un grand cri. J'interrompis l'action.
Je parus fur le theatre, & m'addreffant
au Duc d'Offune qui ce jour-là eftoit à
la Comedie avec la Ducheffe fa femme,
je luy demanday juftice des manieres
germaniques de fon Gentilhomme. Le
Duc ordonna de continuer la Comedie,
& dit qu'il entendroit les parties, quand

on auroit achevé la piece. D'abord qu'-
e'le fut finie, je me préfentay fort émeuë
devant le Duc & j'expofay vivement
mes griefs. Pour l'Allemand, il n'em-
ploya que deux mots pour fa deffenfe:
il dit qu'au lieu de fe repentir de ce qu'il
avoit fait, il eftoit homme à recommencer. Parties oüies, le Duc d'Offune dit
au Germain : Brutandorf, je vous chaffe
de chez moy & vous deffens de paroiftre
à mes yeux, non pour avoir donné un
foufflet à une Comedienne, mais pour
avoir manqué de refpeƈt à voftre maiftre
& à voftre maitreffe, & ayoir ofé troubler le fpeƈtacle en leur préfence.

Ce jugement me demeura fur le cœur.
Je conceus un depit mortel de ce qu'on
ne chaffoit pas l'Allemand pour m'avoir
infultée. Je m'imaginois qu'une pareille
offenfe faite à une Comedienne devoit eftre auffi feverement punie qu'un crime
de leze-Majefté, & j'avois compté que
le Gentilhomme fubiroit une peine af-
fliƈtive. Ce defagréable évenement me
detrompa, & me fit connoiftre que le
monde ne confond pas les aƈteurs avec
les rolles qu'ils reprefentent. Cela me
degoufta du theatre. Je refolus de l'a-
bandonner, & d'aller vivre loin de Ma-

drid. Je choifis la ville de Valence pour
le lieu de ma retraite, & je m'y rendis
incognito avec la valeur de vingt mille
ducats que j'avois tant en argent qu'en
pierreries. Ce qui me parut plus que
fuffifant pour m'entretenir le refte de
mes jours, puifque j'avois deffein de
mener une vie retirée. Je loüay à Valence une petite maifon & pris pour tout
domeftique une femme & un page à qui
je n'eftois pas moins inconnuë qu'à toute
la ville. Je me donnay pour veuve d'un
Officier de chez le Roy, & je dis que
je venois m'eftablir à Valence, fur la
reputation que ce fejour avoit d'eftre un
des plus agréables d'Efpagne. Je ne
voyois que trés-peu de monde, & je
tenois une conduite fi reguliere, qu'on
ne me foupçonna point d'avoir efté Comedienne. Malgré pourtant le foin que
je prenois de me cacher, je m'attiray
les regards d'un Gentilhomme qui avoit
un chafteau prés de Paterna. C'eftoit un
Cavalier affez bien fait, de trente-cinq
à quarante ans, mais un Noble fort en-
detté. Ce qui n'eft pas plus rare dans le
Royaume de Valence, que dans beaucoup d'autres pays.

Ce Seigneur *Hidalgo* trouvant ma

X iij

personne à son gré, voulut sçavoir si
d'ailleurs j'estois son fait. Il découpla
des grisons pour courir aux enquestés,
& il eut le plaisir d'apprendre par leur
rapport qu'avec un minois peu dégous-
tant, j'estois une doüairiere assez opu-
lente. Il jugea que je luy convenois,
& bientoft il vint chez moy une bonne
vieille qui me dit de sa part, que charmé
de ma vertu autant que de ma beauté,
il m'offroit sa foy, & qu'il estoit prest à
me conduire à l'autel, si je voulois bien
devenir sa femme. Je demanday trois
jours pour me consulter là-dessus. Je
m'informay du Gentilhomme, & le bien
qu'on me dit de luy, qnoy qu'on ne
me celaft point l'estat de ses affaires, me
détermina sans peine à l'époufer peu de
temps après.

Don Manuel de Xerica, c'est ainsi
que mon époux s'appelloit, me mena
d'abord à son chasteau qui avoit un air
antique dont il estoit fort vain. Il pré-
tendoit qu'un de ses ancestres l'avoit
autrefois fait baftir, & il concluoit de
là qu'il n'y avoit point de maison plus
ancienne en Espagne que celle de Xerica.
Mais un si beau titre de noblesse alloit
estre détruit par le temps; le chasteau

étayé en plufieurs endroits menaçoit ruine : quel bonheur pour Don Manuel de
m'avoir époufée ! Plus de la moitié de
mon argent fut employé aux reparations,
& le refte fervit à nous mettre en eftat
de faire groffe figure dans le pays. Me
voila donc, pour ainfi dire, dans un
nouveau monde. Changée en Nymphe
de chafteau, en Dame de Paroiffe. Quelle
metamorphofe ! J'eftois trop bonne actrice pour ne pas bien fouftenir la fplen-
deur que mon rang repandoit fur moy.
Je prenois de grands airs, des airs de
theatre, qui faifoient concevoir dans le
village une haute opinion de ma naiffance. Qu'on fe feroit égayé à mes def-
pens, fi l'on euft efté au fait fur mon
compte ! La nobleffe des environs m'auroit donné mille brocards, & les payfans auroient bien rabattu des refpects
qu'ils me rendoient.

Il y avoit déja prés de fix années que
je vivois fort heureufe avec Don Manuel, lorfqu'il mourut. Il me laiffa des
affaires à débroüiller & voftre fœur Beatrix qui avoit quatre ans paffez. Le chafteau, qui eftoit noftre uniqüe bien, fe
trouva par malheur engagé à plufieurs
creanciers dont le principal fe nommoit

Bernard Aſtuto. Qu'il ſoûtenoit bien
ſon nom ! Il exerçoit à Valence une
Charge de Procureur qu'il rempliſſoit
en homme conſommé dans la procedure,
& qui meſme avoit étudié en droit pour
apprendre à mieux faire des injuſtices.
Le terrible creancier ! Un chaſteau ſous
la griffe d'un ſemblable Procureur eſt
comme une colombe dans les ſerres d'un
milan. Auſſi le Seigneur Aſtuto, dés qu'il
ſceut la mort de mon mari, me manqua pas de former le ſiege du chaſteau.
Il l'auroit indubitablement fait ſauter
par les mines que la chicanne commençoit à faire, ſi mon étoile ne s'en fuſt
meſlée ; mais mon bonheur voulut que
l'aſſiegeant devint mon eſclave. Je le
charmay dans une entreveuë que j'eus
avec luy au ſujet de ſes pourſuites. Je
n'epargnay rien, je l'avouë, pour luy
donner de l'amour, & l'envie de ſauver
ma terre me fit eſſayer ſur luy tous les
airs de viſage qui m'avoient tant de fois
ſi bien reüſſi. Avec tout mon ſçavoir-
faire je craignois de rater le Procureur.
Il eſtoit ſi enfoncé dans ſon métier, qu'il
ne paroiſſoit pas ſuſceptible d'une amou-
reuſe impreſſion. Cependant ce fournois, ce grimaud, ce gratte-papier pre-

ñoit plus de plaiſir que je ne penſois à
me regarder : Madame, me dit-il , je ne
ſçay point faire l'amour. Je me ſuis toûjours tellement appliqué à ma profeſſion,
que cela m'a fait negliger d'apprendre les
us & couſtumes de la galanterie. Je n'i-
gnore pourtant pas l'eſſentiel , & pour
venir au fait , je vous diray que ſi vous
voulez m'epouſer , nous brulerons toute
la procedure ; j'écarteray les creanciers
qui ſe ſont joints à moy pour faire vendre voſtre terre. Vous en aurez le revenu , & voſtre fille la proprieté. L'intereſt de Beatrix & le mien ne me per-
mirent pas de balancer. J'acceptay la
propoſition. Le Procureur tint ſa promeſſe. Il tourna ſes armes contre les autres creanciers , & m'aſſura la poſſeſſion
de mon chaſteau. C'eſtoit peut-eſtre la
premiere fois de ſa vie qu'il euſt bien
ſervi la veuve & l'orphelin.

Je devins donc Procureuſe , ſans toutefois ceſſer d'eſtre Dame de Paroiſſe.
Mais ce nouveau mariage me perdit
dans l'eſprit de la Nobleſſe de Valence.
Les femmes de qualité me regarderent
comme une perſonne qui avoit dérogé ,
& ne voulurent plus me voir. Il fallut
m'en tenir au commerce des Bourgeoi-

ses. Ce qui ne laiſſa pas d'abord de me
faire un peu de péine, parce que j'eſtois
accouſtumée depuis ſix ans à ne frequenter que des Dames de diſtinction ; je
m'en conſolay pourtant bientoſt. Je fis
connoiſſance avec une Greffiere & deux
Procureuſes dont les caracteres eſtoient
fort plaiſans. Il y avoit dans leurs manieres un ridicule qui me rejoüiſſoit. Ces
petites Demoiſelles ſe croyoient des femmes hors du commun. Helas, diſois-je
quelquefois en moy-meſme, quand je
les voyois s'oublier, voila le monde. Chacun s'imagine eſtre au deſſus de ſon voiſin.   Je penſois qu'il n'y avoit que les
Comediennes qui ſe méconnuſſent. Les
Bourgeoiſes, à ce que je vois, ne ſont
pas plus raiſonnables.   Je voudrois pour
les punir qu'on les obligeaſt à garder dans
leurs maiſons les portraits de leurs ayeux.
Mort de ma vie, elles ne les placeroient
pas dans l'endroit le plus éclairé.

Aprés quatre années de mariage, le
Seigneur Bernard Aſtuto tomba malade
& mourut ſans enfans.   Avec le bien
dont il m'avoit avantagée en m'épouſant
& celuy que je poſſedois déja, je me
vis une riche doüairiere. Auſſi j'en avois
la reputation ; & ſur ce bruit un Gentil-

homme Sicilien nommé Colifichini refolut de s'attacher à moy pour me ruiner
ou pour m'époufer. Il me laiffa la pré-
ference. Il eftoit venu de Palerme pour
voir l'Efpagne ; & aprés avoir fatisfait
fa curiofité, il attendoit, difoit-il, à Valence de repaffer en Sicile. Le Cavalier
n'avoit pas vingt-cinq ans. Il eftoit bien
fait, quoyque petit, & fa figure enfin
me revenoit. Il trouva moyen de me
parler en particulier, & je vous l'avoüeray franchement, j'en devins folle dés
le premier entretien que j'eus avec luy.
De fon cofté, le petit fripon fe montra
fort épris de mes charmes. Je croy,
Dieu me pardonne, que nous nous ferions mariez fur le champ, fi la mort du
Procureur encore toute recente m'euft
permis de contracter fitoft un nouvel engagement. Mais depuis que je m'eftois
mife dans le gouft des hymenées, je gardois des mefures avec le monde.

Nous convinmes donc de differer noftre mariage de quelque temps par bien-
feance. Cependant Colifichini me rendoit des foins, & fon amour loin de fe
rallentir fembloit devenir plus vif de jour
en jour. Le pauvre garçon n'eftoit pas
trop bien en argent comptant. Je m'en

apperceus & il ne manqua plus d'espe-
ces. Outre que j'avois presque deux fois
son âge , je me souvenois d'avoir fait
contribuer les hommes dans ma jeu-
nesse , & je regardois ce que je donnois
comme une façon de restitution qui ac-
quittoit ma conscience. Nous attendimes , le plus patiemment qu'il nous fut
possible , le temps que le respect humain
prescrit aux veuves pour se remarier.
Lors qu'il fut arrivé , nous allames à
l'autel où nous nous liames l'un à l'autre par des nœuds éternels. Nous nous
retirames ensuite dans mon chasteau , où
je puis dire que nous y vecumes pendant
deux années moins en époux qu'en tendres amans ; mais , helas , nous n'estions
pas unis tous deux pour estre long-temps
si heureux ! une pleuresie emporta mon
cher Colifichini.

J'interrompis en cet endroit ma mere,
Hé quoy, Madame , luy di-je , vostre
troisiéme époux mourut encore ? Il faut
que vous soyez une place bien meur-
triere. Que voulez-vous, mon fils, me
répondit - elle ? Puis - je prolonger des
jours que le Ciel a comptez ? Si j'ay
perdu trois maris , je n'y sçaurois que
faire. J'en ay fort regretté deux. Celuy

que j'ay le moins pleuré , c'eſt le Procureur. Comme je ne l'avois épouſé que
par intereſt, je me conſolay facilement
de ſa perte. Mais, continua-t-elle, pour
revenir à Colifichini, je vous diray que
quelques mois aprés ſa mort, je voulus
aller voir par moy-meſme auprés de Pa-
leime une maiſon de campagne qu'il m'a-
voit aſſignée pour doüaire dans noſtre
contrat de mariage. Je m'embarquay
avec ma fille pour paſſer en Sicile , mais
nous avons eſté priſes ſur la route par
les vaiſſeaux du Bacha d'Alger. On nous
a conduites dans cette ville. Heureuſement pour nous , vous vous eſtes trouvé
dans la place où l'on vouloit nous vendre. Sans cela , nous ſerions tombées
entre les mains de quelque patron barbare qui nous auroit maltraitées, & chez
qui peut - eſtre nous aurions eſté toute
noſtre vie en eſclavage, ſans que vous
euſſiez entendu parler de nous.

Tel fut le recit que fit ma mere. Aprés
quoy, Meſſieurs, je luy donnay le plus
bel appartement de ma maiſon, avec la
liberté de vivre comme il luy plairoit.
Ce qui ſe trouva fort de ſon gouſt. Elle
avoit une habitude d'aimer formée par
tant d'actes reïterez , qu'il luy falloit

abſolument un amant ou un mari. Elle
jetta d'abord les yeux ſur quelques-
uns de mes eſclaves ; mais Hally
Pegelin renegat Grec qui venoit quelquefois au logis attira bientoſt toute ſon
attention. Elle conceut pour luy plus d'a-
mour qu'elle n'en avoit jamais eu pour
Colifichini, & elle eſtoit ſi ſtilée à plaire
aux hommes qu'elle trouva le ſecret de
charmer encore celuy-là. Je ne fis pas
ſemblant de m'appercevoir de leur intelligence. Je ne ſongeois alors qu'à m'en
retourner en Eſpagne. Le Bacha m'a-
voit déja permis d'armer un vaiſſeau pour
aller en courſe & faire le pirate. Cet ar-
mement m'occupoit, & huit jours devant qu'il fuſt achevé, je dis à Lucinde:
Madame, nous partirons d'Alger inceſſamment ; nous allons perdre de veuë ce
ſejour que vous deteſtez.

Ma mere pâlit à ces paroles, & garda
un ſilence glacé. J'en fus étrangement
ſurpris. Que vois-je, luy di-je ? d'où
vient que vous m'offrez un viſage épou-
vanté ? Il ſemble que je vous afflige au
lieu de vous cauſer de la joye. Je croyois
vous annoncer une nouvelle agréable
en vous apprenant que j'ay tout diſpoſé
pour noſtre depart. Eſt-ce que vous ne

souhaiteriez plus de repasser en Espagne ? Non, mon fils, je ne le souhaite
plus, répondit ma mere. J'y ay eu tart
de chagrin que j'y renonce pour jamais.
Qu'entens-je, m'écriai-je avec douleur ? Ah dites plutost que c'est l'amour
qui vous en detache. Quel changement,
ô Ciel ! Quand vous arrivates dans cette
ville, tout ce qui se présentoit à vos regards vous estoit odieux ; mais Hally
Pegelin vous a mise dans une autre dis-
position. Je ne m'en deffends pas, repartit Lucinde ; j'aime ce renegat &
j'en veux faire mon quatriéme époux.
Quel projet, interrompis-je avec horreur ! Vous épouser un Musulman !
Vous oubliez que vous estes Chrestien-
ne ; ou plutost vous ne l'avez esté jusqu'icy que de nom. Ah, ma mere, que
me faites-vous envisager ? Vous avez
resolu vostre perte. Vous allez faire vo-
lontairement ce que je n'ay fait que par
necessité.

Je luy tins bien d'autres discours encore pour la detourner de son dessein ;
mais je la haranguay fort inutilement.
Elle avoit pris son parti. Elle ne se contenta pas mesme de suivre son mauvais
penchant & de me quitter pour aller vi-

vre avec ce renegat, elle voulut emmener avec elle Beatrix. Je m'y oppoſay.
Ah malheureuſe Lucinde, luy di-je, ſi
rien n'eſt capable de vous retenir, aban-
donnez-vous du moins toute ſeule à la
fureur qui vous poſſede. N'entraînez
point une jeune innocente dans le pré-
cipice où vous courez vous jetter. Lucinde s'en alla ſans repliquer. Je crus
qu'un reſte de raiſon l'eclairoit & l'empeſchoit de s'obſtiner à demander ſa fille,
Que je connoiſſois mal ma mere ! Un de
mes eſclaves me dit deux jours aprés :
Seigneur, prenez garde à vous. Un captif de Pegelin vient de me faire une confidence dont vous ne ſçauriez trop toſt
profiter. Voſtre mere a changé de Religion, & pour vous punir de luy avoir
refuſé Beatrix, elle a formé la reſolution
d'avertir le Bacha de voſtre fuite. Je ne
doutay pas un moment que Lucinde ne
fuſt femme à faire ce que mon eſclave
me diſoit. J'avois eu le temps d'étudier
la Dame, & je m'eſtois apperceu qu'à
force de joüer des roles ſanguinaires dans
les Tragedies, elle s'eſtoit familiariſée
avec le crime. Elle m'auroit fort bien
fait bruſler tout vif, & je ne croy pas
qu'elle euſt eſté plus ſenſible à ma mort
qu'à

qu'à la cataftrophe d'une piece de theatre.

Je ne voulus donc pas negligèr l'avis
que me donnoit mon efclave. Je preffay
mon embarquement. Je pris des Turcs
felon la couftume des Corfaires d'Alger
qui vont en courfe ; mais je n'en pris
feulement que ce qu'il m'en falloit pour
ne me pas rendre fufpect, & je fortis du
port le plutoft qu'il me fut poffible avec
tous mes efclaves & ma fœur Beatrix.
Vous jugez bien que je n'oubliay pas
d'emporter en mefme temps ce que j'a-
vois d'argent & de pierreries. Ce qui
pouvoit monter à la valeur de fix mille
ducats. Lors que nous fumes en pleine
mer, nous commençames par nous affurer des Turcs. Nous les enchainames
facilement, parce que mes efclaves eftoient en plus grand nombre. Nous eumes un vent fi favorable, que nous gagnames en peu de temps les coftes d'I-
talie. Nous arrivames le plus heureufe-
ment du monde au port de Livourne,
où je croy que toute la ville accourut
pour nous voir debarquer. Le pere de
mon efclave Azarini fe trouva par hazard ou par curiofité parmi les fpecta-
teurs. Il confideroit attentivement tous

mes captifs à mesure qu'ils mettoient pied
à terre ; mais quoy qu'il cherchaſt en
eux les traits de ſon fils, il ne s'attendoit
pas à le revoir. Que de tranſports, que
d'embraſſemens ſuivirent leur reconnoiſſance, quand ils vinrent tous deux à ſe
reconnoiſtre !

Sitoſt qu'Azarini eut appris à ſon
pere qui j'eſtois & ce qui m'amenoit à
Livourne, le vieillard m'obligea de meſme que Beatrix à prendre un logement
chez luy. Je paſſeray ſous ſilence le detail de mille choſes qu'il me fallut faire
pour rentrer dans le ſein de l'Egliſe ; je
diray ſeulement que j'abjuray le Maho-
metiſme de meilleure foy que je ne l'a-
vois embraſſé. Aprés m'eſtre entierement purgé de ma gale d'Alger, je
vendis mon vaiſſeau & donnay la liberté à tous mes eſclaves. Pour les Turcs,
on les retint dans les priſons de Livourne
pour les échanger contre des Chreſtiens.
Je receus de l'un & de l'autre Azarini
toute ſorte de bons traitemens ; le fils
meſme épouſa ma ſœur Beatrix qui n'eſtoit pas, à la verité, un mauvais parti
pour luy, puiſqu'elle eſtoit fille d'un Gentilhomme & qu'elle avoit le chaſteau de
Xerica que ma mere avoit pris ſoin de

donner à bail à un riche laboureur de
Paterna, lorſqu'elle voulut paſſer en Sicile.

De Livourne, aprés y avoir demeuré
quelque temps, je partis pour Flórence
que j'avois envie de voir. Je n'y allay
pas ſans lettres de recommandation. Azarini le pere avoit des amis à la Cour du
Grand Duc, & il me recommandoit à
eux comme un Gentilhomme Eſpagnol
qui eſtoit ſon allié. J'ajoutay le *Don* à
mon nom ; imitant en cela bien des Eſpagnols roturiers qui prennent ſans façon ce titre d'honneur hors de leur pays.
Je me faiſois donc effrontement appeller
Don Raphaël, & comme j'avois apporté d'Alger de quoy ſoûtenir digne-
ment ma nobleſſe, je parus à la Cour
avec éclat. Les Cavaliers à qui le vieil
Azarini avoit écrit en ma faveur, y pu-
blierent que j'eſtois une perſonne de qualité ; ſi bien que leur temoignage & les
airs que je me donnois me firent paſſer
ſans peine pour un homme d'importance. Je me fauxfilay bientoſt avec les prin-
cipaux Seigneurs, qui me préſenterent
au Grand-Duc. J'eus le bonheur de luy
plaire. Je m'attachay à faire ma cour à
ce Prince & à l'étudier. J'écoutois at-

tentivement ce que ſes plus vieux courtiſans luy diſoient , & par leurs diſcours je demeſlay ſes inclinations. Je
remarquay entre autres choſes qu'il aimoit les plaiſanteries , les bons contes &
les bons mots. Je me reglay là-deſſus.
J'ecrivois tous les matins ſur mes ta-
blettes les hiſtoires que je voulois luy
conter dans la journée. J'en ſçavois une
grande quantité ; j'en avois, pour ainſi
dire, un ſac tout plein. J'eus beau toutefois les ménager , mon ſac ſe vuida
peu à peu, de ſorte que j'aurois eſté
obligé de me repeter ou de faire voir que
j'eſtois au bout de mes apophtegmes , ſi
mon genie fertile en fictions ne m'en euſt
pas abondamment fournies ; mais je
compoſay des contes galans & comiques
qui divertirent fort le Grand-Duc , & ce
qui arrive ſouvent aux beaux eſprits de
profeſſion , je mettois le matin ſur mon
agenda de bons mots que je donnois l'a-
préſdinée pour des impromptus.

Je m'erigeay meſme en Poëte & je
conſacray ma muſe aux loüanges du
Prince. Je demeure d'accord de bonne
foy que mes vers n'eſtoient pas bons.
Auſſi ne furent-ils pas critiquez ; mais
quand ils auroient eſté meilleurs, je dou-

te qu'ils euſſent eſté mieux receus du
Grand - Duc. Il en paroiſſoit trés-con-
-tent. La matiere peut - eſtre l'empeſchoit de les trouver mauvais. Quoy qu'il
en ſoit, ce Prince prit inſenſiblement
tant de gouſt pour moy, que cela donna de l'ombrage aux courtiſans. Ils voulurent découvrir qui j'eſtois. Ils n'y reüſ-
ſirent point. Ils apprirent ſeulement que
j'avois eſté renegat. Ils ne manquerent
pas de le dire au Prince dans l'eſperance
de me nuire. Ils n'en vinrent pourtant
pas à bout. Au contraire le Grand-Duc
un jour m'obligea de luy faire une relation fidelle de mon voyage d'Alger. Je
luy obeïs, & mes avantures, que je ne
luy deguiſay point, le rejoüirent infiniment.

Don Raphaël, me dit-il aprés que
j'en eus achevé le recit, j'ay de l'amitié
pour vous, & je veux vous en donner
une marque qui ne vous permettra pas
d'en douter. Je vous fais depoſitaire de
mes ſecrets, & pour commencer à vous
mettre dans ma confidence, je vous diray que j'aime la femme d'un de mes
Miniſtres. C'eſt la Dame de ma Cour 'a
plus aimable, mais en meſme temps la
plus vertueuſe. Renfermée dans ſon do-

meſtique , uniquement attachée à un
époux qui l'idolatre , elle ſemble ignorer
le bruit que ſes charmes font dans Florence. Jugez ſi cette conqueſte eſt difficile. Cependant cette beauté , toute inac-
ceſſible qu'elle eſt aux amans, a quelquefois entendu mes ſoupirs. J'ay trouvé moyen de luy parler ſans temoins.
Elle connoiſt mes ſentimens. Je ne me
flatte point de luy avoir inſpiré de l'a-
mour. Elle ne m'a point donné ſujet de
former une ſi agréable penſée. Je ne
deſeſpere pas toutefois de luy plaire par
ma conſtance & par la conduite myſte-
rieuſe que je prends ſoin de tenir.

La paſſion que j'ay pour cette Dame,
continua - t - il , n'eſt connuë que d'elle
ſeule. Au lieu de ſuivre mon penchant
ſans contrainte, & d'agir en Souverain,
je derobe à tout le monde la connoiſſance de mon amour. Je croy devoir ce
menagement à Maſcarini, c'eſt l'époux
de la perſonne que j'aime. Le zele &
l'attachement qu'il a pour moy , ſes ſervices & ſa probité m'obligent à me conduire avec beaucoup de ſecret & de cir-
conſpection. Je ne veux pas enfoncer un
poignard dans le ſein de ce mari malheureux en me declarant amant de ſa

femme. Je voudrois qu'il ignoraſt toûjours, s'il eſt poſſible, l'ardeur dont je
me ſens bruler : car je ſuis perſuadé
qu'il mourroit de douleur, s'il ſçavoit la
confidence que je vous fais en ce moment. Je cache donc mes demarches, &
j'ay reſolu de me ſervir de vous pour
exprimer à Lucrece tous les maux que
me fait ſouffrir la contrainte que je m'im-
poſe. Vous ſerez l'interprete de mes ſentimens. Je ne doute point que vous ne
vous acquittiez à merveilles de cette
commiſſion. Liez commerce avec Maſcarini. Attachez-vous à gagner ſon amitié. Introduiſez-vous chez luy, & vous
menagez la liberté de parler à ſa femme.
Voila ce que j'attends de vous, & ce que
je ſuis aſſuré que vous ferez avec toute
l'adreſſe & la diſcretion que demande
un employ ſi delicat.

Je promis au Grand-Duc de faire tout
mon poſſible pour répondre à ſa confiance & contribuer au bonheur de ſes
feux. Je luy tins bientoſt parole. Je n'é-
pargnay rien pour plaire à Maſcarini,
& j'en vins à bout ſans peine. Charmé
de voir ſon amitié recherchée par un
homme aimé du Prince, il fit la moitié
du chemin. Sa maiſon me fut ouverte.

J'eus un libre accés auprés de son épouse, & j'ose dire que je me composay si
bien qu'il n'eut pas le moindre soupçon
de la negociation dont j'estois chargé. Il
est vray qu'il estoit peu jaloux pour un
Italien ; il se reposoit sur la vertu de sa
Lucrece, & s'enfermant dans son cabinet, il me laissoit souvent seul avec elle.
Je fis d'abord les choses rondement. J'en-
tretins la Dame de l'amour du Grand-
Duc, & luy dis que je ne venois chez
elle que pour luy parler de ce Prince.
Elle ne me parut pas éprise de luy, &
je m'apperceus neanmoins que la vanité
l'empeschoit de rejetter ses soupirs. Elle
prenoit plaisir à les entendre sans vouloir y répondre. Elle avoit de la sagesse,
mais elle estoit femme, & je remarquois
que sa vertu cedoit insensiblement à l'i-
mage superbe de voir un Souverain dans
ses fers. Enfin, le Prince pouvoit juste-
ment se flater que sans employer la violence de Tarquin, il verroit Lucrece
renduë à son amour. Un incident toutefois auquel il se feroit le moins attendu, détruisit ses esperances, comme vous
l'allez apprendre.

Je suis naturellement hardi avec les
femmes. J'ay contracté cette habitude
bonne

bonne ou mauvaife chez les Turcs. Lucrece eftoit belle. J'oubliay que je ne devois faire que le perfonnage d'ambaffa-
deur. Je parlay pour mon compte. J'of-
fris mes fervices à la Dame le plus ga-
lammeat qu'il me fut poffible. Au lieu
de paroiftre choquée de mon audace &
de me répondre avec colere, elle me dit
en foûriant : Avoüez, Don Raphaël,
que le Grand-Duc a fait choix d'un agent
fort fidelle & fort zelé. Vous lo fervez
avec une integrité qu'on ne peut affez
loüer. Madame, di-je fur le mefme ton,
n'examinons point les chofes fcrupuleu-
fement. Laiffons, je vous prie, les reflexions ; je fçay bien qu'elles ne me font
pas favorables ; mais je m'abandonne au
fentiment. Je ne croy pas, aprés tout,
eftre le premier confident de Prince qui
ait trahi fon maiftre en matiere de galanterie. Les grands Seigneurs ont fouvent dans leurs Mercures des rivaux
dangereux. Cela fe peut, reprit Lucrece;
pour moy, je fuis fiere, & tout autre
qu'un Prince ne fçauroit me toucher.
Reglez-vous là-deffus, pourfuivit-elle,
en prenant fon ferieux, & changeons
d'entretien. Je veux bien oublier ce que
vous venez de me dire, à condition qu'il

ne vous arrivera plus de me tenir de pareils propos ; autrement, vous pourrez vous en repentir.

Quoyque cela fust un avis au lecteur, & que je dusse en profiter, je ne cessay point d'entretenir de ma passion la femme de Mascarini. Je la pressay mesme avec plus d'ardeur qu'auparavant de répondre à ma tendresse, & je fus assez temeraire pour vouloir prendre des libertez. La Dame alors s'offensant de mes discours & de mes manieres Musulmanes, me rompit en visiere. Elle me menaça de faire sçavoir au Grand-Duc mon insolence, en m'assurant qu'elle le prieroit de me punir comme je le meritois. Je fus piqué de ces menaces à mon tour. Mon amour se changea en haine. Je resolus de me venger du mépris que Lucrece m'avoit temoigné. J'allay trouver son mari, & après l'avoir obligé de jurer qu'il ne me commettroit point, je l'informay de l'intelligence que sa femme avoit avec le Prince, dont je ne manquay pas de la peindre fort amoureuse pour rendre la scene plus interessante. Le Ministre, pour prévenir tout accident, renferma, sans autre forme de procés, son épouse dans un apparte-

ment fecret, où il la fit étroitement garder par des perfonnes affidées. Tandis
qu'elle eftoit environnée d'argus qui l'ob-
fervoient & l'empefchoient de donner
de fes nouvelles au Grand-Duc, j'annonçay d'un air trifte à ce Prince, qu'il
ne devoit plus penfer à Lucrece : je luy
dis que Mafcarini avoit fans doute découvert tout, puifqu'il s'avifoit de veil-
ler fur fa femme : que je ne fçavois pas
ce qui pouvoit luy avoir donné lieu de
me foupçonner, attendu que je croyois
m'eftre toûjours conduit avec beaucoup
d'adreffe : que la Dame peut-eftre avoit
elle-mefme avoüé tout à fon époux, &
que de concert avec luy, elle s'eftoit
laiffé renfermer pour fe derober à des
pourfuites qui alarmoient fa vertu. Le
Prince parut fort affligé de mon raport.
Je fus touché de fa douleur, & je me
repentis plus d'une fois de ce que j'avois
fait ; mais il n'eftoit plus temps. D'ailleurs, je le confeffe, je fentois une ma-
ligne joye, quand je me reprefentois la
fituation où j'avois reduit l'orgüeilleufe
qui avoit dedaigné mes vœux.

Je goûtois impunément le plaifir de
la vengeance qui eft fi doux à tout le
monde & principalement aux Efpagnols,

lorſqu'un jour le Grand-Duc eſtant avec
cinq ou ſix Seigneurs de ſa Cour & moy,
nous dit : De quelle maniere jugeriez-vous
à propos qu'on puniſt un homme qui auroit abuſé de la confidence de ſon Prince
& voulu luy ravir ſa maitreſſe ? Il faudroit,
dit un des Courtiſans , le faire tirer à
quatre chevaux. Un autre fut d'avis
qu'on l'aſſommaſt & le fiſt mourir ſous
le bâton. Le moins cruel de ces Italiens
& celuy qui opina le plus favorablement
pour le coupable , dit qu'il ſe contente-
roit de le faire precipiter du haut d'une
tour en bas. Et Don Raphaël , reprit
alors le Grand-Duc , de quelle opinion
eſt-il ? Je ſuis perſuadé que les Eſpagnols
ne ſont pas moins ſeveres que les Italiens
dans de ſemblables conjonctures.

Je compris bien , comme vous pouvez
penſer , que Maſcarini n'avoit pas gardé
ſon ſerment , ou que ſa femme avoit
trouvé moyen d'inſtruire le Prince de ce
qui s'eſtoit paſſé entre elle & moy. On
remarquoit ſur mon viſage le trouble
qui m'agitoit. Cependant tout troublé
que j'eſtois , je répondis d'un ton ferme
au Grand-Duc : Seigneur, les Eſpagnols
ſont plus genereux. Ils pardonneroient
en cette occaſion au confident , & ſe-

roient naiſtre par cette bonté dans ſon
ame un regret éternel de les avoir trahis.
Hé bien, me dit le Prince, je me ſens
capable de cette generoſité. Je pardonne
au traiſtre. Auſſi bien, je ne dois m'en
prendre qu'à moy-meſme d'avoir donné
ma confiance à un homme que je ne
connoiſſois point, & dont j'avois ſujet
de me défier, aprés tout ce qu'on m'en
avoit dit. Don Raphaël, ajouta-t-il,
voicy de quelle maniere je veux me
venger de vous. Sortez inceſſamment de
mes Eſtats, & ne paroiſſez plus devant
moy. Je me retiray ſur le champ, moins
affligé de ma diſgrace que ravi d'en eſtre
quitte à ſi bon marché. Je m'embarquay
dés le lendemain dans un vaiſſeau de
Barcelone qui ſortit du port de Livourne
pour s'en retourner.

J'interrompis Don Raphaël dans cet
endroit de ſon hiſtoire. Pour un homme
d'eſprit, luy di-je, vous fites, ce me
ſemble, une grande faute de ne pas
quitter Florence immediatement aprés
avoir découvert à Maſcarini l'amour du
Prince pour Lucrece. Vous deviez bien
vous imaginer que le Grand-Duc ne tarderoit pas à ſçavoir voſtre trahiſon.
J'en demeure d'accord, répondit le fils

Z iij

de Lucinde. Auſſi, malgré l'aſſurance
que le Miniſtre me donna de ne me point
expoſer au reſſentiment du Prince, je
me propoſois de diſparoiſtre au plutoſt.

J'arrivay à Barcelone, continua-t-il,
avec le reſte des richeſſes que j'avois
aportées d'Alger, & dont j'avois diſſipé
la meilleure partie à Florence en faiſant
le Gentilhomme Eſpagnol. Je ne demeuray pas long-temps en Catalogne. Je
mourois d'envie de revoir Madrid le lieu
charmant de ma naiſſance, & je ſatisfis
le plutoſt qu'il me fut poſſible le deſir
qui me preſſoit. En arrivant dans cette
ville, j'allay loger par hazard dans un
hoſtel garni où demeuroit une Dame
qu'on appelloit Camille. Quoy qu'elle
fuſt hors de minorité, c'eſtoit une creature fort piquante. J'en atteſte le Seigneur Gil Blas qui l'a veuë à Valladolid
preſque dans le meſme temps. Elle avoit
encore plus d'eſprit que de beauté, &
jamais avanturiere n'a eu plus de talent
pour amorcer les duppes. Mais elle ne
reſſembloit point à ces coquettes qui met-
tent à profit la reconnoiſſance de leurs
amans, venoit-elle de depoüiller un homme d'affaires ? elle en partageoit les depoüilles avec le premier Chevalier de

tripot qu'elle trouvoit à son gré.

Nous nous aimames l'un l'autre dés que nous nous vimes, & la conformité de nos inclinations nous lia si étroitement, que nous fumes bientost en communauté de biens. Nous n'en avions pas, à la verité, de considerables & nous les mangeames en peu de temps. Nous ne songions par malheur tous deux qu'à nous plaire, sans faire le moindre usage des dispositions que nous avions à vivre aux despens d'autruy. La misere enfin reveilla nos genies que le plaisir avoit engourdis : Mon cher Raphaël, me dit Camille, faisons diversion, mon ami. Cessons de garder une fidelité qui nous ruine. Vous pouvez entester une riche veuve ; je puis charmer quelque vieux Seigneur ; si nous continuons à nous estre fidelles, voila deux fortunes manquées. Belle Camille, luy répondis-je, vous me prévenez. J'allois vous faire la mesme proposition. J'y consens, ma Reine. Ouy, pour mieux entretenir nostre mutuelle ardeur, tentons d'utiles conquestes. Les infidelitez que nous nous ferons deviendront des triomphes pour nous.

Cette convention faite, nous nous mi-

mes en campagne. Nous nous donnames
d'abord de grands mouvemens sans pouvoir rencontrer ce que nous cherchions.
Camille ne trouvoit que des Petit-maî-
tres, ce qui suppose des amans qui n'a-
voient pas le soû, & moy que des femmes qui aimoient mieux lever des con-
tributions que d'en payer. Comme l'A-
mour se refusoit à nos besoins, nous eumes recours aux fourberies. Nous en
fimes tant & tant que le Corregidor en
entendit parler, & ce Juge severe en
diable, chargea un de ses Alguazils de
nous arrester ; mais l'Alguazil aussi bon
que le Corregidor estoit mauvais, nous
laissa le loisir de sortir de Madrid pour
une petite somme que nous luy donnames. Nous primes la route de Valladolid, & nous allames nous établir dans
cette ville. J'y loüay une maison où je
logeay avec Camille, que je fis passer
pour ma sœur de peur de scandale. Nous
tinmes d'abord nostre industrie en bride,
& nous commençames d'étudier le terrein avant que de former aucune entreprise.

Un jour un homme m'aborda dans
la ruë, me salua trés-civilement, & me
dit : Seigneur Don Raphaël, me recon-

connoiffez-vous ? Je luy répondis que
non. Et moy, reprit-il, je vous remets
parfaitement. Je vous ay veu à la Cour
de Tofcane & j'eftois alors Garde du
Grand-Duc. Il y a quelques mois,
ajouta-t-il, que j'ay quitté le fervice de
ce Prince. Je fuis venu en Efpagne avec
un Italien des plus fubtils. Nous fommes à Valladolid depuis trois femaines.
Nous demeurons avec un Caftillan & un
Galicien qui font fans contredit deux
honneftes garçons. Nous vivons enfemble du travail de nos mains. Nous fai-
fons bonne chere & nous nous diver-
tiffons comme des Princes. Si vous voulez vous joindre à nous, vous ferez
agréablement receu de mes confreres,
car vous m'avez toûjours paru un galant
homme, peu fcrupuleux de voftre naturel & profés dans noftre ordre.

La franchife de ce fripon excita la
mienne. Puifque vous me parlez à cœur
ouvert, luy di-je, vous meritez que je
m'explique de mefme avec vous. Veritablement je ne fuis pas novice dans voftre profeffion, & fi ma modeftie me
permettoit de conter mes exploits, vous
verriez que vous n'avez pas jugé trop
avantageufement de moy ; mais je laiffe

là les loüanges, & je me contenteray
de vous dire en acceptant la place que
vous m'offrez dans voftre compagnie,
que je ne negligeray rien pour vous
prouver que je n'en fuis pas indigne. Je
n'eus pas fitoft dit à cet ambidextre, que
je confentois d'augmenter le nombre de
fes camarades, qu'il me conduifit où ils
eftoient, & là je fis connoiffance avec
eux. C'eft dans cet endroit que je vis
pour la premiere fois l'illuftre Ambroife
de Lamela. Ces Meffieurs m'interroge-
rent fur l'art de s'approprier finement
le bien du prochain. Ils voulurent fçavoir fi j'avois des principes ; mais je
leur montray bien des tours qu'ils ignoroient & qu'ils admirerent. Ils furent
encore plus étonnez, lorfque méprifant
la fubtilité de ma main, comme une
chofe trop ordinaire, je leur dis que
j'excellois dans les fourberies qui demandent de l'efprit. Pour le leur perfuader,
je leur racontay l'avanture de Jerome
de Moyadas, & fur le fimple recit que
j'en fis, ils me trouverent un genie fi
fuperieur, qu'ils me choifirent d'une
commune voix pour leur chef. Je jufti-
fiay bien leur choix par une infinité de
friponneries que nous fimes, & dont je

fus, pour ainſi parler, la cheville ou-
vriere. Quand nous avions beſoin d'une
actrice pour nous ſeconder dans le beſoin, nous nous ſervions de Camille qui
joüoit à ravir tous les rolles qu'on luy
donnoit.

Dans ce temps-là, noſtre confrere
Ambroiſe fut tenté de revoir ſa patrie.
Il partit pour la Galice, en nous aſſurant
que nous pouvions compter ſur ſon retour. Il contenta ſon envie, & comme
il s'en revenoit, eſtant allé à Burgos,
pour y faire quelque coup, un hoſtelier
de ſa connoiſſance le mit au ſervice du
Seigneur Gil Blas de Santillane, dont il
n'oublia pas de luy apprendre les affaires.
Seigneur Gil Blas, pourſuivit-il, en m'a-
dreſſant la parole, vous ſçavez de quelle
maniere nous vous devaliſames dans un
hoſtel garni de Valladolid ; je ne doute
pas que vous n'ayez ſoupçonné Ambroiſe d'avoir eſté le principal inſtru-
ment de ce vol, & vous avez eu raiſon.
Il vint nous trouver en arrivant. Il nous
expoſa l'eſtat où vous eſtiez, & Meſſieurs les entrepreneurs ſe reglerent là-
deſſus. Mais vous ignorez les ſuites de
cette avanture. Je vais vous en inſtruire.
Nous enlevames Ambroiſe & moy voſ-

tre valife, & tous deux montez fur voꞩ mules, nous primes le chemin de Madrid, fans nous embaraffer de Camille ni de nos camarades, qui furent fans doute auffi furpris que vous de ne nous pas revoir le lendemain.

Nous changeames de deffein la feconde journée. Au lieu d'aller à Madrid, d'où je n'eftois pas forti fans raifon, nous paffames par Zebreros & continuames noftre route jufqu'à Tolede. Noftre premier foin dans cette ville fut de nous habiller fort proprement. Puis nous donnant pour deux freres Galiciens qui voyageoïent par curiofité, nous connumes bientoft de fort honneftes gens. J'eftois fi accouftumé à faire l'homme de qualité, qu'on s'y méprit aifément; & comme on ébloüit d'ordinaire par la depenfe, nous jettames de là poudre aux yeux de tout le monde par les feftes galantes que nous commençames à donner aux Dames. Parmi les femmes que je voyois il y en eut une qui me toucha. Je la trouvay plus belle que Camille & beaucoup plus jeune. Je voulus fçavoir qui elle eftoit; j'appris qu'elle fe nommoit Violante & qu'elle avoit époufé un Cavalier qui déja

las de fes careffes, couroit aprés celles
d'une courtifane qu'il aimoit. Je n'eus
pas befoin qu'on m'en dift davantage
pour me determiner à établir Violante
Dame fouveraine de mes penfées.

Elle ne tarda guere à s'appercevoir de
fa conquefte. Je commençay à fuivre
par tout fes pas, & à faire cent folies
pour luy perfuader que je ne demandois
pas mieux que de la confoler des infidelitez de fon époux. La belle fit là-deffus
fes reflexions, qui furent telles que j'eus
enfin le plaifir de connoiftre que mes
intentions eftoient approuvées. Je receus
d'elle un billet en réponfe de plufieurs
que je luy avois fait tenir par une de ces
vieilles qui font d'une fi grande commo-
dité en Efpagne & en Italie. La Dame
me mandoit que fon mari foupoit tous
les foirs chez fa maitreffe, & ne revenoit au logis que fort tard. Je compris
bien ce que cela fignifioit. Dés la mefme
nuit j'allay fous les feneftres de Violante & je liay avec elle une converfation des plus tendres. Avant que de nous
feparer, nous convinmes que toutes les
nuits à pareille heure, nous pourrions
nous entretenir de la mefme maniere,
fans préjudice de tous les autres actes de

galanterie qu'il nous feroit permis d'e-
xercer le jour.

Jufques là Don Baltazar , ainfi fe
nommoit l'époux de ma Princeffe, en
avoit efté quitte à bon marché ; mais je
voulois aimer phyfiquement , & je me
rendis un foir fous les feneftres de la
Dame dans le deffein de luy dire que je
ne pouvois plus vivre , fi je n'avois un
tefte à tefte avec elle dans un lieu plus
convenable à l'excés de mon amour. Ce
que je n'avois pû encore obtenir d'elle.
Mais comme j'arrivois, je vis venir dans
la ruë un homme qui fembloit m'obferver. En effet, c'eftoit le mari qui revenoit de chez fa courtifane de meilleure
heure qu'à l'ordinaire , & qui remarquant un Cavalier prés de fa maifon ,
au lieu d'y entrer , fe promenoit dans
la ruë. Je demeuray quelque temps incertain de ce que je devois faire. Enfin ,
je pris le parti d'aborder Don Baltazar ,
que je ne connoiffois point & dont je
n'eftois pas connu. Seigneur Cavalier ,
luy di-je , laiffez moy , je vous prie , la
ruë libre pour cette nuit. J'auray une
autre fois la mefme complaifance pour
vous. Seigneur , me répondit-il , j'allois
vous faire la mefme priere. Je fuis amou-

reux d'une fille que son frere fait soigneu-
sement garder, & qui demeure à vingt
pas d'icy. Je souhaiterois qu'il n'y eust
personne dans la ruë. Il y a, repris-je,
moyen de nous satisfaire tous deux sans
nous incommoder. Car, ajoutai-je en
luy montrant sa propre maison, la Dame que je sers loge là. Il faut mesme
que nous nous secourions, si l'un ou
l'autre vient à estre attaqué. J'y consens,
repartit-il, je vais à mon rendez-vous,
& nous nous épaulerons s'il en est besoin. A ces mots, il me quitta, mais
c'estoit pour mieux m'observer ; ce que
l'obscurité de la nuit luy permettoit de
faire impunement.

Pour moy je m'approchay de bonne
foy du balcon de Violante. Elle parut
bientost, & nous commençâmes à nous
entretenir. Je ne manquay pas de presser
ma Reine de m'accorder un entretien
secret dans quelque endroit particulier.
Elle resista un peu à mes instances, pour
augmenter le prix de la grace que je demandois ; puis me jettant un billet qu'-
elle tira de sa poche : Tenez, me dit-
elle, vous trouverez dans cette lettre la
promesse d'une chose dont vous m'im-
portunez tant. Ensuite elle se retira, par-

ce que l'heure à laquelle son mari revenoit ordinairement approchoit. Je ser-
ray le billet & je m'avançay vers le lieu
où Don Baltazar m'avoit dit qu'il avoit
affaire. Mais cet époux qui s'estoit fort
bien apperceu que j'en voulois à sa femme, vint au devant de moy, & me dit :
Hé bien, Seigneur Cavalier, estes-vous
content de vostre bonne fortune ? J'ay
sujet de l'estre, luy répondis-je. Et vous,
qu'avez-vous fait ? L'amour vous a-t-il
favorisé ? Helas, non, repartit-il, le
maudit frere de la beauté que j'aime est
de retour d'une maison de campagne,
d'où nous avions crû qu'il ne reviendroit
que demain. Ce contretemps m'a sevré
du plaisir dont je m'estois flatté.

Nous nous fimes Don Baltazar &
moy des protestations d'amitié, & pour
en serrer les nœuds, nous nous donnames rendez-vous le lendemain matin dans
la grande place. Ce Cavalier aprés que
nous nous fumes separez, entra chez lui,
& ne fit nullement connoistre à Violante qu'il sceust de ses nouvelles. Il se
trouva le jour suivant dans la grande
place. J'y arrivay un moment aprés luy.
Nous nous saluames avec des demonstra-
tions d'amitié aussi perfides d'un costé
que

que sinceres de l'autre. Ensuite, l'artifi-
cieux Don Baltazar me fit une fausse confidence de son intrigue avec la Dame dont
il m'avoit parlé la nuit précédente. Il me
raconta là dessus une longue fable qu'il
avoit composée, & tout cela pour m'engager à luy dire à mon tour de quelle
façon j'avois fait connoissance avec Violante. Je ne manquay pas de donner dans
le piege; j'avoüay tout avec la plus grande franchise du monde. Je montray mesme le billet que j'avois receu d'elle, &
je lus ces paroles qu'il contenoit. *J'iray*
demain diner chez Dña Inés. Vous
sçavez où elle demeure. C'est dans la
maison de cette fidelle amie que je
prétens avoir un teste à teste avec vous.
Je ne puis vous refuser plus long-temps
cette faveur que vous me paroissez me-
riter.

Voila, dit Don Baltazar, un billet
qui vous promet le prix de vos feux. Je
vous felicite par avance du bonheur qui
vous attend. Il ne laissoit pas en parlant
de la sorte d'estre un peu déconcerté;
mais il deroba facilement à mes yeux
son trouble & son embaras. J'estois si
plein de mes esperances, que je ne me
mettois guere en peine d'observer mon

confident, qui fut obligé toutefois de me
quitter, de peur que je ne m'apperceuſſe
enfin de ſon agitation. Il courut avertir
ſon beaufrere de cette avanture. J'ignore
ce qui ſe paſſa entr'eux ; je ſçay ſeulement que Don Baltazar vint frapper à
la porte de Doña Inés dans le temps que
j'eſtois chez cette Dame avec Violante.
Nous ſceumes que c'eſtoit luy, & je
me ſauvay par une porte de derriere
avant qu'il fuſt entré. D'abord que j'eus
diſparû, les femmes que l'arrivée im-
preveuë de ce mari avoit troublées, ſe
raſſurerent & le receurent avec tant
d'effronterie, qu'il ſe douta bien qu'on
m'avoit caché ou fait evader. Je ne
vous diray point ce qu'il dit à Doña Inés
& à ſa femme. C'eſt une choſe qui n'eſt
pas venuë à ma connoiſſance.

Cependant ſans ſoupçonner encore
que je fuſſe la duppe de Don Baltazar,
je ſortis en le maudiſſant, & je retournay à la grande place où j'avois donné
rendez-vous à Lamela. Je ne l'y trouvay point. Il avoit auſſi ſes petites affaires, & le fripon eſtoit plus heureux
que moy. Comme je l'attendois, je vis
arriver mon perfide confident, qui avoit
un air gay. Il me joignit & me demanda

en riant des nouvelles de mon teste à
teste avec ma Nymphe chez Doña Inés.
Je ne sçay, luy di-je, quel demon jaloux de mes plaisirs se plaist à les traverser. Mais tandis que seul avec ma
Dame, je la pressois de faire mon bonheur, son mari, que le Ciel confonde,
est venu frapper à la porte de la maison. Il a fallu promptement songer à
me retirer. Je suis sorti par une porte
de derriere en donnant à tous les dia-
bles le facheux qui rompoit toutes mes
mesures. J'en ay un veritable chagrin,
s'écria Don Baltazar, qui sentoit une
secrete joye de voir ma peine. Voila un
impertinent mari. Je vous conseille de
ne luy point faire de quartier. Oh, je
suivray vos conseils, luy repliquai-je,
& je puis vous assurer que son honneur
passera le pas cette nuit. Sa femme,
quand je l'ay quittée, m'a dit de ne me
pas rebuter pour si peu de chose. Que
je ne manque pas de me rendre sous ses
fenestres de meilleure heure qu'à l'ordinaire : qu'elle est resoluë à me faire entrer chez elle ; mais qu'à tout hazard
j'aye la précaution de me faire escorter
par deux ou trois amis, de crainte de
surprise. Que cette Dame est prudente,

dit-il ! Je 'm'offre à vous accompagner.
Ah mon cher ami, m'écriai-je tout
tranfporté de joye, & jettant mes bras
au cou de Don Baltazar, que je vous
ay d'obligation ! Je feray plus, reprit il,
je connois un jeune homme qui eft un
Cefar. Il fera de la partie, & vous pourrez alors vous repofer hardiment fur
une pareille efcorte.

Je ne fçavois que dire à ce nouvel
ami pour le remercier, tant j'eftois charmé de fon zele. Enfin j'acceptay les fecours qu'il m'offroit, & nous donnant
rendez-vous fous le balcon de Violante
à l'entrée de la nuit, nous nous feparames. Il alla trouver fon beaufrere qui
eftoit le Cefar en queftion, & moy, je
me promenay jufqu'au foir avec Lamela, qui bien qu'étonné de l'ardeur avec
laquelle Don Baltazar entroit dans mes
interefts, ne s'en defia pas plus que moy.
Nous donnions tefte baiffée dans le pan-
neau. Je conviens que cela n'eftoit guere
pardonnable à des gens comme nous.
Quand je jugeay qu'il eftoit temps de
me préfenter devant les feneftres de Violante, Ambroife & moy nous y parû-
mes armez de bonnes rapieres. Nous y
trouvames le mari de ma Dame avec un

autre homme. Ils nous attendoient de
pied ferme. Don Baltazar m'aborda, &
me montrant fon beaufrere, il me dit :
Seigneur, voicy le Cavalier dont je vous
ay tantoſt vanté la bravoure. Introduiſez-vous chez voſtre maitreſſe, & qu'aucune inquietude ne vous empeſche de
joüir d'une parfaite felicité.

Aprés quelques complimens de part
& d'autre, je frappay à la porte de ma
Nymphe. Une eſpece de Duegne vint
ouvrir. J'entray, & ſans prendre garde
à ce qui ſe paſſoit derriere moy, je m'a-
vançay dans une ſalle où eſtoit Violante.
Pendant que je ſaluois cette Dame, les
deux traiſtres qui m'avoient ſuivi dans
la maiſon, & qui en avoient fermé la
porte ſi bruſquement aprés eux, qu'Ambroiſe eſtoit reſté dans la ruë, ſe décou-
vrirent. Vous vous imaginez bien qu'il
en fallut alors découdre. Ils me charge-
rent tous deux en meſme temps ; mais
je leur fis voir du pays. Je les occupay
l'un & l'autre de maniere qu'ils ſe re-
pentirent peut-eſtre de n'avoir pas pris
une voye plus ſeure pour ſe venger. Je
perçay l'époux. Son beaufrere le voyant
hors de combat, gagna la porte que la
Duegne & Violante avoient ouverte

pour ſe ſauver, tandis que nous nous
battions. Je le pourſuivis juſques dans
la ruë, où je rejoignis Lamela, qui
n'ayant pû tirer un ſeul mot des femmes
qu'il avoit vû fuir, ne ſçavoit préciſement ce qu'il devoit juger du bruit qu'il
venoit d'entendre. Nous retournames à
noſtre auberge. Nous primes ce que
nous y avions de meilleur, & montant
ſur nos mules, nous ſortimes de la ville
ſans attendre le jour.

Nous comprimes bien que cette affaire pourroit avoir des ſuites, & qu'on
feroit dans Tolede des perquiſitions que
nous n'avions pas tort de prévenir.
Nous allames coucher à Villarubia. Nous
logeames dans une hoſtellerie, où quelque temps aprés nous il arriva un Marchand de Tolede qui alloit à Segorbe.
Nous ſoupames avec lui. Il nous conta
l'avanture tragique du mari de Violante,
& il eſtoit ſi éloigné de nous ſoupçonner
d'y avoir part, que nous luy fimes hardiment toute ſorte de queſtions. Meſſieurs, nous dit-il, comme je partois ce
matin, j'ay appris ce triſte évenement.
On cherchoit par tout Violante & l'on
m'a dit que le Corregidor, qui eſt parent de Don Baltazar, a reſolu de ne

rien épargner pour découvrir les auteurs
de ce meurtre. Voila tout ce que je
scay.

Je ne fus guere alarmé des recherches du Corregidor de Tolede. Cependant je formay la resolution de sortir
promptement de la Castille nouvelle. Je
fis reflexion que Violante retrouvée
avouëroit tout, & que sur le portrait
qu'elle feroit de ma personne à la justice, on mettroit des gens à mes trous-
ses. Cela fut cause que dés le jour suivant nous evitames le grand chemin par
précaution. Heureusement Lamela con-
noissoit les trois quarts de l'Espagne, &
sçavoit par quels detours nous pouvions
seurement nous rendre en Aragon. Au
lieu d'aller tout droit à Cuença, nous
nous engageames dans les montagnes
qui sont devant cette ville, & par des
sentiers qui n'estoient pas inconnus à
mon guide, nous arrivames devant une
grotte qui me parut avoir tout l'air d'un
hermitage. Effectivement c'estoit celuy
où vous estes venu hier au soir me demander un azyle.

Pendant que j'en considerois les environs qui offroient à ma veuë un pay-
sage des plus charmans, mon compagnon

me dit : Il y a six ans que je paſſay par
icy. Dans ce temps-là cette grotte ſer-
voit de retraite à un vieil hermite qui
me receut charitablement. Il me fit part
de ſes proviſions. Je me ſouviens que
c'eſtoit un ſaint homme, & qu'il me tint
des diſcours qui penſerent me détacher
du monde. Il vit peut-eſtre encore. Je
vais m'en éclaircir. En achevant ces
mots, le curieux Ambroiſe deſcendit
de deſſus ſa mule & entra dans l'hermitage. Il y demeura quelques momens. Puis il revint, & m'appellant :
Venez, me dit-il, Don Raphaël,
venez voir une choſe trés-touchante.
Je mis auſſitoſt pied à terre. Nous at-
tachames nos mules à des arbres, &
je ſuivis Lamela dans la grotte, où
j'apperceus ſur un grabat un vieil Anachorete tout eſtendu paſle & mourant. Une barbe blanche & fort épaiſſe
luy couvroit l'eſtomach, & l'on voyoit
dans ſes mains jointes un grand roſaire
entrelaſſé. Au bruit que nous fimes en
nous approchant de luy, il ouvrit des
yeux que la mort déja commençoit à
fermer, & aprés nous avoir enviſagez un
inſtant : *Qui que vous ſoyez*, nous dit-
il, *mes freres, profitez du ſpectacle*
qui

qui se présente à vos regards. J'ay passé quarante années dans le monde & soixante dans cette solitude. Ah qu'en ce moment le temps que j'ay donné à mes plaisirs me paroist long, & qu'au contraire celuy que j'ay consacré à la penitence me semble court! Helas, je crains que les austeritez de Frere Juan n'ayent pas assez expié les pechez du Licencié Don Juan de Solis.

Il n'eut pas achevé ces mots, qu'il expira. Nous fumes frappez de cette mort. Ces sortes d'objets font toûjours quelque impression sur les plus grands libertins mesmes. Mais nous n'en fumes pas long-temps touchez. Nous oubliames bientoft ce qu'il venoit de nous dire, & nous commençames à faire un inventaire de tout ce qui estoit dans l'hermitage. Ce qui ne nous occupa pas infiniment. Tous les meubles consistant dans ceux que vous avez pû remarquer dans la grotte. Le frere Juan n'estoit pas seulement mal meublé, il avoit encore une très-mauvaise cuisine. Nous ne trouvames chez luy pour toutes provisions que des noisettes & quelques grignons de pain d'orge fort durs, que les gencives du saint homme n'avoient apparemment pû

broyer. Je dis ſes gencives , car nous
remarquames que toutes les dents luy
eſtoient tombées. Tout ce que cette demeure ſolitaire contenoit , tout ce que
nous conſiderions , nous faiſoit regarder
ce bon Anachorete comme un ſaint. Une
choſe ſeule nous choqua : nous ouvrimes un papier plié en forme de lettre
qu'il avoit mis ſur une table, & par lequel il prioit la perſonne qui liroit ce
billet , de porter ſon roſaire & ſes ſandales à l'Eveſque de Cuença. Nous ne
ſçavions dans quel eſprit ce nouveau
Pere du deſert pouvoit avoir envie de
faire un pareil préſent à ſon Eveſque.
Cela nous ſembloit bleſſer l'humilité , &
nous paroiſſoit d'un homme qui vouloit
trancher du bienheureux. Peut-eſtre
auſſi n'y avoit-il là dedans que de la
ſimplicité. C'eſt ce que je ne decideray
point.

En nous entretenant là-deſſus, il vint
une idée aſſez plaiſante à Lamela. Demeurons, me dit-il, dans cet hermitage. Deguiſons-nous en hermites. Enter-
rons le frere Juan. Vous paſſerez pour
luy , & moy , ſous le nom de Frere Antoine j'iray queſter dans les villes &
les bourgs voiſins. Outre que nous ſe-

rons à couvert des perquisitions du Corregidor, car je ne pense pas qu'on s'a-
vise de nous venir chercher icy, j'ay à
Cuença de bonnes connoissances que
nous pourrons entretenir. J'approuvay
cette bizarre imagination, moins pour
les raisons qu'Ambroise me disoit, que
par fantaisie & comme pour joüer un
rolle dans une piece de theatre. Nous
fimes une fosse à trente ou quarante pas
de la grotte, & nous y enterrames mo-
destement le vieil Anachorete, aprés
l'avoir depoüillé de ses habits, c'est à
dire d'une simple robe que noüoit par
le milieu une ceinture de cuir. Nous
luy coupames aussi la barbe pour m'en
faire une postiche, & enfin aprés ses
funerailles nous primes possession de
l'hermitage.

Nous fimes fort mauvaise chere le
premier jour. Il nous fallut vivre des
provisions du deffunt ; mais le lendemain, avant le lever de l'aurore, Lamela se mit en campagne avec les deux
mules qu'il alla vendre à Toralva, &
le soir il revint chargé de vivres & d'autres choses qu'il avoit achetées. Il en
aporta tout ce qui estoit necessaire pour
nous travestir. Il se fit luy-mesme une

robe de bure & une petite barbe rouſſe
de crins de cheval, qu'il s'attacha ſi artiſtement aux oreilles, qu'on euſt juré
qu'elle eſtoit naturelle. Il n'y a point de
garçon au monde plus adroit que luy. Il
treſſa auſſi la barbe du Frere Juan ; il
me l'appliqua, & mon bonnet de laine
brune achevoit de couvrir l'artifice ; on
peut dire que rien ne manquoit à noſtre
deguiſement. Nous nous trouvions l'un
& l'autre ſi plaiſamment équippez, que
nous ne pouvions ſans rire nous regarder ſous ces habits, qui veritablement
ne nous convenoient guere. Avec la
robe de Frere Juan, j'avois ſon roſaire
& ſes ſandales, dont je ne me fis pas un
ſcrupule de priver l'Eveſque de Cuença.

Il y avoit déja trois jours que nous
eſtions dans l'hermitage, ſans y avoir
veu paroiſtre perſonne ; mais le quatriéme, il entra dans la grotte deux payſans. Ils aportoient du pain, du fromage
& des oignons au deffunt qu'ils croyoient
encore vivant. Je me jettay ſur noſtre
grabat, dés que je les apperceus, & il
ne me fut pas difficile de les tromper.
Outre qu'on ne voyoit point aſſez pour
pouvoir bien diſtinguer mes traits, j'i-
mitay le mieux que je pus, le ſon de la

voix du Frere Juan, dont j'avois entendu les dernieres paroles. Ils n'eurent aucun soupçon de cette supercherie. Ils parurent seulement étonnez de rencontrer là un autre hermite ; mais Lamela remarquant leur surprise, leur dit d'un air hypocrite : Mes freres, ne soyez pas surpris de me voir dans cette solitude. J'ay quitté un hermitage que j'avois en Aragon, pour venir icy tenir compagnie au venerable & discret Frere Juan, qui, dans l'extreme vieillesse où il est, a besoin d'un camarade qui puisse pourvoir à ses besoins. Les paysans donnerent à la charité d'Ambroise des loüanges infinies, & temoignerent qu'ils estoient bien-aises de pouvoir se vanter d'avoir deux saints personnages dans leur contrée.

Lamela chargé d'une grande besace, qu'il n'avoit pas oublié d'achéter, alla pour la premiere fois quêter dans la ville de Cuença, qui n'est éloignée de l'hermitage que d'une petite lieuë. Avec l'exterieur pieux qu'il a receu de la nature & l'art de le faire valoir qu'il possede au supreme degré, il ne manqua pas d'exciter les personnes charitables à luy faire l'aumosne. Il remplit sa besace de

leurs liberalitez. Monfieur Ambroife,
luy di-je à fon retour, je vous felicite
de l'heureux talent que vous avez pour
attendrir les ames chreftiennes. Vive-
Dieu, l'on diroit que vous avez efté
Frere Quefteur chez les Capucins. J'ay
fait bien autre chofe que remplir mon
biffac, me répondit-il. Vous fçaurez que
j'ay deterré certaine Nymphe appellée
Barbe que j'aimois autrefois. Je l'ay
trouvé bien changée. Elle s'eft mife comme nous dans la devotion. Elle demeure
avec deux ou trois autres Beates qui
édifient le monde en public & menent
une vie fcandaleufe en particulier. Elle
ne me reconnoiffoit pas d'abord : Comment donc, luy ai-je dit, Madame Barbe, eft-il poffible que vous ne remettiez
point un de vos anciens amis, voftre
ferviteur Ambroife ? Par ma foy, Seigneur de Lamela, s'eft-elle écriée, je
ne me ferois jamais attenduë à vous revoir fous les habits que vous portez. Par
quelle avanture eftes-vous devenu hermite ? C'eft ce que je ne puis vous raconter préfentement, luy ai-je reparti.
Le detail eft un peu long ; mais je vien-
dray demain au foir fatisfaire voftre curiofité. De plus, je vous ameneray le

Frere Juan mon compagnon. Le Frere
Juan, a-t-elle interrompu, ce bon hermite qui a un hermitage auprés de cette
ville ? Vous n'y penſez pas. On dit qu'il
a plus de cent ans. Il eſt vray, luy ai-je
dit qu'il a eu cet âge-là. Mais il a bien
rajeuni depuis quelques jours. Il n'eſt
pas plus vieux que moy. Hé bien qu'il
vienne avec vous, a repliqué Barbe. Je
vois bien qu'il y a du myſtere là - deſ-
ſous.

Nous ne manquames pas le lendemain, dés qu'il fut nuit, d'aller chez ces
Bigotes, qui pour nous mieux recevoir
avoient préparé un grand repas. Nous
oſtames d'abord nos barbes & nos habits d'Anachoretes, & ſans façon nous
fimes connoiſtre à ces Princeſſes qui
nous eſtions. De leur coſté, de peur de
demeurer en reſte de franchiſe avec
nous, elles nous montrerent de quoy
ſont capables de fauſſes devotes, quand
elles banniſſent la grimace. Nous paſſames preſque toute la nuit à table, &
nous ne nous retirames à noſtre grotte
qu'un moment avant le jour. Nous y
retournames bientoſt aprés ; ou pour
mieux dire, nous fimes la meſme choſe
pendant trois mois, & nous mangeames

avec ces Nymphes plus des deux tiers
de nos efpeces. Mais un jaloux qui a
tout découvert en a informé la juftice,
qui doit aujourd'huy fe tranfporter à
l'hermitage pour fe faifir de nos perfonnes. Hier Ambroife en queftant à
Cuença rencontra une de nos Beates qui
luy donna un billet & luy dit : Une femme de mes amies m'écrit cette lettre que
j'allois vous envoyer par un homme exprés. Montrez-la au Frere Juan, &
prenez vos mefures là-deffus. C'eft ce
billet, Meffieurs, que Lamela m'a mis
entre les mains devant vous, & qui nous
a fi brufquement fait quitter noftre demeure folitaire.

CHAPITRE II.

*Du confeil que Don Raphaël & fes au-
diteurs tinrent enfemble, & de l'a-
vanture qui leur arriva lorfqu'ils
voulurent fortir du bois.*

QUand Don Raphaël eut achevé de
conter fon hiftoire, dont le récit
me parut un peu long, Don Alphonfe
par politeffe luy temoigna qu'elle l'avoit

fort diverti. Aprés cela, le Seigneur
Ambroise prit la parole, & l'adressant
au compagnon de ses exploits, Don Raphaël, luy dit-il, songez que le soleil
se couche. Il seroit à propos, ce me
semble, de deliberer sur ce que nous
avons à faire. Vous avez raison, luy
répondit son camarade; il faut determiner
l'endroit où nous voulons aller. Pour
moy, reprit Lamela, je suis d'avis que
nous nous remettions en chemin sans
perdre de temps, que nous gagnions
Requena cette nuit, & que demain nous
entrions dans le Royaume de Valence
où nous donnerons l'essor à nostre industrie. Je pressens que nous y ferons
de bons coups. Son confrere qui croyoit
là-dessus ses pressentimens infaillibles,
se rangea de son opinion. Pour Don Alphonse & moy, comme nous nous lais-
sions conduire par ces deux honnestes
gens, nous attendimes, sans rien dire,
le resultat de la conference.

Il fut donc resolu que nous prendrions la route de Requena, & nous
commençames à nous y disposer. Nous
fimes un repas semblable à celuy du matin; puis nous chargeames le cheval de
l'outre & du reste de nos provisions. En-

suite la nuit qui survint nous prestant
l'obscurité dont nous avions besoin pour
marcher seurement , nous voulumes
sortir du bois ; mais nous n'eumes pas
fait cent pas , que nous découvrimes
entre les arbres une lumiere qui nous
donna beaucoup à penser. Que signifie
cela , dit Don Raphaël ? Ne seroit ce
point les furets de la justice de Cuença
qu'on auroit mis sur nos traces, & qui
nous sentant dans cette forest, nous y
viendroient chercher ? Je ne le crois pas,
dit Ambroise. Ce sont plustost des voya-
geurs. La nuit les aura surpris & ils se-
ront entrez dans ce bois pour y attendre
le jour ; mais, ajouta-t-il, je puis me
tromper. Je vais reconnoistre ce que
c'est. Demeurez icy tous trois. Je seray
de retour dans un moment. A ces mots,
il s'avance vers la lumiere qui n'estoit
pas fort éloignée ; il s'en approche à pas
de loup. Il écarte doucement les feüilles
& les branches qui s'opposent à son passage, & regarde avec toute l'attention
que la chose luy paroist meriter. Il vit
sur l'herbe, autour d'une chandelle qui
brusloit dans une motte de terre, quatre hommes assis qui achevoient de manger un pasté & de vuider un assez gros

outre qu'ils baifoient à la ronde. Il apperceut encore à quelques pas d'eux
une femme & un Cavalier attachez à
des arbres , & un peu plus loin une
chaize roulante avec deux mules riche-
ment caparaçonnées. Il jugea d'abord
que les hommes affis devoient eftre des
voleurs , & les difcours qu'il leur entendit tenir , luy firent connoiftre qu'il
ne fe trompoit pas dans fa conjecture.
Les quatre brigands faifoient voir une
égale envie de poffeder la Dame qui
eftoit tombée entre leurs mains , & ils
parloient de la tirer au fort. Lamela
inftruit de ce que c'eftoit , vint nous
rejoindre , & nous fit un fidelle raport
de tout ce qu'il avoit veu & entendu.

Meffieurs , dit alors Don Alphonfe ,
cette Dame & ce Cavalier que les voleurs ont attachez à des arbres , font
peut-eftre des perfonnes de la premiere
qualité. Souffrirons - nous que des brigands les faffent fervir de victimes à
leur barbarie & à leur brutalité ? croyez-
moy , chargeons ces bandits. Qu'ils
tombent fous nos coups. J'y confens ,
dit Don Raphaël. Je ne fuis pas moins
preft à faire une bonne action qu'une
mauvaife. Ambroife de fon cofté te-

moigna qu'il ne demandoit pas mieux
que de prester la main à une entreprise
si loüable, & dont il prévoyoit, disoit-
il, que nous serions bien payez. J'ose
dire aussi qu'en cette occasion le peril
ne m'épouvanta point, & que jamais
aucun Chevalier errant ne se montra
plus prompt au service des Demoisel-
les. Mais pour dire les choses sans trahir la verité, le danger n'estoit pas
grand ; car Lamela nous ayant raporté
que les armes des voleurs estoient toutes en un monceau à dix ou douze pas
d'eux, il ne nous fut pas fort difficile
d'executer nostre dessein. Nous liames
nostre cheval à un arbre, & nous nous
approchames à petit bruit de l'endroit où
estoient les brigands. Ils s'entretenoient
avec beaucoup de chaleur & faisoient
un bruit qui nous aidoit à les surprendre. Nous nous rendimes maistres de
leurs armes avant qu'ils nous décou-
vrissent, puis tirant sur eux à bout-por-
tant, nous les étendimes tous sur la
place.

Pendant cette expedition la chandelle s'éteignit, de sorte que nous de-
meurames dans l'obscurité. Nous ne
laissames pas toutefois de délier l'hom-

me & la femme, que la crainte tenoit
faifis à un point, qu'ils n'avoient pas la
force de nous remercier de ce que nous
venions de faire pour eux. Il eft vray
qu'ils ignoroient encore s'ils devoient
nous regarder comme leurs liberateurs,
ou comme de nouveaux bandits qui ne les
enlevoient point aux autres pour les mieux
traiter. Mais nous les raffurames en leur
difant que nous allions les conduire jufqu'à une hoftellerie qu'Ambroife foû:e-
noit eftre à une demi-lieuë de là, & qu'ils
pourroient en cet endroit prendre toutes
les précautions neceffaires pour fe rendre
feurement où ils avoient affaire. Aprés
cette affurance, dont ils parurent trés-
fatisfaits, nous les remimes dans leur
chaize, & les tirames hors du bois en
tenant la bride de leurs mules. Nos
Anachoretes vifiterent enfuite les poches des vaincus. Puis nous allames re-
prendre le cheval de Don Alphonfe.
Nous primes auffi ceux des voleurs que
nous trouvames attachez à des arbres
auprés du champ de bataille. Puis em-
menant avec nous tous ces chevaux
nous fuivimes le Frere Antoine, qui
monta fur une des mules pour mener la
chaize à l'hoftellerie, où nous n'arri-

vames pourtant que deux heures aprés, quoy qu'il eust assuré qu'elle n'estoit pas fort éloignée du bois.

Nous frappames rudement à la porte. Tout le monde estoit déja couché dans la maison. L'hoste & l'hostesse se leverent à la haste, & ne furent nullement fachez de voir troubler leur repos par l'arrivée d'un équipage qui paroissoit devoir faire chez eux beaucoup plus de depense qu'il n'en fit. Toute l'hostellerie fut éclairée dans un moment. Don Alphonse & l'illustre fils de Lucinde donnerent la main au Cavalier & à la Dame pour les aider à descendre de la chaize ; ils leur servirent mesme d'écuyers jusqu'à la chambre où l'hoste les conduisit. Il se fit là bien des complimens, & nous ne fumes pas peu étonnez quand nous apprimes que c'estoit le Comte de Polan luy-mesme & sa fille Seraphine que nous venions de delivrer. On ne sçauroit dire quelle fut la surprise de cette Dame non plus que celle de Don Alphonse, lorsqu'ils se reconnurent tous deux. Le Comte n'y prit pas garde, tant il estoit occupé d'autres choses. Il se mit à nous raconter de quelle maniere les voleurs l'avoient

attaqué, & comment ils s'eſtoient ſaiſis
de ſa fille & de luy, aprés avoir tué
ſon poſtillon, un page & un valet de
chambre. Il finit en nous diſant qu'il
ſentoit vivement l'obligation qu'il nous
avoit, & que ſi nous voulions l'aller
trouver à Tolede où il ſeroit dans un
mois, nous éprouverions s'il eſtoit ingrat ou reconnoiſſant.

La fille de ce Seigneur n'oublia pas
de nous remercier auſſi de ſon heureuſe
delivrance, & comme nous jugeames
Raphaël & moy que nous ferions plaiſir à Don Alphonſe ſi nous luy donnions le moyen de parler un moment en
particulier à cette jeune veuve, nous y
reüſſimes en amuſant le Comte de Polan. Belle Seraphine, dit tout bas Don
Alphonſe à la Dame, je ceſſe de me
plaindre du ſort qui m'oblige à vivre
comme un homme banni de la ſocieté
civile, puiſque j'ay eu le bonheur de
contribuer au ſervice important qui vous
a eſté rendu. Hé quoy, luy répondit-
elle en ſoupirant, c'eſt vous qui m'avez
ſauvé la vie & l'honneur ! C'eſt à vous
que nous ſommes, mon pere & moy,
ſi redevables ? Ah Don Alphonſe,
pourquoy avez-vous tué mon frere ?

Elle ne luy en dit pas davantage ; mais il comprit aſſez par ces paroles & par le Ton dont elles furent prononcées, que s'il aimoit éperduëment Seraphine, il n'en eſtoit guere moins aimé.

Fin du cinquiéme Livre.

HISTOIRE

HISTOIRE
DE
GIL BLAS
DE SANTILLANE.
LIVRE SIXIE'ME.

CHAPITRE PREMIER.

De ce que Gil Blas & ses compagnons firent aprés avoir quitté le Comte de Polan ; du projet important qu' Ambroise firma, & de quelle maniere il fut executé.

E Comte de Polan aprés avoir passé la moitié de la nuit à nous remercier, & à nous assurer que nous pouvions compter sur sa reconnoissance, appella l'hoste pour le

Tome II.   C c

conſulter ſur les moyens de ſe rendre
ſeurement à Turis où il avoit deſſein
d'aller. Nous laiſſames ce Seigneur prendre ſes meſures là-deſſus. Nous ſortimes de l'hoſtellerie, & ſuivimes la route
qu'il plut à Lamela de choiſir.

A prés deux heures de chemin, le jour
nous ſurprit auprés de Campillo. Nous
gagnames promptement les montagnes
qui ſont entre ce bourg & Requena.
Nous y paſſames la journée à nous repoſer, & à compter nos finances que l'argent des voleurs avoit fort augmentées,
car on avoit trouvé dans leurs poches
plus de trois cens piſtoles. Nous nous
remimes en marche au commencement
de la nuit, & le lendemain matin nous
entrames dans le Royaume de Valence.
Nous nous retirames dans le premier
bois qui s'offrit à nos yeux. Nous nous
y enfonçames, & nous arrivames à un
endroit où couloit un ruiſſeau d'une onde
cryſtalline qui alloit joindre lentement
les eaux du Guadalaviar. L'ombre que
les arbres nous preſtoient, & l'herbe
que le lieu fourniſſoit abondamment à
nos chevaux, nous auroient determinez
à nous y arreſter, quand nous n'aurions
pas eſté dans cette reſolution.

Nous mimes donc là pied à terre, &
nous nous difpofions à paffer la journée
fort agreablement; mais lorfque nous voulumes dejeuner, nous nous apperceûmes
qu'il nous reftoit trés-peu de vivres. Le
pain commençoit à nous manquer, & noftre outre eftoit devenu un corps fans ame.
Meffieurs, nous dit Ambroife, les plus
charmantes retraites ne me plaifent guere
fans Bacchus & fans Cerés. Il faut renou-
veller nos provifions. Je vais pour cet effet
à Xelva. C'eft une affez belle ville, qui
n'eft qu'à deux lieuës d'icy. J'auray bientoft fait ce petit voyage. En parlant de
cette forte, il chargea un cheval de l'outre & de la beface, monta deffus, &
fortit du bois avec une viteffe qui promettoit un prompt retour.

Il ne revint pourtant pas fitoft qu'il
nous l'avoit fait efperer. Plus de la moitié du jour s'écoula : la nuit mefme déja
s'appreftoit à couvrir les arbres de fes
aifles noires, quand nous revîmes noftre
pourvoyeur, dont le retardement commençoit à nous donner de l'inquietude.
Il trompa noftre attente par la quantité
de chofes dont il revint chargé. Il apor-
toit non feulement l'outre plein d'un vin
excellent & la beface remplie de pain &

de toute forte de gibier rofti, il y avoit
encore fur fon cheval un gros paquet de
hardes, que nous regardames avec beaucoup d'attention. Il s'en apperceut, &
nous dit en foûriant : Je le donne à Don
Raphaël & à toute la terre enfemble à
deviner pourquoy j'ay acheté ces har-
des-là. En difant ces paroles, il defit le
paquet pour nous montrer en détail ce
que nous confiderions en gros. Il nous
fit voir un manteau & une robe noire
fort longue ; deux pourpoints avec leurs
haut-de-chauffes ; une de ces écritoires
compofées de deux pieces liées par un
cordon, & dont le cornet eft feparé de
l'étuy où l'on met les plumes ; une main
de beau papier blanc ; un cadenat avec
un gros cachet & de la cire verte ; &
lorfqu'il nous eut enfin exhibé toutes fes
emplettes, Don Raphaël luy dit en plai-
fantant : Vive Dieu, Monfieur Ambroife, il faut avoüer que vous avez fait
là un bon achat. Quel ufage, s'il vous
plaift, en pretendez-vous faire ? Un admirable, répondit Lamela. Toutes ces
chofes ne m'ont coufté que dix doublons,
& je fuis perfuadé que nous en retire-
rons plus de cinq cens. Comptez là-
deffus. Je ne fuis pas homme à me char-

ger de nippes inutiles , & pour vous prouver que je n'ay point acheté tout cela
comme un fot, je vais vous communi-
quer un projet que j'ay formé.

Aprés avoir fait ma provifion de pain,
pourfuivit-il, je fuis entré chez un Rô-
tiffeur où j'ay ordonné qu'on mift à la
broche fix perdrix, autant de poulets &
de lapreaux. Tandis que ces viandes cui-
foient, il arrive un homme en colere &
qui fe plaignant hautement des manieres
d'un Marchand de la ville à fon égard,
dit au Rotiffeur : Par faint Jacques,
Samuel Simon eft le Marchand de Xelva
le plus ridicule. Il vient de me faire un
affront en pleine boutique. Le ladre n'a
pas voulu me faire credit de fix aunes
de drap. Cependant il fçait bien que je
fuis un artifan folvable & qu'il n'y a
rien à perdre avec moy. N'admirez-vous
pas cet animal ? il vend volontiers à credit aux perfonnes de qualité. Il aime
mieux hazarder avec eux, que d'obliger
un honnefte Bourgeois fans rien rifquer. Quelle manie ! le maudit Juif !
puiffe-t-il y eftre attrapé ! Mes fouhaits
feront accomplis quelque jour. Il y a
bien des Marchands qui m'en répon-
droient.

En entendant parler ainſi cet artiſan, qui a dit beaucoup d'autres choſes encore, j'ay eu je ne ſçay quel preſſentiment que je friponneray ce Samuel Simon. Mon ami, ai-je dit à l'homme qui ſe plaignoit de ce Marchand, de quel caractere eſt ce perſonnage dont vous parlez ? D'un trés-mauvais caractere, a-t-il répondu bruſquement. Je vous le donne pour un uſurier tout des plus vifs, quoy qu'il affecte les allures d'un homme de bien. C'eſt un Juif qui s'eſt fait Catholique ; mais dans le fonds de l'ame il eſt encore Juif comme Pilate, car on dit qu'il a fait abjuration par intereſt.

J'ay preſté une oreille attentive à tous les diſcours de l'artiſan, & je n'ay pas manqué, au ſortir de chez le Rotiſſeur, de m'informer de la demeure de Samuel Simon. Une perſonne me l'enſeigne. On me la montre. Je parcours des yeux ſa boutique. J'examine tout, & mon imagination, prompte à m'obeïr, enfante une fourberie que je digere & qui me paroiſt digne du valet du Seigneur Gil Blas. Je vais à la friperie où j'achete ces habits que j'aporte ; l'un pour joüer le rolle d'Inquiſiteur, l'autre, pour repréſenter un Greffier, & le troiſiéme enfin, pour faire le personnage d'un Alguazil.

Ah mon cher Ambroise, interrompit
en cet endroit Don Raphaël tout tranſporté de joye, la merveilleuſe idée ! le
beau plan ! Je ſuis jaloux de l'invention.
Je donnerois volontiers les plus grands
traits de ma vie pour un effort d'eſprit
ſi heureux ! Ouy, Lamela, pourſuivit-
il, je vois, mon ami, toute la richeſſe
de ton deſſein ; & l'execution ne doit
pas t'inquieter. Tu as beſoin de deux
bons acteurs qui te ſecondent. Ils ſont
tout trouvez. Tu as un air de Beat ; tu
feras fort bien l'Inquiſiteur. Moy, je re-
preſenteray le Greffier, & le Seigneur
Gil Blas, s'il luy plaiſt, joüëra le rolle
de l'Alguazil. Voila, continua-t-il, les
perſonnages diſtribuez ; demain nous
joüërons la piece ; & je réponds du ſuccés, à moins qu'il n'arrive quelqu'un de
ces contretemps qui confondent les deſ-
ſeins les mieux concertez.

Je ne concevois encore que trés-con-
fuſément le projet que Don Raphaël
trouvoit ſi beau ; mais on me mit au fait
en ſoupant, & le tour me parut ingenieux. Aprés avoir expedié une partie
du gibier & fait à noſtre outre une copieuſe ſaignée, nous nous étendimes ſur

l'herbe, & nous fumes bientoft endor-
mis. Debout, debout, s'écria le Seigneur
Ambroife à la pointe du jour ! Des gens
qui ont de grandes entreprifes à executer ne doivent pas eftre pareffeux. Mal-
pefte, Monfieur l'Inquifiteur, luy dit
Don Raphaël en fe reveillant, que vous
eftes alerte ! Cela ne vaut pas le diable
pour Monfieur Samuel Simon. J'en demeure d'accord, reprit Lamela. Je vous
diray de plus, ajouta-t-il en riant, que
j'ay refvé cette nuit que je luy arrachois
des poils de la barbe. N'eft-ce pas là un
vilain fonge pour luy, Monfieur le Greffier ? Ces plaifanteries furent fuivies de
mille autres qui nous mirent tous de
belle humeur. Nous dejeunames gayement, & nous nous difpofames enfuite
à faire nos perfonnages. Ambroife fe
reveftit de la longue robe & du manteau;
de forte qu'il avoit tout l'air d'un Commiffaire du Saint Office. Nous nous ha-
billames auffi Don Raphaël & moy de
façon que nous ne reffemblions point
mal aux Greffiers & aux Alguazils. Nous
employames bien du temps à nous de-
guifer, & il eftoit plus de deux heures
aprés midi, lorfque nous fortimes du
bois pour nous rendre à Xelva. Il eft
vray

vray que rien ne nous preſſoit, & que
nous devions ne commencer la comedie
qu'à l'entrée de la nuit. Auſſi nous n'allames qu'au petit pas, & nous nous arreſtames aux portes de la ville pour y attendre la fin du jour.

Dés qu'elle fut arrivée, nous laiſſames nos chevaux dans cet endroit ſous
la garde de Don Alphonſe, qui ſe ſceut
bon gré de n'avoir point d'autre rolle à
faire. Don Raphaël, Ambroiſe & moy
nous allames d'abord, non chez Samuel
Simon, mais chez un Cabaretier qui demeuroit à deux pas de ſa maiſon. Món-
ſieur l'Inquiſiteur marchoit le premier.
Il entre, & dit gravement à l'hoſte :
Maiſtre, je voudrois vous parler en particulier. L'hoſte nous mena dans une
ſalle, où Lamela le voyant ſeul avec
nous, luy dit : Je ſuis Commiſſaire du
Saint Office, & je viens icy pour une
affaire trés-importante. A ces paroles,
le Cabaretier paſlit & répondit d'une voix
tremblante qu'il ne croyoit pas avoir
donné ſujet à la ſainte Inquiſition de ſe
plaindre de luy. Auſſi, reprit Ambroiſe
d'un air doux, ne ſonge-t-elle point à
vous faire de la peine. A Dieu ne plaiſe
que trop prompte à punir, elle confonde

le crime avec l'innocence. Elle eſt ſevere, mais toûjours juſte. En un mot,
pour eprouver ſes châtimens, il faut les
avoir meritez. Ce n'eſt donc pas vous
qui m'amenez à Xelva. C'eſt un certain
Marchand qu'on appelle Samuel Simon.
Il nous a eſté fait de luy un trés mauvais
raport. Il eſt, dit-on, toûjours Juif, &
il n'a embraſſé le Chriſtianiſme que par
des motifs purement humains. Je vous
ordonne de la part du Saint Office de me
dire ce que vous ſçavez de cet homme-
là. Gardez-vous, comme ſon voiſin &
peut-eſtre ſon ami, de vouloir l'excuſer,
car, je vous le declare, ſi j'apperçois
dans voſtre temoignage le moindre menagement, vous eſtes perdu vous-meſme. Allons, Greffier, pourſuivit-il, en
ſe tournant vers Raphaël, faites voſtre
devoir.

Monſieur le Greffier qui déja tenoit à
la main ſon papier & ſon écritoire, s'aſſit à
une table, & ſe prépara de l'air du monde le plus ſerieux à écrire la dépoſition
de l'hoſte, qui de ſon coſté proteſta
qu'il ne trahiroit point la verité. Cela
eſtant, luy dit le Commiſſaire Inquiſiteur, nous n'avons qu'à commencer. Répondez ſeulement à mes queſtions ; je

ne vous en demande pas davantage.
Voyez vous Samuel Simon frequenter
les Eglifes ? C'eſt à quoy je n'ay pas pris
garde, dit le Cabaretier. Je ne me ſouviens pas de l'avoir veu à l'Eglife. Bon,
s'écria l'Inquiſiteur, écrivez qu'on ne
le voit jamais dans les Eglifes. Je ne dis
pas cela, Monſieur le Commiſſaire, repliqua l'hoſte. Je dis ſeulement que je
ne l'ay point veu. Il peut eſtre dans une
Eglife où je ſeray, ſans que je l'apper-
çoive. Mon ami, reprit Lamela, vous
oubliez qu'il ne faut point dans voſtre
interrogatoire excuſer Samuel Simon. Je
vous en ay dit les conſequences. Vous
ne devez dire que des choſes qui ſoient
contre luy & pas un mot en ſa faveur.
Sur ce pied là, Seigneur Licencié, repartit l'hoſte, vous ne tirerez pas grand
fruit de ma dépoſition. Je ne connois
point le Marchand dont il s'agit ; je
n'en puis dire ni bien ni mal ; mais ſi
vous voulez ſçavoir comment il vit dans
ſon domeſtique, je vais appeller Gaſpard
ſon garçon que vous interrogerez. Ce
garçon vient icy quelquefois boire avec
ſes amis. Quelle langue ! Il vous dira
toute la vie de ſon maiſtre, & donnera
ſur ma parole de l'occupation à voſtre
Greffier.   D d ij

J'aime voſtre franchiſe, dit alors Ambroiſe, & c'eſt temoigner du zele pour
le Saint Office, que de m'enſeigner un
homme inſtruit des mœurs de Simon.
J'en rendray compte à l'Inquiſition. Haſ-
tez - vous donc, continua - t - il, d'aller
chercher ce Gaſpard dont vous parlez;
mais faites les choſes diſcretement; que
ſon maiſtre ne ſe doute point de ce qui
ſe paſſe. Le Cabaretier s'acquitta de ſa
commiſſion avec beaucoup de ſecret &
de diligence. Il amena le garçon Marchand. C'eſtoit un jeune homme des
plus babillards, & tel qu'il nous le falloit. Soyez le bien venu, mon enfant,
luy dit Lamela. Vous voyez en moy un
Inquiſiteur nommé par le Saint Office
pour informer contre Samuel Simon,
que l'on accuſe de judaïſer. Vous demeurez chez luy ; par conſequent vous
eſtes temoin de la pluſpart de ſes actions.
Je ne croy pas qu'il ſoit neceſſaire de
vous avertir que vous eſtes obligé de
declarer ce que vous ſçavez de luy,
quand je vous l'ordonneray de la part
de la ſainte Inquiſition. Seigneur Li-
cncié, répondit le garçon Marchand,
je ſuis tout preſt à vous contenter là-
deſſus, ſans que vous me l'ordonniez de

la part du Saint Office. Si l'on mettoit
mon maiftre fur mon chapitre, je fuis
perfuadé qu'il ne m'épargneroit point.
Ainfi je ne le menageray pas non plus,
& je vous diray premierement que c'eft
un fournois dont il eft impoffible de de-
mefler les mouvemens ; un homme qui
affecte tous les dehors d'un faint perfonnage, & qui dans le fonds n'eft nullement vertueux. Il va tous les foirs chez
une petite grifette. . . Je fuis bien-aife
d'apprendre cela, interrompit Ambroife;
& je vois par ce que vous me dites que
c'eft un homme de mauvaifes mœurs.
Mais répondez précifement aux queftions que je vais vous faire. C'eft particulierement fur la Religion que je fuis
chargé de fçavoir quels font fes fentimens. Dites-moy, mangez-vous du porc
dans voftre maifon ? Je ne penfe pas,
répondit Gafpard, que nous en ayons
mangé deux fois depuis une année que
j'y demeure. Fort bien, reprit Monfieur l'Inquifiteur, écrivez, Greffier,
qu'on ne mange jamais de porc chez
Samuel Simon. En recompenfe, continua-t-il, on y mange fans doute quelquefois de l'agneau ? Ouy quelquefois,
repartit le garçon ; nous en avons par

exemple mangé un aux dernieres festes de Pasques. L'époque est heureuse, s'écria le Commissaire, écrivez Greffier, que Simon fait la pasque. Cela va le mieux du monde, & il me paroist que nous avons receu de bons memoires.

Apprenez-moy encore, mon ami, poursuivit Lamela, si vous n'avez jamais veu vostre maistre caresser de petits enfans. Mille fois, répondit Gaspard. Lorsqu'il voit passer de petits garçons devant nostre boutique, pour peu qu'ils soient jolis, il les arreste & les flatte. Ecrivez, Greffier, interrompit l'Inquisiteur, que Samuel Simon est violemment soupçonné d'attirer chez luy les enfans des Chrestiens pour les égorger. L'aimable proselyte ! Oh oh, Monsieur Simon, vous aurez affaire au Saint Office sur ma parole. Ne vous imaginez pas qu'il vous laisse faire impunement vos barbares sacrifices. Courage, zelé Gaspard, dit-il au garçon Marchand, declarez tout. Achevez de faire connoistre que ce faux Catholique est attaché plus que jamais aux coustumes & aux ceremonies des Juifs. N'est-il pas vray que dans la semaine vous le voyez un jour dans une inaction totale ?

Non, répondit Gafpard, je n'ay point
remarqué celuy-là. Je m'apperçois feulement qu'il y a des jours où il s'enfer-
me dans fon cabinet & qu'il y demeure
trés-long-temps. Hé nous y voila, s'é-
cria le Commiffaire, il fait le fabbath,
ou je ne fuis pas Inquifiteur. Marquez
Greffier, marquez qu'il obferve reli-
gieufement le jeufne du fabbath. Ah
l'abominable homme ! Il ne me refte
plus qu'une chofe à demander. Ne par-
le-t-il pas auffi de Jerufalem ? Fort fouvent, repartit le garçon. Il nous con e
l'hiftoire des Juifs & de quelle maniere
fut detruit le temple de Jerufalem. Juftement, reprit Ambroife ; ne laiffez pas
échapper ce trait-là, Greffier ; écrivez
en gros caracteres que Samuel Simon
ne refpire que la reftauration du temple,
& qu'il medite jour & nuit le retabliffe-
ment de la nation. Je n'en veux pas
fçavoir davantage, & il eft inutile de
faire d'autres queftions. Ce que vient de
depofer le veridique Gafpard fuffiroit
pour faire bruler toute une Juiverie.

Aprés que Monfieur le Commiffaire
du Saint Office eut interrogé de cette
forte le garçon Marchand, il luy dit
qu'il pouvoit fe retirer, mais il luy or-

donna de la part de la fainte Inquifition
de ne point parler à fon maiftre de ce
qui venoit de fe paffer. Gafpard promit
d'obeïr & s'en alla. Nous ne tardames
guere à le fuivre ; nous fortimes de l'hoftellerie auffi gravement que nous y eftions entrez, & nous allames frapper à
la porte de Samuel Simon. Il vint luy-
mefme ouvrir, & s'il fut étonné de voir
chez luy trois figures comme les nof-
tres, il le fut bien davantage, quand Lamela, qui portoit la parole, luy dit d'un
ton imperatif : Maiftre Samuel, je vous
ordonne de la part de la fainte Inquifition dont j'ay l'honneur d'eftre Commiffaire, de me donner tout à l'heure
la clef de voftre cabinet. Je veux voir
fi je ne trouveray point de quoy juftifier les memoires qui nous ont efté pré-
fentez contre vous.

Le Marchand, que ce difcours deconcerta, fit deux pas en arriere comme
fi on luy euft donné une bourrade dans
l'eftomach. Bien loin de fe douter de
quelque fupercherie de noftre part, il
s'imagina de bonne foy qu'un ennemi
fecret l'avoit voulu rendre fufpect au
Saint Office ; peut-eftre auffi que ne fe
fentant pas trop bon Catholique, il avoit

fujet d'apprehender une information.
Quoy qu'il en foit, je n'ay jamais veu
d'homme plus troublé. Il obeït fans
refiftance, & avec tout le refpect que
peut avoir un homme qui craint l'Inquifition. Il nous ouvrit fon cabinet : Du
moins, luy dit Ambroife en y entrant,
du moins recevez-vous fans rebellion les
ordres du Saint Office ; mais, ajouta-t-
il, retirez-vous dans une autre chambre & me laiffez librement remplir mon
employ. Samuel ne fe revolta pas plus
contre cet ordre que contre le premier.
Il fe tint dans fa boutique, & nous entrames tous trois dans fon cabinet, où
fans perdre de temps nous nous mimes
à chercher fes efpeces. Nous les trouvames fans peine ; elles eftoient dans un
coffre ouvert & il y en avoit beaucoup
plus que nous n'en pouvions emporter.
Elles confiftoient en un grand nombre
de facs amoncelez, mais le tout en argent. Nous aurions mieux aimé de l'or ;
cependant les chofes ne pouvant eftre
autrement, il fallut s'accommoder à la
neceffité. Nous remplimes nos poches
de ducats. Nous en mimes dans nos
chauffes, & dans tous les autres endroits que nous jugeames propres à les

receler. Enfin, nous en estions pesam-
ment chargez sans qu'il y parust, &
cela par l'adresse d'Ambroise & par celle
de Don Raphaël qui me firent voir par
là qu'il n'est rien tel que de sçavoir son
métier.

Nous sortimes du cabinet, aprés y
avoir si bien fait nostre main, & alors
pour une raison que le Lecteur devinera
fort aisément, Monsieur l'Inquisiteur
tira son cadenat qu'il voulut attacher
luy-mesme à la porte. Ensuite il y mit
le scellé. Puis il dit à Simon : Maistre
Samuel, je vous deffens de la part de
la sainte Inquisition de toucher à ce cadenat, de mesme qu'à ce sceau que vous
devez respecter, puisque c'est le propre
sceau du Saint Office. Je reviendray icy
demain à la mesme heure pour le lever
& vous apporter des ordres. A ces mots,
il se fit ouvrir la porte de la ruë que nous
enfilames joyeusement l'un aprés l'autre. Dés que nous eumes fait une cin-
quantaine de pas, nous commençames
à marcher avec tant de vitesse & de le-
gereté, qu'à peine touchions-nous la
terre malgré le fardeau que nous por-
tions. Nous fumes bientost hors de la
ville, & remontant sur nos chevaux,

nous les poussames vers Segorbe, en
rendant graces au Dieu Mercure d'un si
heureux évenement.

CHAPITRE II.

De la resolution que Don Alphonse & Gil Blas prirent aprés cette avanture.

NOus allames toute la nuit, selon
noftre loüable couftume, & nous
nous trouvames au lever de l'aurore auprés d'un petit village à deux lieuës de
Segorbe. Comme nous eftions tous fatiguez, nous quittames volontiers le
grand chemin pour gagner des faules
que nous apperceumes au pied d'une col-
line à dix ou douze cens pas du village,
où nous ne jugeames point à propos de
nous arrefter. Nous trouvames que ces
faules faifoient un agréable ombrage &
qu'un ruiffeau lavoit le pied de ces arbres. L'endroit nous plut, & nous refolumes d'y paffer la journée. Nous mimes donc pied à terre. Nous débridames
nos chevaux pour les laiffer paiftre, &
nous nous couchames fur l'herbe. Nous

nous y repoſames un peu. Enſuite nous achevames de vuider noſtre beſace & noſtre outre. A prés un ample dejeuner, nous comptames tout l'argent que nous avions pris à Samuel Simon, Ce qui montoit à trois mille ducats. De ſorte qu'avec cette ſomme & celle que nous avions déja, nous pouvions nous vanter de n'eſtre point mal en fonds.

Comme il falloit aller à la proviſion, Ambroiſe & D. Raphaël, aprés avoir quitté leurs habits d'Inquiſiteur & de Greffier, dirent qu'ils vouloient ſe charger de ce ſoin là tous deux ; que l'avanture de Xelva ne faiſoit que les mettre en gouſt, & qu'ils avoient envie de ſe rendre à Segorbe pour voir s'il ne ſe préſenteroit pas quelque occaſion de faire un nouveau coup. Vous n'avez, ajouta le fils de Lucinde, qu'à nous attendre ſous ces ſaules. Nous ne tarderons pas à vous revenir joindre. Seigneur Don Raphaël, m'écrai je en riant, dites- nous platoſt de vous attendre ſous l'orme. Si vous nous quittez, nous avons bien la mine de ne vous revoir de long-temps. Ce ſoupçon nous offenſe, repliqua le Seigneur Ambroiſe ; mais nous meritons que vous nous faſſiez cet outrage.

Vous estes excusable de vous défier
de nous , aprés ce que nous avons fait
à Valladolid, & de vous imaginer que
nous ne ferions pas plus de scrupule de
vous abandonner que les camarades que
nous avons laissez dans cette ville. Vous
vous trompez pourtant. Les confreres
à qui nous avons faussé compagnie estoient des personnes d'un fort mauvais
caractere, & dont la societé commençoit à nous devenir insupportable. Il
faut rendre cette justice aux gens de
nostre profession, qu'il n'y a point d'as-
sociez dans la vie civile que l'interest
divise moins ; mais quand il n'y a pas
entre nous de conformité d'inclinations,
nostre bonne intelligence peut s'alterer
comme celle du reste des hommes. Ainsi,
Seigneur Gil Blas, poursuivit Lamela,
je vous prie vous & le Seigneur Don
Alphonse d'avoir un peu plus de confiance en nous, & de vous mettre l'esprit en repos sur l'envie que nous avons
Don Raphaël & moy d'aller à Segorbe.

Il est bien aisé , dit alors le fils de
Lucinde, de leur oster là - dessus tout
sujet d'inquietude. Ils n'ont qu'à demeurer maistres de la caisse. Ils auront entre leurs mains une bonne caution de

noſtre retour. Vous voyez, Seigneur
Gil Blas, ajouta-t il, que nous allons
d'abord au fait. Vous ſerez tous deux
nantis, & je puis vous aſſurer que nous
partirons Ambroiſe & moy ſans apprehender que vous ne nous ſouffliez ce
precieux nantiſſement. Aprés une marque ſi certaine de noſtre bonne foy, ne
vous fierez-vous pas entierement à nous ?
Ouy, Meſſieurs, leur di-je ; & vous
pouvez préſentement faire tout ce qu'il
vous plaira. Ils partirent ſur le champ
chargez de l'outre & de la beſace, & me
laiſſerent ſous les ſaules avec Don Alphonſe, qui me dit aprés leur depart :
Il faut, Seigneur Gil Blas, il faut que
je vous ouvre mon cœur. Je me re-
proche d'avoir eu la complaiſance de
venir juſqu'icy avec ces deux fripons.
Vous ne ſçauriez croire combien de fois
je m'en ſuis déja repenti. Hier au ſoir,
pendant que je gardois les chevaux, j'ay
fait mille reflexions mortifiantes. J'ay
penſé qu'il ne convient point à un jeune
homme qui a des principes d'honneur,
de vivre avec des gens auſſi vicieux que
D. Raphaël & Lamela : que ſi par malheur un jour, & cela peut fort bien arriver, le ſuccés d'une fourberie eſt tel

que nous tombions entre les mains de
la juſtice, j'auray la honte d'eſtre puni
avec eux comme un voleur, & d'éprou-
ver un châtiment infame. Ces images
s'offrent ſans ceſſe à mon eſprit, & je
vous avouëray que j'ay reſolu, pour
n'eſtre plus complice des mauvaiſes actions qu'ils feront, de me ſeparer d'eux
pour jamais. Je ne croy pas, continua-
t-il, que vous deſapprouviez mon deſſein. Non, je vous aſſure, luy répondis-je; quoyque vous m'ayez veu faire
le perſonnage d'Alguazil dans la comedie de Samuel Simon, ne vous imaginez
pas que ces ſortes de pieces ſoient de
mon gouſt. Je prens le Ciel à temoin
qu'en joüant un ſi beau rolle, je me ſuis
dit à moy-meſme : Ma foy, Monſieur
Gil Blas, ſi la juſtice venoit à vous ſaiſir
au colet préſentement, vous meriteriez
bien le ſalaire qui vous en reviendroit.
Je ne me ſens donc pas plus diſpoſé que
vous, Seigneur Don Alphonſe, à demeurer en ſi bonne compagnie; & ſi vous le
trouvez bon, je vous accompagneray.
Quand ces Meſſieurs ſeront de retour,
nous leur demanderons à partager nos finances, & demain matin, ou dés cette
nuit meſme nous prendrons congé d'eux,

L'amant de la belle Seraphine approuva ce que je proposois. Gagnons, me dit-il, Valence, & nous nous embarquerons pour l'Italie, où nous pourrons nous engager au fervice de la Republique de Venife. Ne vaut-il pas mieux embraffer le parti des armes, que de mener la vie lâche & coupable que nous menons ? Nous ferons mefme en eftat de faire une affez bonne figure avec l'argent que nous aurons. Ce n'eft pas, ajouta-t-il, que je me ferve fans remords d'un bien fi mal acquis ; mais outre que la neceffité m'y oblige, fi jamais je fais la moindre fortune dans la guerre, je jure que je dedommageray Samuel Simon. J'affuray Don Alphonfe que j'eftois dans les mefmes fentimens, & nous refolumes enfin de quitter nos camarades dés le lendemain avant le jour. Nous ne fumes point tentez de profiter de leur abfence, c'eft à dire de demenager fur le champ avec la caiffe ; la confiance qu'ils nous avoient marquée en nous laiffant maiftres des efpeces, ne nous permit pas feulement d'en avoir la penfée.

Ambroife & Don Raphaël revinrent de Segorbe fur la fin du jour. La première

miere chofe qu'ils nous dirent, fut que
leur voyage avoit efté trés-heureux ;
qu'ils venoient de jetter les fondemens
d'une fourberie, qui felon toutes les apparences nous feroit encore plus utile
que celle du foir précedent. Et là-deffus
le fils de Lucinde voulut nous mettre au
fait ; mais Don Alphonfe prit alors la
parole, & leur declara qu'il eftoit dans
la refolution de fe féparer d'eux. Je leur
appris de mon cofté que j'avois le mefme deffein. Ils firent vainement tout
leur poffible pour nous engager à les
accompagner dans leurs expeditions ;
nous primes congé d'eux le lendemain
matin aprés avoir fait un partage égal
de nos efpeces, & nous tirames vers
Valence.

CHAPITRE III.
& dernier.

Aprés quel defagréable incident Don
Alphonfe fe trouva au comble de fa
joye , & par quelle avanture Gil
Blas fe vit tout à coup dans une
heureufe fituation.

NOus pouſſames gayement juſqu'à
Bunol , où par malheur il fallut
nous arreſter. Don Alphonſe tomba malade. Il luy prit une groſſe fiévre avec
des redoublemens qui me firent craindre pour ſa vie. Heureuſement il n'y
avoit point là de Médecins & j'en fus
quitte pour la peur. Il ſe trouva hors
de danger au bout de trois jours, &
mes ſoins acheverent de le rétablir. Il
ſe montra trés-ſenſible à tout ce que
j'avois fait pour luy , & comme nous
nous ſentions veritablement de l'inclination l'un pour l'autre , nous nous ju-
rames une éternelle amitié.

Nous nous remimes en chemin, toûjours reſolus, quand nous ſerions à Valence , de profiter de la premiere occa-

fion qui s'offriroit de paſſer en Italie.
Mais le Ciel difpofa de nous autrement.
Nous vimes à la porte d'un beau chaſteau des payfans de l'un & de l'autre
fexe qui danfoient en rond & fe réjoüiſ-
foient. Nous nous approchames d'eux
pour voir leur feſte, & Don Alphonſe
ne s'attendoit à rien moins qu'à la fur-
priſe dont il fut tout à coup faiſi. Il apperceut le Baron de Steinbach, qui de
fon coſté l'ayant reconnu, vint à luy les
bras ouverts & luy dit avec tranſport :
Ah Don Alphonſe, c'eſt vous ! l'agréable rencontre ! pendant qu'on vous
cherche partout, le hazard vous pré-
fente à mes yeux.

Mon compagnon deſcendit de cheval auſſitoſt & courut embraſſer le Baron, dont la joye me parut immode-
rée. Venez, mon fils, luy dit enſuite
ce bon vieillard, vous allez apprendre
qui vous eſtes & joüir du plus heureux
fort. En achevant ces paroles, il l'emmena dans le chaſteau. J'y entray auſſi
avec eux ; car tandis qu'ils s'eſtoient
embraſſez, j'avois mis pied à terre & attaché nos chevaux à un arbre. Le maiſtre du chaſteau fut la premiere perfonne que nous rencontrames. C'eſtoit

un homme de cinquante ans & de trés-
bonne mine : Seigneur, luy dit le Baron de Steinbach en luy préſentant Don
Alphonſe, vous voyez voſtre fils. A ces
mots, Don Ceſar de Leyva, ainſi ſe
nommoit le maiſtre du chaſteau, jetta
ſes bras au cou de Don Alphonſe, &
pleurant de joye : Mon cher fils, luy
dit - il, reconnoiſſez l'auteur de vos
jours. Si je vous ay laiſſé ignorer ſi
long - temps voſtre condition, croyez
que je me ſuis fait en cela une cruelle
violence. J'en ay mille fois ſoupiré de
douleur, mais je n'ay pû faire autrement. J'avois épouſé voſtre mere par
inclination ; elle eſtoit d'une naiſſance
fort inferieure à la mienne. Je vivois
ſous l'autorité d'un pere dur qui me
reduiſoit à la neceſſité de tenir ſecret
un mariage contracté ſans ſon aveu. Le
Baron de Steinbach ſeul eſtoit dans ma
confidence, & c'eſt de concert avec
moy qu'il vous a élevé. Enfin mon pere
n'eſt plus & je puis declarer que vous
eſtes mon unique heritier. Ce n'eſt pas
tout, ajouta-t-il, je vous marie avec
une jeune Dame dont la nobleſſe égale
la mienne. Seigneur, interrompit Don
Alphonſe, ne me faites point payer

trop cher le bonheur que vous m'an-
noncez. Ne puis-je fçavoir que j'ay
l'honneur d'eftre voftre fils, fans apprendre en mefme temps que vous voulez me rendre malheureux. Ah Seigneur, ne foyez pas plus cruel que
voftre pere ! S'il n'a point approuvé
vos amours, du moins il ne vous a
point forcé de prendre une femme.
Mon fils, repliqua Don Cefar, je ne
pretends pas non plus tyrannifer vos
defirs. Mais ayez la complaifance de
voir la Dame que je vous deftine. C'eft
tout ce que j'exige de voftre obeïffance.
Quoyque ce foit une perfonne char-
mante, & un parti fort avantageux pour
vous, je promets de ne vous pas contraindre à l'époufer. Elle eft dans ce
chafteau. Suivez-moy. Vous allez con-
venir qu'il n'y a point d'objet plus aimable. En difant cela, il conduifit Don
Alphonfe dans un appartement où je
m'introduifis aprés eux avec le Baron
de Steinbach.

Là eftoit le Comte de Polan avec
fes deux filles Seraphine & Julie, &
Don Fernand de Leyva fon gendre qui
eftoit neveu de Don Cefar. Il y avoit
encore d'autres Dames & d'autres Ca-

valiers. Don Fernand, comme on l'à
dit, avoit enlevé Julie, & c'eſtoit à
l'occaſion du mariage de ces deux amans
que les payſans des environs s'eſtoient
aſſemblez ce jour-là pour ſe réjoüir. Sitoſt que Don Alphonſe parut & que
ſon pere l'eut préſenté à la compagnie,
le Comte de Polan ſe leva & courut
l'embraſſer en diſant : Que mon libe-
rateur ſoit le bien venu. Don Alphonſe, pourſuivit-il, en luy adreſſant la
parole, connoiſſez le pouvoir que la
vertu a ſur les ames genereuſes ; ſi vous
avez tué mon fils, vous m'avez ſauvé
la vie. Je vous ſacrifie mon reſſentiment & vous donne cette meſme Séra-
phine à qui vous avez ſauvé l'honneur.
Par là je m'acquitte envers vous. Le
fils de Don Ceſar ne manqua pas de
temoigner au Comte de Polan combien
il eſtoit penetré de ſes bontez ; & je ne
ſçay s'il eut plus de joye d'avoir de-
couvert ſa naiſſance que d'apprendre
qu'il alloit devenir l'époux de Seraphine.
Effectivement ce mariage ſe fit quelques
jours aprés au grand contentement des
parties les plus intereſſées.

Comme j'eſtois auſſi un des liberateurs du Comte de Polan, ce Seigneur,

qui me reconnut, me dit qu'il se chargeoit du soin de faire ma fortune ; mais
je le remerciay de sa generosité, & je
ne voulus point quitter Don Alphonse, qui me fit Intendant de sa maison
& m'honora de sa confiance. A peine
fut-il marié, qu'ayant sur le cœur le
tour qui avoit esté fait à Samuel Simon,
il m'envoya porter à ce Marchand tout
l'argent qui luy avoit esté volé. J'allay
donc faire une restitution, c'estoit commencer le métier d'Intendant par où
l'on devroit le finir.

Fin du second Tome.

Fautes d'impreſſion.

Page 32. *ligne* 17. bonté, *liſez* fermeté.

Page 130. *lig.* 23. entachée, *liſez* entichée.

Page 238. *lig.* 28. *liſez* remener.

Page 251. *lig.* 7. *liſez* à Valence l'occaſion.

Page 304. *lig.* 3. ſon, *liſez* ton.